KB012223

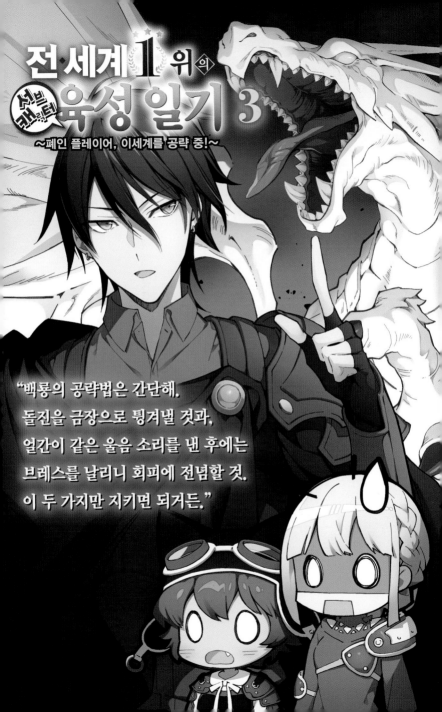

전 세계 1위의
육성 일기 3
~폐인 플레이어, 이세계를 공략 중!~

"백룡의 공략법은 간단해.
돌진을 금장으로 튕겨낼 것과,
얼간이 같은 울음 소리를 낸 후에는
브레스를 날리니 회피에 전념할 것.
이 두 가지만 지키면 되거든."

앙코

암흑늑대 마인.
『흑염랑』의 돌연변이종
『암흑늑대』가 진화한 모습.
흉악할 정도로 강력한 마술과 거대한 창조차
가볍게 다룰 수 있는 괴력의 소유자.

세컨드
(사토 시치로)

느닷없이 자신이 하던 온라인 게임과
똑같은 이세계에 전생한다.
원래 세계에서는 인생 그 자체를 투자하며
온라인 게임 세계 랭킹 1위 자리를 지켜왔다.
이세계에 와서도 『세계 1위』가 되기 위해
힘쓰는 중.
올라운더 타입.

유카리

전직 암살자이자
노예 다크 엘프.
대장장이를 찾던 세컨드가
구입한다.
대장장이 타입.

앙골모아

4대 원소를 지배하는
정령의 대왕이자,
유일한 「번개 속성」 정령.
성별 및 연령 미상의 존재.
눈에 띄는 것을 좋아하고 성격
또한 더럽지만, 세컨드를
주인으로 인정하고 있다.

실비아
버지니아

기사 가문의 차녀. 말단 여기사이며
정의감이 강하고 고지식하지만 약간
얼간이. 마궁술사 타입.

에코
리플렛

조그마한 고양이 수인. 겉모습과
다르게 힘이 세다. 항상 웃음을 잃지
않고 기운이 넘친다. 근육승려 타입.

"……으음,
윈필드, 라고 해요.
안녕하세요."

새로운 동료를
소환!!

윈필드

물과 흙의 정령.
앞날을 내다보는 능력이 뛰어나서,
군사(軍師)로서도 유능한 두뇌파.
성격은, 마이페이스 그 자체.

"내 정치 고문으로서
도움이 되어줘!"

"성심성의를 다해
주인님을 모시도록 하세요."

전·세계 1위의 서브 캐릭터 육성 일기

~폐인 플레이어, 이세계를 공략 중!~

사와무라 하루타로
Harutaro Sawamura

일러스트 **마로**

3

contents

프롤로그 줄달음질

세계 1위. 잘 때도, 깨어있을 때도, 나는 항상 그 생각뿐이다.

예전에 내가 『seven』이란 이름으로 세계 1위의 자리에서 군림했던 VRMMORPG 『뫼비우스 온라인』, 통칭 뫼비온은 느닷없이 해킹을 당했다. 그 결과, 랭킹 상위 플레이어 3천 명의 캐릭터 데이터가 소실됐지만, 운영 측은 복구 요청을 받아들이지 않았다.

하지만 중요한 일이 아니었다. 세간에서는 딱히 대수롭지 않게 여겼으며, 누구도 개의치 않았다.

하지만 나에게는, 나한테만큼은 **치명상**이었다. 나는 뫼비온에 목숨을 걸었던 것이다.

나는 그대로 자살했다. 불가사의하게도, 아무런 미련도 없었다. 아마 정신적 쇼크로 인해 며칠 동안 아무것도 먹지 않은 바람에 정상적인 판단을 내리지 못했으리라.

그런 내가 정신을 차린 세계가 바로 이곳이다. 서브 캐릭터 『세컨드』로, 나는 전생한 것이다.

꿈만 같은 세계. 그야말로 최고의 세계. 뫼비온을 그대로 옮겨온 듯한 이곳은, 나에게 있어 이상적인 세계 그 자체였다.

나는 이곳에서 다시 세계 1위가 될 것이다. 그렇다. 내 목표는 단 하나, 세계 1위뿐이다.

우선 궁술에 뛰어난 적성이 있어 후위에 적합한 실비아 버지니아를 동료로 삼았고, 다음에는 방패술에 뛰어난 적성이 있어 전위에 적합한 에코 리플렛을 동료로 삼았다. 또한, 대장장이에 적성이 있는 유카리도 동료로 삼았다.

덕분에 매우 효율적으로 던전을 돌 수 있게 된 우리의 팀 『퍼스티스트』는 엄청난 속도로 경험치를 얻으며 세계 1위를 향해 줄달음질 중이다. 나는 효율을 더욱 높이기 위해, 《정령빙의》라는 버프 스킬을 사용할 수 있게 해주는 존재인 정령을 소환했다.

그리고 내가 소환한 존재가 바로 정령대왕 앙골모아다. 성격이 매우 더럽고 거만하기 그지없는 정령이다. 이 녀석은 레어도가 매우 높아서, 소환 확률이 0.1% 밖에 안 된다. 하지만 그 힘은 두말할 여지가 없다. 정령계에서 유일하게 번개 속성 마술을 소유한 존재인 것이다. 그런 앙골모아를 소환한 것은 내 운이 좋아서일까, 아니면 운명인 걸까. 종잡을 수가 없었다.

아무튼, 운 좋게 정령을 얻어서 《정령빙의》가 가능해진 덕분에 던전을 더욱 효율적으로 공략할 수 있게 됐다. 그래서 마물이 비싼 아이템을 드랍하는 프롤린 던전을 사냥터로 선택했고, 경험치 벌이와 함께 돈벌이도 같이 진행했다.

단기적인 목표는 어마어마한 거금을 순식간에 벌고, 그 돈으로 왕도에 대저택을 세우는 것이다.

평범한 저택이 아니다. 세계 1위가 지낼 저택이다. 누구라도 그것을 보자마자 세계 1위에게 어울린다고 생각할 만한 멋진 저택을 지어야만 한다.

그리고 그 준비도 슬슬 갖춰져 가고 있었다.

또한, 내 **개인적인 준비**도, 착착 진행되고 있었다……

제1장 앙코

프롤린 던전을 돌기 시작하고 한 달하고 조금 더 지났다. 그 사이, 배럴 럼버잭 백작과의 거래에 필요한 미스릴을 모으는 데 성공했다.

꽤 여유롭게 진행했는데도 불구하고, 이렇게 단기간에 마무리했다. 그야말로 식은 죽 먹기다.

경험치도 어마어마하게 모였다. 나는 그 대부분을 모아두고 있지만, 실비아와 에코는 기존의 스킬을 대부분 9단까지 올렸다. 유카리도 《제작》과 《부여마술》을 9단까지 올렸다. 《제작》이란 소재를 이용해 장비품을 만드는 대장장이의 대명사 격인 스킬이다. 부여쪽은 유카리의 《해체》 스킬을 충분히 올린 후에 천천히 다듬어 갈 생각이다. 제작과 부여와 해체, 이 세 가지가 갖춰지기 전에는 부여에 도전하면 안 된다. 전생에서는 그게 상식이었다.

갑자기 한가로워진 우리는 이 기회에 **그것**을 노려보기로 했다.

"이참에 익힐 수 있는 데까지 익혀두자."

내가 그렇게 말하자, 실비아와 에코는 긴장한 표정으로 고개를 끄덕였다.

익힐 수 있는 데까지 익힌다— 그것은 지금 지닌 메인 스킬의 용마와 용왕을 사용 여부를 따지지 말고 전부 익혀두자는 것이다.

실비아는 《용마궁술》과 《용왕궁술》을, 에코는 《용마방패술》과 《용왕방패술》을 익힐 것이다. 그리고 나는 《용마궁술》과 《용왕궁술》뿐만 아니라 《용마검술》과 《용왕검술》까지 익힐 생각이다.

필요해졌을 때 일일이 습득하러 가는 건 귀찮으니, 이 기회에 익힐 수 있는 건 익혀둔 후에 16급까지만 올려둘 예정이다. 단, 《용왕검술》은 실용성이 있으니 습득하면 최대한 올릴 예정이다.

"그런데 세컨드 님, 각 스킬의 습득 방법은 어떻게 되지?"

실비아는 흥분한 표정으로 물었다. 이 녀석, 【궁술】의 스킬 중 남은 게 그 두 개뿐이라 그런지 기합이 단단히 들어가 있는걸.

"우선 용마궁술부터 설명하겠어. 간단히 설명하자면, 그냥 드래곤을 해치우면 돼."

"드래……?!"

나이스 리액션. 하지만 괜히 놀리다간 이야기가 탈선될 테니, 깔끔히 무시하며 이야기를 이어갔다.

"중요한 건 해치우는 방법이야. 용마궁술의 경우, 최후의 일격을 각행궁술로 날리면 돼. 그리고 그 과정에서 보병궁술~비차궁술의 7종 스킬로 최소한 한 번씩 공격할 필요가 있어."

"……주인님. 드래곤과 싸우는 도중에 그런 쓸데없는 행동을 할 여유가 있을까요?"

이야기를 듣고 있던 유카리가 소박한 의문을 입에 담았다. 지당한 의견이다.

"응. 방법만 알고 있으면 그 정도는 쉬워. 그리고 그것만으로는 용마궁술을 습득하지 못해."

"뭐?! 다른 조건이 있는 거냐?!"

실비아는 좀 봐달라는 듯이 하늘을 올려다보았다. 용마의 설명만으로 이래서야, 앞날이 걱정되는걸.

"방금 말한 일련의 행동을 다섯 종류의 드래곤을 상대로 하면 익힐 수 있어."

"   "

머리에 충격이라도 받은 듯한 표정이다. 에코와 유카리도 표정이 약간 질렸다.

뭐, **지겹긴 할 거야.** 뫼비온에는 존재하는 드래곤은 한 종류가 아니다. 가장 약한 녀석부터 가장 강한 녀석까지 스무 종류가 넘는다. 그중 약한 놈 다섯 종류를 골라서 조건을 충족시켜야 하니, 귀찮기 그지없다. 그런 점에서 보자면, 차라리 용왕이 익히기 쉬울 것이다.

"용왕궁술의 경우에는 종류를 가리지 않고 열 마리의 드래곤을 비차궁술『만으로』 해치우면 돼. 뭐, 이쪽이 더 간단할 거야."

"뭐뭐뭐뭐뭐가 간단하다는 거냐앗!!"

실비아 대분화, 인가했더니 「꿈 같은 일이지 않느냐!」 하고 한탄했고, 이어서 「아아, 정신이 아득해져……」 하고 말하며 머리를 감싸 쥔 채 책상에 엎드렸다. 너무 귀찮은 일이라 마음이 꺾이고 만 것 같다. 어라라.

"아~, 검술도 같은 조건이야. 즉, 나와 실비아 둘 다 드래곤 사냥을 해야 하는 거지. 도와줄 테니까 너무 걱정하지 마."

내가 격려해주자, 실비아는 「저, 정말이냐?」 하고 말하며 고개를 들더니 「말은 그래놓고 나를 드래곤 소굴에 집어넣으려는 것 아니냐?」 하고 의심했다. 이 녀석은 나를 뭐로 보고 이딴 소리를 하는 걸까.

"나는? 나는?"

"에코는 좀 특수해. 용마방패술은 보병방패술~비차방패술로 최소 한 번씩 공격을 받아낸 드래곤을 팀 멤버가 해치우면 오케이야. 이걸 다섯 종류의 드래곤을 상대로 하면 돼. 용왕방패술은 드래곤을 상대로 비차방패술로 100번 연속 패링을 하는 거야. 좀 힘들겠지만, 어떻게 하는 건지 내가 가르쳐줄게."

"오케이~! 나, 힘낼게~!"

"응, 힘내."

에코는 참 기운이 넘치는걸.

"우리가 드래곤을 사냥하는 동안, 유카리는 백작과의 거래를 진행해주겠어?"

"네. 맡겨주십시오, 주인님."

유카리는 여전히 무표정하지만, 왠지 의기양양해 보였다. 오랫동안 같이 행동하다 보니, 저 냉담한 표정의 이면에 존재하는 감정을 느낄 수 있게 된 것 같아 조금 기뻤다.

"좋아. 그럼 행동을 시작하자."

이리하여, 우리의 프롤린 공략은 슬그머니 막을 내렸다.

우리는 배드골드의 북쪽에 있는 『협곡』을 향해 나아갔다.

"드래곤은 어디 있어?"

에코가 이동하면서 물었다.

"메티오 던전에 우글거려."

"흐음~."

을등급 던전 『메티오』는 야외 던전이다. 협곡 형태를 하고 있으며, 보스를 비롯해 일곱 종류의 드래곤이 출현한다. 말하자면 드래곤 소굴이다.

"잠깐만. 방금 메티오라고 했냐?"

"그래."

"……아직 공략되지 않은 던전이다만……."

"그럴 거야."

메티오 던전은 을등급 던전 중 가장 어려운 곳이거든. 프롤린도 아직 공략이 안 됐으니, 메티오도 아직 멀었을 거야. 단순히 난이도만 보자면 갑등급인 알긴 던전보다 어려울지도 모르는 레벨이다.

"그런 위험한 장소에? 우리는? 드래곤을 해치우러?"

"가고 있지."

"괘…… 괜찮은 것이냐?"

"문제없어. 메티오에는 출현하는 마물이 적으니까, 항상 3대1로 싸울 수 있거든."

그 대신, 출현하는 마물이 전부 드래곤이다. 양보다 질이며, 한 마리 한 마리가 상당히 강하다.

"그, 그렇구나."

"죽을 일은 없으니까 걱정하지 마."

실비아는 꽤 긴장한 것 같았다. 「으, 음」 하고 고개를 끄덕이며 앞을 바라봤지만, 어딘가 불안해 보였다. 드래곤 관련으로 나쁜 추억이 있는 걸까? 신경 쓰여서 물어보니 「그런 건 없다」 하고 대답했다. 그럼 왜 저러지?

"한동안 골렘만 상대하지 않았느냐. 오래간만에 새로운 마물과 싸우게 됐으니 불안하지 않을 수 없지. 게다가 드래곤은 힘의 상징 같은 마물이다. 긴장하지 않는 게 이상한 거다. ⋯⋯뭐, 세컨드 님의 사전에는 그런 문자가 존재하지 않겠지만 말이야!"

오호라. 긴장 운운은 제쳐두고, 새로운 마물과 전투를 치르게 된 상황에서 마음을 단단히 먹는 건 좋은 경향이다. 나는 「대단한걸」 하고 말하며 엄지를 치켜세웠다. 실비아는 「왠지 긴장한 게 바보처럼 느껴지는구나」 하고 말하며 어이없다는 듯이 웃었다. 한편 에코는 평소와 똑같았다. 저 여유는 뛰어난 VIT^{방어력}에서 비롯된 것일까, 아니면 성격이 원래 저런 걸까. 어쨌든 간에 믿음직기 그지없다.

그러는 사이, 메티오 던전에 도착했다.

꼭대기가 보이지 않을 만큼 높은 절벽 사이에 존재하는 V자 계곡이다. 계곡 바닥에는 얕은 하천이 조용히 흐르고 있었다.

"아, 저기 있네."

바로 드래곤을 발견했다.

운이 좋게도, 그것은 이곳에서 출현하는 여섯 종류의 드래곤 중에서 가장 약한 「백룡」이었다. 동양식 이름이 붙어 있지만, 이 녀석은 드래곤 종족에 속한다.

"엄청 커!"

에코는 눈을 동그랗게 뜨며 그렇게 외쳤다. 확실히 컸다. 몸길이가 10미터는 될 것 같았다. 딱딱해 보이는 하얀 비늘이 아름다웠다.

"저, 저것과 싸우는 것이냐?!"

실비아는 완전히 겁을 집어먹고 말았다.

"그래. 내가 먼저 시범을 보일 테니까, 잘 관찰하라고."

나는 롱보우를 들고 사정거리를 계산하며 백룡에게 접근했다.

그리고 《정령소환》으로 앙골모아를 소환했다.

"(─오오, 용인 게냐.)"

염화를 통해 그런 담백한 리액션이 전해져 왔다.

"(빙의를 쓰자.)"

"(알았느니라.)"

나는 《정령빙의》를 발동시켰다. 앙골모아는 무지개색 빛이 되어 나와 일체화됐다.

아~ 오오! 아~ 이거, 아~ 최고네, 최고. 몇 번을 해도 이건 정말 끝내줘. 전지전능해진 느낌이 정말 최고야. 그야말로 엑스터시~. 버릇이 되겠는걸.

현재 《정령빙의》의 랭크는 5단, 스테이터스 4배·빙의 시간 270초·쿨타임 290초다. 전보다 강하고, 길게, 이 쾌감을 맛볼 수 있다. 이미 중독됐다고 해도 과언이 아니다.

자, 발동을 했으니 1초도 헛되이 할 수 없다. 이번 목적은 《용마궁술》의 습득이다. 우선 「보병~비차까지의 7종 스킬로 최소 한 번씩 공격」이란 조건을 클리어하기로 했다.

나는 《보병궁술》을 준비한 후, 바로 시전했다.

"갸오오오오오오?!"

백룡의 허벅지에 화살이 꽂혔다. 백룡은 극심한 고통에 놀라며 괴성을 질렀다.

나는 이어서 《향차궁술》을 발사했고, 화살은 백룡의 다리를 관통했다.

그 직후, 분노한 백룡이 나를 향해 돌진했다. 그때 《금장궁술》을 써서 넉백시켰고, 《각행궁술》을 준비해서 즉시 쐈다.

"갸앗!"

입에서 공기가 새어 나오는 듯한 얼간이 같은 비명을 지르는 것은 「브레스」를 날리겠다는 신호다. 나는 즉시 준비해뒀던 《계마궁술》을 캔슬한 후, 백룡을 중심으로 원을 그리듯 가볍게 뛰었다. 그것만으로도 백룡의 브레스를 간단히 피할 수 있다.

그리고 브레스 직후의 경직이 발생했다. 지금이 바로 총공격을 퍼부을 기회다.

나는 우선 《비차궁술》을, 다음으로 《은장궁술》, 마지막으로 《계마궁술》을 날렸다. 이것으로 7종류의 스킬로 한 번씩 공격을 했으니 조건은 충족시켰다. 다음은 《각행궁술》로 마무리만 하면 된다.

돌진은 《금장궁술》로, 브레스는 스킬을 캔슬하며 러닝으로 대응했다. 이것만 지키면 백룡을 상대하는 건 간단하다. 남은 HP가 2할 이하가 되면 꼬리 공격도 펼치지만, 그것에 당하기 전에 해치우면 문제 될 것이 없다.

바로 그때, 백룡이 다운됐다. 발만 집요하게 노리며 공격한 결과다. 드래곤의 다운 상태는 HP가 3할 이하인 상황에서 각부에 가해진 누적 대미지량이 『문턱 값』을 넘으면 반드시 발생한다.

"우오! 크오!"

다운된 백룡에게 《각행궁술》을 날렸다. 불쌍한 백룡은 전혀 저항하지 못하며 박살이 났다. 참고로 원래라면 이 상황에서 《비차궁술》 등으로 공격해서 효율적으로 대미지를 가하고 싶지만, 백룡은 HP가 적기 때문에 다운 후에 총공격을 하면 바로 죽어버린다. 그래서 시간 낭비를 줄이기 위해 각행만으로 공격해뒀다.

"그아앗~!"

다운 상태에서 풀려나기 직전, 백룡은 단말마의 포효를 지르며 토벌됐다. 각행 러시를 견뎌내지 못한 것 같았다. 혹시나 해서 비차를 쓰지 않기 잘했다.

"……뭐, 이런 느낌으로 하면 돼."

백룡을 해치운 나는 《정령빙의》를 푼 후, 실비아와 에코의 곁으로 돌아갔다.

두 사람은 입을 쩍 벌린 채 아무 말도 하지 못했다.

"아, 맞다. 방금은 시범을 보이려고 나 혼자서 싸웠지만, 이제부

21

터는 다 함께 싸울 거야."

침묵.

"백룡의 공략법은 간단해. 돌진을 금장으로 튕겨낼 것과, 얼간이 같은 울음소리를 낸 후에는 브레스를 날리니 회피에 전념할 것. 이 두 가지만 지키면 되거든."

정적.

"준비됐지? 그럼 바로—."

"자, 잠깐만 기다려라~!"

그제야 실비아가 입을 열었다.

"세컨드 님? 방금 자기가 뭘 해낸 건지 알고 있느냐? 드래곤을 **단독 토벌**한 거다. 어마어마한 위업이란 말이다. 게다가……"

"……안, 무서워?"

실비아에 이어서, 에코가 그렇게 말했다.

……무섭냐, 라.

아무래도 착각에 빠졌나 보네. 전투 도중에 얼어붙기라도 하면 곤란하니, 미리 말해두도록 할까.

"솔직하게 말하겠어. 무서울 리가 없잖아."

두 사람이 숨을 삼켰다.

"우리의 스테이터스를 생각하면, 백룡이 날릴 수 있는 최강의 공격을 크리티컬로 세 발 맞더라도 죽지 않아. 그리고 아까도 말했다시피, 돌진은 금장으로 튕겨내고, 얼간이 같은 울음소리를 들으면 회피에 전념하는 거야. 이것만 지키면 위업이고 자시고도 없어. 누구라도 해치울 수 있다고."

"뭐……?!"

"그리고 말이야. 우리의 목표는 세계 1위잖아? 언젠가 백룡 따위
는 한 방에 보내버릴 수 있게 될 거야. 퍼스티스트의 멤버가 이따
위 적한테 겁먹으면 어떻게 해."

"한 방……."

"그리고 사과할게. 그러고 보니 백룡한테 세 방 맞아도 안 죽는
다는 걸 너희한테 미리 설명해준다는 걸 깜빡했어."

"그런 건 빨리 알려달란 말이다!"

"너무해~!"

실비아와 에코가 화냈다. 정말 미안해.

으스대며 설교를 하긴 했는데, 생각해보니 내 잘못이다. 부끄럽네.

"괜히 놀란 걸로 모자라, 괜히 혼나지 않았느냐!"

"세컨드! 사과해~!"

"잘못했습니다!"

그 후로 우리는 꼼꼼하게 정보를 공유한 후, 본격적으로 드래곤
사냥을 시작했다.

메티오 던전에 출현하는 드래곤은 보스를 포함해 일곱 종류다.
백룡, 청룡, 황룡, 녹룡, 적룡, 금룡, 이렇게 여섯 종류와 홍룡(虹龍)

이라고 해서 일곱 빛깔의 비늘을 지닌 거대한 보스 드래곤이 있다.

백룡의 강력함을 10으로 가정하자면, 청룡은 12, 황룡은 14, 녹룡은 16, 적룡은 20 정도다. 금룡은 80 정도로 다른 용에 비해 훨씬 세며, 홍룡은 456 정도일 것이다. 역시 보스라 그런지 차원이 달랐다.

만약 전투가 벌어질 경우, 적룡까지는 여유로울 것이다. 하지만 백룡보다 여덟 배는 센 금룡을 상대할 때는 조금 고전할지도 모른다. 나는 문제없지만, 실비아와 에코한테는 벅찰 것이다.

보스인 홍룡은 거론할 필요도 없다. 지금 해치워야 한다면 **솔로로** 장시간 전투를 치른 끝에 쓰러뜨릴 수는 있을 것이다. 하지만 셋이서 싸울 경우, 다른 둘을 지원해주면서 싸워서 이기는 건 불가능에 가깝다. 그러니 지금은 홍룡 및 금룡과는 가능하면 전투를 벌이고 싶지 않다.

자, 현재 우리의 목적은 「메티오 던전의 공략」이 아니라, 「용마와 용왕의 습득」이다.

용마의 습득조건은 「보병~비차의 7종 스킬로 최소 한 번씩 공격한 후에 최후의 일격을 각행으로 날리는 행위를 다섯 종류의 드래곤을 상대로 할 것」이다. 용왕의 습득조건은 「비차만으로 드래곤을 열 마리 이상 해치울 것」이다. 이것을 메티오 던전에서 효율적으로 소화하려 한다면― 「비차만으로 백룡을 열 마리 해치우고, 백룡, 청룡, 황룡, 녹룡, 적룡을 상대로 용마의 조건을 충족시킬 것」―이렇게 하면 된다.

그렇다. 압도적으로 강력한 금룡과 홍룡, 그 두 드래곤과 괜히 싸울 필요는 없다.

그런 만큼, 가장 어려운 강적은 자동적으로 적룡이라 할 수 있다. 붉은 비늘을 지닌 그 드래곤은 백룡의 두 배 정도 수준으로 강력하다.

즉, 내가 하고 싶은 말이 뭐냐면…….

"낙승이네."

저녁 식사 시간. 배드골드로 돌아온 나는 술잔을 거칠게 식탁에 내려놓으며 그렇게 말했다.

현재 진척 상황은 절반 정도다. 오늘 하루 동안 실비아는 《용왕궁술》을, 에코는 《용왕방패술》을, 나는 《용왕검술》과 《용왕궁술》을 익혔다. 희생된 백룡의 숫자는 서른 마리가 넘는다.

"나는 온종일 긴장했더니 지칠 대로 지쳤다…….

"피곤해~."

실비아와 에코는 식탁에 엎드렸다. 실비아는 정신적으로, 에코는 육체적으로 지친 것 같았다.

오늘 한 것 중에서 가장 어려웠던 것은 에코의 《용왕방패술》의 조건인 「패링 연속 100번」이다. 패링은 타이밍을 잡는 게 매우 어렵기에, 역시 시간이 꽤 걸리고 말았다. 참고로 에코는 백룡의 공격을 「어깨빵」이라고 표현했다. 에코도 조금은 아팠던 것 같다.

"내일은 네 마리만 잡으면 돼. 얼마 안 남았으니 힘내자고."

나는 두 사람을 격려했다. 실비아와 에코는 백룡만으로 용마궁

술과 용마방패술의 습득조건을 충족시켰다. 내일 청룡, 황룡, 녹룡, 적룡을 상대로 조건을 충족시키면 용왕궁술과 용왕방패술을 습득할 수 있다.

"그 네 마리는 백룡보다 강하지 않느냐! 적룡은 백룡의 곱절로 강하다고 네가 말했을 텐데?"

"아, 맞다. 주의할 점이 있어. 그리고 이 상황에 딱 맞는 명언이 생각났네. 이걸 기억해둬."

"음? 그게 뭐지?"

"맞지 않는다면 문제 될 건 없다."

"……누가 한 말인지는 모르겠지만, 그건 『헛소리』구나. 끌려다니는 부하의 심정에서 생각해보란 말이다."

"응?"

"즉, 세컨드 님은 할 수 있더라도 내가 못 해서야 의미가 없단 거다."

"응?"

"아니, 응? 이 아니라……."

"엥?"

"우선 『피하는 법』을 가르쳐달라는 거다, 이 멍청아!"

"아얏!"

혼났다. 너무 놀린 걸지도 모르겠다.

그래도 식탁에 넙죽 엎드려서 늘어져 있는 것보다는, 이렇게 발끈하는 편이 나을 것이다.

나는 실비아의 눈을 정면에서 응시하면서, 가능한 한 진지한 표

27

정으로 말했다.

"실비아. 솔직하게 말해, 내일은 조금도 방심해선 안 돼. 조금이라도 위험하다 싶으면 회피를 우선하는 거야. 알았지?"

"으…… 음."

내가 갑자기 진지해진 바람에 실비아는 약간 당황한 것 같지만, 내 말을 듣더니 순순히 고개를 끄덕였다.

"에코. 너도 위험하다 싶으면 각행, 그리고 늦었다 싶으면 회피해."

"알았어."

에코는 여전히 순종적이었다. 나는 두 사람이 내 말에 집중하고 있다는 것을 확인한 후, 입을 열었다.

"회피 방법은 총 세 가지야. 똑똑히 기억해둬. 하나, 얼간이 같은 소리를 내면 드래곤을 중심으로 원을 그리듯 뛸 것. 둘, 날아오르면 드래곤의 진행 방향과 수직 방향으로 달릴 것. 셋, 드래곤이 비스듬히 아래쪽으로 고개를 돌리면 즉시 엎드릴 것."

차례대로 브레스 회피, 깔아뭉개기 회피, 꼬리 회피 방법이다. 브레스는 빈틈없이, 깔아뭉개기는 전력으로, 꼬리는 엎드려서 회피한다.

원래라면 드래곤에게 몇 번이나 살해당한 끝에 터득하게 되는 **최적의 해답**이다. 하지만, 이 세상에서는 단 한 번이라도 죽으면 그것으로 끝이다. 그러니 이 대책을 아는 사람은 얼마 안 될 것이다.

"음, 기억했다."

실비아는 고개를 끄덕였다. 그녀는 방금 무슨 말을 하려다 관뒀으리라. 과거에도 입에 담았던 「그런 걸 어째서 알고 있느냐?」란 질문을, 말이다. 나는 그 이유를 밝히지 않기로 정했다. 그것을 실비아도 알기에, 아무것도 묻지 않으며 고개를 끄덕이는 것이다.

마물이 취할 행동, 그리고 그 대책. 이것을 파악하고 있는 것이 이 세상에서 얼마나 큰 이점인가. 아직 확실치는 않지만, 세계 1위로 복귀할 순간도 그렇게 멀지 않았다는 느낌을 나는 받고 있었다.

"좋아. 방금 말한 세 가지만 숙지하고 있으면, 목숨을 잃을 일은 없어. 다음은 백룡을 상대로 연습한 대로 하면 돼. 질문 있어?"

"메티오 던전은 공략할 것이냐?"

"안 해."

"음, 그래."

실비아는 뜻밖이라는 듯한 표정을 짓고 있었다. 에코도 어리둥절한 것 같았다. 혹시 공략할 수 없다고 여기는 건가? 그렇다면 정정해줘야겠는걸. 세계 1위를 얕보면 곤란하다고.

"제대로 준비만 한다면 지금도 공략은 할 수 있지만, 그래봤자 득 될 게 없어."

"여, 역시 공략 자체는 가능한 거냐."

"대단해!"

두 사람은 놀란 것 같으면서도 어처구니없다는 눈길로 나를 쳐다보았다.

그렇다. 바로 그 눈길이다. 백룡보다 40배는 강한 흑룡을 쓰러뜨릴 수 있다는 말을 듣고 충격을 받았지만, 그 말을 한 사람이 나라서 신뢰와 납득을 하게 된다. 즉, 나를 **어처구니 없는 무언가**로 여기는 것이다. 세계 1위라면 그래야만 한다.

"뭐랄까, 세컨드 님은 참 이상하구나. 세계 1위라는 모호한 명예에 집착하면서도, 던전 공략 같은 구체적인 명예에는 눈길도 주지 않으니 말이다. 그러면서 호화로운 저택을 가지고 싶다고 하더니, 그 이유가 세계 1위에 어울리는 운운…… 욕심이 많은 건지 없는 건지 알 수가 없구나."

실비아가 갑자기 의문을 입에 담았다. 아무래도 내가 변태 같다는 소리를 하고 싶은 것 같았다. 내가 바라마지 않는 말이다. 세계 1위는 일종의 변태가 아니면 될 수 없다.

"쓸데없는 짓을 하고 싶지 않은 거야. 어차피 세계 1위가 될 거니까, 모든 건 그 과정에 지나지 않아."

"그 비정상적인 여유와 흔들림 없는 자신감이 참 변태적이란 소리인데 말이다……."

"그래도 그게 내 장점 아냐?"

"으음. 뭐, 그건 그렇지."

우리는 함께 웃었다. 적당히 취기가 돌기 시작한 우리는 이런 노골적인 대화를 나누기 시작했다.

그리고 얼마 후, 에코가 그릇에 얼굴을 처박은 채 잠을 자기 시작했을 즈음에 이 자리를 파했다.

내일은 드디어 용마를 습득할 것이다. 다들 긴장감이 딱 적당한 수준까지 풀린 것 같았다.

◇◇◇

―내 눈앞에서는 엄청난 전투가 펼쳐지고 있었다.

분노에 휩싸인 적룡, 그리고 검을 쥔 세컨드 님이 일곱 빛깔 아우라를 몸에 두른 상태에서 대치하고 있었다.

나는 이미 《용마궁술》을, 에코는 《용마방패술》을 습득했다. 항상 3대1로 싸웠기에, 녹룡이든 적룡이든 우리의 상대가 되지 못했다. 세컨드 님의 적절한 조언 덕분이라고 할 수 있을 것이다.

세컨드 님도 《용마궁술》을 익혔다고 말했다. 그럼 왜 싸우고 있는 건가. 그것은 바로 《용마검술》을 습득하기 위해서다.

기왕이면 솔로로 싸우겠다― 그는 아까 그렇게 말하더니, 마치 산책이라도 가듯이 적룡을 향해 저벅저벅 걸어갔다.

그리고 전투가 시작됐다.

한마디로 표현하자면 그것은 「아름다움」 그 자체였다.

극한까지 낭비를 없앤 세컨드 님의 세련된 움직임이, 적룡을 인정사정없이 궁지에 몰아넣었다.

얼마나 효율적으로, 그리고 안전하게 죽일 것인가― 그 두 가지를 궁극까지 추구한 집대성이 이것이라고 해도 과언이 아닐 거라고 나는 느꼈다.

얼마나 배우고, 얼마나 훈련하고, 얼마나 위험을 감수하면, 저 경지에 도달할 수 있을까. 나는 상상조차 되지 않았다.

뚫어지게 쳐다보았다. 일거수일투족을 놓치지 않기 위해, 집중했다. 나도, 에코도, 아무 말 없이 쳐다보기만 했다.

얼마 후, 적룡이 쓰러졌다.

당연했다. 지극히 당연하다고 해도 과언이 아니다. 왜냐하면 세컨드 님은 단 한 방도 맞지 않으며 《비차검술》을 최고의 효율로 날려댔으니 말이다.

"오케이, 익혔어. 돌아가자."

그는 우리를 돌아보더니, 아무렇지 않은 투로 그렇게 말했다.

평소와 다름없는 표정이었다. 여관에서 모퉁이 방을 잡았을 때, 술집에서 맛있어 보이는 요리를 발견했을 때, 쇼핑을 1만CL 이내에서 마쳤을 때, 우리가 짓는 표정이다.

평상심이라는 말로는 부족하다. 그 한 마디로 넘어가도 되는 표정이 아니다.

이 세상에는 드래곤을 쓰러뜨릴 수 있는 자가 다수 존재할 것이다. 하지만, **산책하듯** 드래곤을 쓰러뜨릴 수 있는 자가 과연 존재할까?

지금까지 나는 셀 수도 없을 만큼 그의 비정상적인 면을 봤지만, 오늘만큼 그것을 실감한 적은 없다.

그리고…… 왠지, 동경하게 됐다. 나도 저렇게 되고 싶다, 는 생각이 들었다.

넘어설 수 없을 거란 사실을 알지만, 저 위대한 자의 등을 쫓고 싶다는 욕망이 치솟았다.

"돌아가자~."

에코가 세컨드 님의 옆에 섰다. 그리고 우리는 돌아가기로 했다.

왔던 길로 돌아가고 있을 때, 먼 곳에서 전투음이 희미하게 들려왔다.

"세컨드 님."

"그래. 누가 싸우고 있는 것 같아. 보고 가자."

던전에서 다른 이와 마주치는 건 드문 일이다. 특히 이 메티오 던전처럼 미공략 던전에서는 더욱 그렇다. 왜냐하면, 이런 곳에 오는 건 목숨이 아까운 줄 모르는 인물 아니면 상당한 실력자이기 때문이다. 양쪽 다 흔히 보기 힘든 기이한 존재다.

"검술을 쓰는걸. 게다가 솔로 같아."

세컨드 님이 그렇게 중얼거렸다.

놀랍게도, 금발 청년이 혼자서 드래곤과 싸우고 있었다. 그 남자의 뒤편에는 여성이 한 명 있었다. 전투에 참여하지 않는 걸 보면, 후방지원 담당이라기보다는 회복술사 같았다. 신경쓰이는 점은 그 여성이 메이드복을 입고 있다는 것이다. 혹시 저 남성은 귀족일까?

"오~, 강하네."

에코는 고개를 갸웃거리며 말했다.

뭐, 확실히 강하기는 했다. 솔로로 황룡을 압도하고 있으니 말이다.

"오오, 해치웠잖아. 다운을 시키지 않은 걸 보면, 나보다 화력이 뛰어난 것 같네."

"뭐……?"

세컨드 님보다 화력이 뛰어나? 그 말은 상당한 실력자란 의미 아닌가?『타이틀전』에 출전하고도 남을 수준의…… 으음, 좀처럼 믿기지 않는걸.

"아, 한 번 더 싸우려나 보네. 이번 상대는 녹룡이야."

금발의 남성 검사는 이어서 녹룡에게 도전했다.

흉흉한 녹색 비늘에【검술】을 날렸다. 녹룡조차도 황룡과 마찬가지로 혼자 압도하고 있었다.

……강하다. 강하지만…… 으음, 그래. 내가 느낀 **위화감**의 정체를 알 것 같았다.

그는, 아름답지 않다.

돌진도, 브레스도, 깔아뭉개기도, 꼬리 공격도 쳐내거나 카운터를 날리거나 회피하며 교묘하게 움직이고 있는 것처럼 보인다. 하지만 아까 본 세컨드 님의 전투에 비하면 하늘과 땅만큼 차이가 났다.

움직임에 낭비가 너무 많았다. 공방에 빈틈이 너무 많았다. 그런데다 세컨드 님보다 공격 횟수가 적으며, 시종일관 위태로워 보였다.

비교하는 것 자체가 불쌍할 정도로, 그와 세컨드 님의 실력 차이는 역력했다. 만약 그와 세컨드 님이 싸운다면, 어느 쪽이 이길지는 뻔했다. 아무리 그의 스테이터스가 세컨드 님보다 뛰어나더라도, 그것을 뒤집고도 남을 만큼 크나큰 차이가 두 사람 사이에 존재하는 것이다.

"……아!"

그제야 나는 퍼뜩 눈치챘다. 내가, 그 결정적 차이를 이해할 만큼 성장했다는 사실을…….

예전의 나라면 세컨드 님을 볼 때나 저 금발 남성을 볼 때나, 처음으로 타이틀전을 봤을 때처럼 그저 흥분하기만 할 뿐 아무것도 눈치채지 못했으리라.

하지만 지금은 다르다. 그 아름다움을, 그 차이를 이해할 수 있다. 세컨드 님과 함께하며 성장한 지금의 나라면, 타이틀전을 관전하면서 뭔가를 깨달을 수 있을지도 모른다. 아니, 틀림없이 깨달을 수 있을 것이다. 나는 금발 남성의 전투에 관심이 사라졌기에, 언젠가 접하게 될 타이틀전에 대해 생각했다.

"저 실력으로 홍룡과 싸우게 된다면 죽겠는걸. 금룡과 싸워도 위험할 거야."

세컨드 님은 금발 남성을 안위를 걱정하고 있었다.

그게 사실이라면 저대로 두면 안 될 것이다. 다가가서 충고해주도록 할까?

그런 생각을 하고 있을 때, 우리의 생각을 눈치챈 것처럼 금발 남성과 메이드복 차림의 여성이 돌아갔다. 실력자답게, 자신의 수준을 파악하고 있는 것 같았다.

"좋아, 우리도 돌아가자. 빨리 유카리와 합류한 후, 내일은 저택을 보러 가자고~."

흥분한 표정으로 메티오 던전을 나서는 세컨드 님, 그리고 그와 손을 잡고 룰루랄라 걷고 있는 에코.

실은 저 두 사람의 심정은 이해할 수 있었다. 나도 히죽거리고 있다.

스킬 란에는 그렇게 고대했던 《용마궁술》과 《용왕궁술》이 추가됐고, 이제부터 300억CL이나 되는 거금이 얻을 것이며, 으리으리한 저택에서 세컨드 님과 같이 살 것이다. 그야말로 순풍에 돛단 것만 같아서 괜히 걱정될 정도다.

에코는 세컨드 님과 함께 있을 수만 있으면 어디에서 살든 상관없는 건지 별다른 변화를 보이지 않았지만, 유카리는 눈에 띄게 기뻐했다. 프롤린 던전 공략이 진행될수록 입꼬리가 올라갔으며, 나중에는 아예 싱글벙글 웃을 정도였다. 얼음장 무표정녀인 유카리가 말이다. 하지만 단순히 기뻐하는 것이 아니라 뭔가 꿍꿍이가 있는 것 같아서 무서웠다. 으음, 경계할 필요가 있겠는걸······.

"빨리 와, 실비아~. 확 두고 간다~?"

"아, 미안하다. 금방 가지!"

아무튼, 나는 세컨드 님의 지시대로 용마와 용왕을 갈고닦으며 타이틀전 참전을 목표로 삼을 것이다.

세컨드 님만 따라간다면 틀림없이 해낼 수 있다. 이번 일을 통해 확실하게 느꼈다.

나는 그렇게 생각하며 고개를 끄덕인 후, 매정하게도 나 혼자만 드래곤 소굴에 두고 가려 하는 저 밉살스러우면서도 사랑스러운 인물의 뒤를 쫓았다.

◇◇◇

　주인님과 동료 두 사람이 드래곤 사냥을 하러 떠난 직후, 나는 럼버잭 백작 가문을 찾아갔다.

　미스릴 합금은 이틀에 한 개 페이스로 조금씩 보냈으니, 이제 돈을 받기만 하면 된다. 300억CL이나 되는 거금을 말이다.

　"유카리 님, 이야기는 이미 들었습니다. 준비는 이미 해뒀지요."

　"감사합니다."

　백작 가문의 가신인 포레스트가 나를 맞이했다.

　미리 협의해둔 대로, 나는 주인님께서 돌아오실 때까지 이 백작 가문의 저택에서 지낼 예정이다. 백작 측에서도 두말없이 허락했다.

　나는 300억CL를 가지고 돌아다닐 만큼 바보가 아니다. 호위를 고용할까도 했지만, 그것도 좀 불안했다. 아마 주인님의 곁이 이 세상에서 가장 안전한 곳일 테니, 지금은 얌전히 기다리는 편이 좋겠다고 판단했다.

　하지만 나도 그냥 기다리기만 할 생각은 아니다.

　구입 예정인 호화로운 저택— 주인님께서는 이미 점찍어둔 곳이 있는 것이다.

　그 저택의 거래를, 이 저택의 방을 빌려서 하기로 했다.

　이곳으로 부른 건 왕도 외곽에 있는 초고급 주택지의 개발에 힘을 쏟고 있는 개발업자, 그리고 왕도 제일의 건설업자, 공구점, 목수 등이다. 저택을 사기만 할 거라면 판매자 측만 부르면 되겠지만, 주인님의 멋진 꿈을 이루기 위해서는 그것만으로 부족하다.

얼마 후, 돈 냄새를 맡은 업자들이 이 방에 찾아왔다. 그들 전원이 다크 엘프인 나에게 고개를 넙죽넙죽 숙여댔다. 역시 상업 도시를 다스리는 백작답게, 그 이름에는 절대적인 효과가 있다는 것을 실감했다.

나는 본론에 들어가기로 했다. 주인님께서는 저택의 구입 전에 사전 조사를 하면서, 이렇게 말씀하셨다.

"왠지 생각보다 조그마하네" — 하고 말이다.

왕도 외곽에 있는 가장 크고 가장 비싼 저택은 25억CL 정도지만, 그 저택도 주인님의 눈에는 차지 않는 것 같았다. 그렇다면 어떻게 하면 좋을까. 주인님은 환한 미소를 지으며 이렇게 말씀하셨다.

"이 인근의 저택을 3×3으로 아홉 개 사고, 그 사이의 토지도 전부 사서, 어마어마하게 커다란 부지로 만들자."— 하고 말이다.

……나는 주인님을 사랑하지만, 한순간 이 사람이 바보일지도 모른단 생각을 했다.

하지만 주인님은 눈을 반짝이며 말씀하셨다. 「북서쪽은 물의 도시를 모티브로 한 저택」, 「북쪽은 삼림 속의 은신처 느낌의 저택」, 「북동쪽은 온천여관 느낌의 저택이 좋겠네」, 「동쪽은 넓은 잔디 정원과 풀장이 있는 일반적인 저택」, 「남동쪽은 하인용 저택으로 삼자」, 「한가운데와 남쪽은 연결해서 길쭉한 성 느낌으로 만드는 거야」, 「남서쪽은 바닐라 호수를 한눈에 볼 수 있는 호숫가의 저택」, 「서쪽은 물가의 일본식 저택으로 하자」 하고 말이다.

분명 그렇게 말씀하셨다. 나는 단 한마디도 놓치지 않고 전부 기억했다.

그렇다면, 내가 할 일은 하나다. 주인님의 꿈을 실현하기 위한 첫걸음을 내딛는 것이다.

"…………."

내가 요청 사항을 설명하자, 모든 업자들이 침묵에 잠겼다. 당연했다. 전대미문이라 해도 과언이 아닌 공사인 것이다.

"견적을 뽑아줬으면 합니다."

나는 진심이 묻어나는 시선으로 전원을 쳐다본 후, 가볍게 고개를 숙였다. 그러자 업자들도 퍼뜩 놀란 듯한 표정을 짓더니, 각각 견적 작업에 들어갔다.

그날 밤, 각 업자에게서 견적서가 왔다.

저택, 토지, 개축 등, 모든 작업을 통틀어서, 약 216억CL이 든다.

……겨우 집을 위해 이런 거금을 들이는 인간이 있단 말은 들어본 적도 없다. 왕궁조차도 이것보다는 조금 쌀 것이다. 역시 주인님답게, 집에 있어서도 세계 1위가 틀림없다.

"자, 다음은……."

내가 각 업자에게 구입 및 착공에 관해서는 실물을 보고 판단하겠다는 뜻이 적힌 답장을 보낸 후, 의자의 등받이에 몸을 맡겼다.

이것으로 준비는 끝났다. 남은 건 『하인』을 어떻게 하느냐, 다.

그 점에 대해 생각하고 있을 때, 갑자기 문에서 노크 소리가 들렸다. 찾아온 이는 백작 가문의 메이드였다. 저녁 식사를 하기엔 아직 이른 시간이다. 그리고 더는 찾아올 손님도 없는데…….

"실례하겠습니다. 모리스 노예 상회의 회장인 필립 님께서 찾아오셨습니다."

"──!"

모리스 노예 상회! 나와 주인님의 평온을 무너뜨릴지도 모르는 그 존재는 단 한시도 잊은 적이 없다. 하지만 내가 혼자 있는 순간을 노릴 줄이야!

아마 업자 중 누군가가 괜히 신경을 써줬거나, 입을 잘못 놀렸을 것이다. 언젠가는 직면해야 할 문제라고 생각했지만, 설마 그날이 바로 오늘일 줄은 생각도 못 했다.

나는 이미 노예가 아니다. 주인님의 뜻에 따라 『탈옥』을 했기 때문이다. 그러니 모리스 상회에 보관된 내 계약서는 효력을 잃었으리라. 그 점에 대해서는 둘러댈 방법이 없다.

어떻게 하면 좋을까. 만나지 않는다는 선택지도 있다. 하지만 그 경우, 관계의 악화를 피할 수 없다.

이렇게 나를 찾아온 것을 보면, 적어도 추궁을 하러 온 것은 아니리라. 실수로 탈옥하고 말았다, 그러니까 고의가 아니었던 것으로 둘러대며 시치미를 뗄 것이라면 지금 만나는 편이 좋을 것이다. 하지만 전부 다 알고 있다면 어떻게 될까. 나를 잡아갈까? 백작 가문의 저택에 있으니, 그런 행위는 할 수 없다. 그렇다면 왜 나를 찾아온 것일까?

적대하든, 하지 않든, 만나서 이야기를 해봐야 결론을 내릴 수 있을 것 같았다.

"……지금 좀 바쁘니, 잠시만 기다려달라고 해주세요."

나는 메이드에게 그렇게 전한 후, 주인님과 팀 한정 통신으로 연락을 취했다.

주인님은 바로 답을 해주셨다. 「아마 괜찮을 것이다」― 그래도 좀 불안했다. 하지만 주인님의 말씀이니 틀림없을 것이다.

"준비를 마쳤습니다. 필립 님을 모셔와 주세요."

벨을 흔들며 지시를 내렸다. 그러자 메이드는 「알겠습니다」 하고 말하며 예를 표한 후, 방에서 나갔다.

5분 후, 눈이 가늘고 약간 통통한 남자, 모리스 노예 상회의 회장인 필립이 나타났다.

"…………음!"

필립은 나를 보더니, 눈을 치켜뜨며 놀란 듯한 표정을 지었다.

"……실례했습니다. 이야, 놀랍군요."

뭐가 놀랍다는 걸까. 나는 아무 말 없이 상대의 반응을 살폈다.

"위화감을 느꼈습니다. 어떻게 지내는지 살펴보러 왔습니다만……제 감도 둔해졌군요."

"……네?"

무슨 말을 하는 건지 영문을 모르겠다.

"이 세상에는 비합법적으로 예속계약을 해제해서 암시장으로 노예를 유통하는 자들도 있지요. 정말 몹쓸 놈들입니다."

"윽!"

역시, 눈치챘다!

……하지만, 이 남자는 주인님을 비난하는 것 같지 않았다. 어떻게 된 걸까?

"그에 비해, 당신의 주인은 정말 대단하군요. 이렇게 어엿하게 노예를 관리하고 있으니 말이지요."

"???"

영문을 모르겠다. 나는 현재 노예가 아니다. 계약도 취소됐을 것이다. 그 점을 이 남자가 모를 리 없다.

"이것을 당신의 주인에게 전해주십시오. 당신의 옛 주인께서 맡겨둔 것입니다."

"옛, 주인—?!"

나는 경악했다. 필립이 내민 것은 한 통의 편지였다.

루시아 아이신 여성 공작. 고아인 나를 주워서 암살자로 기른 여성. 그 사람이 주인님에게 편지를? 대체 왜?

"돌아가신 공작 각하께서, 만약 당신이 새로운 주인과 양호한 관계를 유지하고 있다면 전해달라고 말씀하셨지요."

"뭐!"

이 남자, 설마……!

"당신, 전부 알면서……!"

"음? 그게 무슨 소리지요? 저는 그저 편지를 맡아뒀을 뿐입니다."

"거짓말하지 마세요! 저는 현재 노예가……!"

"아뇨, 그건 당신의 착각입니다. 당신과 세컨드 님은 바람직한 주종관계를 맺고 있지요."

"…………."

눈을 실처럼 가늘게 뜬 필립은 그렇게 말하며 미소를 머금었다. 끝까지 모른다고 시치미를 뗄 작정이리라.

왜 이런 짓을 하는 것일까. 잠시 생각해본 나는 곧 눈치챘다.

루시아 님이 내 목숨을 지켜준 이유, 내가 모리스 노예 상회에 맡겨진 이유, 그리고 노예 상회의 회장이 탈옥을 눈감아주는 이유. 그것들이 가리키는 건 바로— 편지.

주인님에게, 이 편지를 전해주는 것이 목적인 건가……?

"……알겠습니다. 꼭 전해드리죠."

내가 침묵을 깨자, 필립은 환한 표정을 지으며 고개를 숙인 후, 기분 좋은 듯한 어조로 이렇게 말했다.

"자, 자질구레한 일을 처리했으니 본론에 들어가도록 할까요."

또 뭔가 있는 걸까. 그런 생각을 하고 있을 때, 필립이 말을 이었다.

"하인으로 부릴 노예가 필요하다면, 저희 모리스 상회에서 구입해주셨으면 합니다."

"여기가 예정지 동쪽의 저택입니다."

우리는 상업 도시 레냐드에서 유카리와 합류한 후, 그녀에게 안내를 받으며 왕도 고급 주택가 한편에 있는 『퍼스티스트 저택』 예정지를 찾았다.

내 눈앞에는 상상했던 대로의 저택이 있다. 축구를 해도 될 만큼 넓은 잔디 정원과 시원한 느낌의 풀장, 어처구니없을 만큼 거대한 목제 테라스, 주변 경관을 한눈에 볼 수 있는 발코니, 주위에는 야자나무, 그리고 커다란 창문이 잔뜩 있는 데다 천장도 꽤 높아서 햇볕이 잘 들 뿐만 아니라 통풍도 좋아 보이는 흰색의 2층 저택이다. 방 숫자도 스무 개가 넘어 보였고, 주방은 화려한 바 같아 보였으며, 거실은 테니스 시합을 해도 될 만큼 넓었다. 마치 최고급 리조트 호텔이었다.

"이, 이게 대체 뭐냐……!!"

실비아는 단말마를 지르는 듯한 목소리로 그렇게 외치더니, 너무 놀란 탓에 그대로 굳어버리고 말았다.

"여기 사는 거야?!"

에코는 가만히 있을 수가 없는 건지, 흥분한 표정으로 1층, 2층, 정원, 풀장, 발코니를 계속 오락가락하고 있었다.

"……이게 전체의 9분의 1입니다."

유카리는 질린 듯한 투로 말했다. 그렇다. 이 저택은 아홉 개의 저택 중 하나인 『동쪽의 저택』이다. 나도 이제야 어처구니없는 짓을 벌였다는 느낌이 들었다. 이건 너무 과했다. 이래서야 제대로 써먹지도 못할 거야……

"뭐, 질리면 다른 저택으로 이동해서 살면 돼. 아, 맞아. 계절에 맞춰 바꾸는 거야. 여기는 여름용으로 삼자고!"

"이용하지 않는 동안에도 유지비가 들 텐데요, 주인님."

"괜찮아. 돈이라면 얼마든지 벌 수 있어."

"…………"

유카리가 도끼눈으로 나를 쳐다보았다.

"다른 곳도 둘러보자."

나는 그 시선에서 도망치려는 듯이 그렇게 말한 후, 남쪽으로 걸어갔다.

걸어서 15분 정도 걷자, 또 하나의 거대한 저택이 보였다. 벽돌로 된 거대한 서양식 저택이다. 아니, 저택보다 성에 가까울지도 모른다. 임시 명칭은 『남동쪽의 저택』이며, 이곳을 하인들이 지내는 집으로 삼을 예정이다. 하지만 자택 부지에서 가장 가까운 곳까지 걸어서 15분이나 걸리다니…… 아, 이 생각은 그만하자.

"음? 이 집과 아까 그 집 중에 하나를 고르는 것이냐?"

실비아는 어리둥절한 표정으로 눈앞의 저택을 올려다보며 말했다. 역시 실비아는 아무것도 모르는 것 같다. 이런 면이 참 마음에 든다니깐.

"여기도 내 집이야."

"뭐?"

"여기와 아까 갔던 곳과 이제부터 돌아볼 곳을 합쳐서 총 아홉 개의 저택이 전부 내 집이야."

"뭐어……?"

플래티나 블론드 빛깔 머리카락의 미인이 입을 쩍 벌리며 놀라는 모습을 보니, 감회가 새로운걸.

"참고로 이 집에는 내 하인들이 살 예정이야."

"   "

나는 또 얼어붙은 실비아를 깨운 후에 저택 안을 둘러보았다. 나
뭇결이 아름다운 실내는 중후하면서도 세련된 분위기를 지녔다.
왠지 고풍스러운 정취도 느껴졌다. 방 숫자는 동쪽의 저택보다 많
으니, 수많은 하인이 지낼 수 있을 것 같다. 특히 식당과 주방이 넓
은 게 마음에 든다. 다수의 인원이 한꺼번에 식사를 해결할 수 있
을 것이다.

"하인 교육은 저에게 맡겨주십시오."

남동쪽의 저택을 나선 후, 유카리가 그렇게 말했다. 꽤 힘든 일
일 것 같은데…….

"괜찮겠어?"

"부디, 저에게, 맡겨주셨으면 합니다."

유카리는 단단히 마음을 먹은 것 같았다. 아니, 집념 같은 무언
가가 느껴졌다. 안 된다고 했다간 사달이 날 것 같았기에, 그냥 맡
기기로 했다.

"아, 알았어. 잘 부탁해. 그래도 무리는 하지 마."

"감사합니다, 주인님."

무표정한 유카리의 길쭉한 귀가 살짝 쫑긋거렸다. 그리고 그녀는
기쁜 듯이 예를 표했다.

그 후, 우리는 아홉 개의 저택을 전부 시찰했다. 새로 짓거나 개

축을 해야 할 필요가 있는 저택은 아홉 개 중 일곱 개다. 동쪽 저택과 남동쪽 저택은 그대로 쓰기로 결정했다.

그리고 나는 저택을 구입 했고, 그와 동시에 공사가 시작됐다. 유카리의 수완 덕분에 일은 빠르게 진행됐다. 총 216억CL. 이 규모를 생각하면 꽤 싸게 치렀다는 생각이 들었다.

"세컨드 님! 동쪽 저택은 오늘 밤부터 바로 묵을 수 있다고 한다! 정말 기대되는구나!"

실비아는 들뜬 것 같았다.

그 심정은 충분히 이해된다. 나는 이제까지 현실의 생활 환경에는 딱히 집착하지 않았다. 뫼비온을 할 수 있는 환경이면 충분하기 때문이다. 뭐, 사회적으로 본다면 「패배자」라 할 수 있다.

하지만 이 세상이 현실이 된 현재, 「승리자」의 증표라 할 수 있는 거대한 저택을 손에 넣은 내 기분은 째질 것 같았다.

"오예에에에에에에에~!"

에코는 너무 흥분한 탓에 텐션이 요상해진 것 같았다. 목도 약간 쉬었다.

"오늘은 바비큐 파티를 하자!"

그런 나 또한 슈퍼 해피 러시 돌입 중이다. 아직 동쪽의 저택으로 걸어가는 중이지만, 새우와 고기 등을 인벤토리에서 꺼내 꼬치에 꽂고 있었다. 나, 지금 뭐 하는 거지?"

"돕겠습니다."

평소 무표정하던 유카리도 「후후후」 하고 웃고 있었다. 드문 일도

다 있네.

이리하여, 텐션이 하늘을 찌를 듯한 4인조는 기분 나쁜 웃음을
흘리며 저택의 목제 테라스에서 밤새도록 바비큐를 즐겼다.

다음 날, 엄청난 숙취 탓에 포션을 마시지 않고는 깨지 못할 지
경이 된 것은 말할 필요도 없을 것이다.

아침, 아니 점심때가 다 되었을 즈음.

두통을 해독 포션으로 완화한 나는 거실로 향했다.

커피라도 마실까 싶어서 주방에 가보니……『메이드복』을 입은 유
카리가 점심 식사를 준비하고 있었다.

…………어?

"주인님, 일어나셨습니까."

나를 발견한 유카리는 공손히 예를 표하며 인사를 건네왔다.

"으, 응. 좋은 아침."

나도 인사를 건네자, 그녀는 「그럼 잠시만 기다려주십시오」 하고
말하며 주방으로 돌아갔다.

……으음, 정말 잘 어울린다. 위화감을 전혀 느낄 수 없을 만큼
완벽하게 메이드 옷차림을 소화하고 있었다. 그런데 왜 메이드복을
입은 거지? 이상하잖아? 이상한 거 맞지?

"─아니?! 결국 일을 벌인 것이냐, 유카리!"

나중에 나타난 실비아가 유카리를 손가락으로 가리키며 발끈했다. 「일을 벌였다」는 게 대체 무슨 소리일까.

"선수 필승입니다."

유카리는 실비아에게 눈길 한번 주지 않으며 그렇게 대꾸했다. 그러자 실비아는 볼을 부풀리며 분통을 터뜨렸다.

"앗! 세컨드! 세컨드! 정원에 말이야! 열매가 말이야! 이렇게 맛나 보이는 게 말이야! 커다란 게 말이야! 열매가 말이야! 있단 말이 야!, 엄청 커~!!"

"우왓, 좀 진정해!"

밖에서 놀다 온 듯한 에코가 꼬리를 쉴 새 없이 흔들며 그렇게 말했다. 에코는 엄청 기운이 넘쳐 보였다.

"열매가! 커다란 열매! 열매!"

"열매……? 아하! 야자열매 말이구나."

"야자열매!"

"껍질을 벗기면 먹을 수 있어. 그런데 껍질이 엄청 단단해."

내가 그렇게 가르쳐주자, 에코가 눈을 반짝이며 「헤에~」하고 말했다. 이 녀석, 나중에 쪼개볼 작정인가 보네.

"점심 준비를 마쳤습니다."

유카리가 그렇게 말하자, 우리는 거실에 모여 자리에 앉았다.

테이블에는 유카리가 직접 만든 맛있는 샌드위치와 샐러드 등의 요리가 놓여 있었다. 커다란 창문에서 햇빛이 쏟아져 들어왔고, 시원한 바람이 불어 들어오는 테라스에서는 정원과 풀장을 한눈에 볼 수 있다. 넓은 거실과 높은 천장은 개방감이 넘치며, 그 옆에는 나이스 바디의 다크 엘프 메이드, 맞은편에는 플래티나 블론드빛 머리카락을 지닌 늠름한 미인, 그리고 그 옆에는 귀여운 수인 여자애가 있다.

이겼다. 나는 이겼어. 세계 1위가 못 되더라도 이미 승리자라고.

그래도 세계 1위는 차지할 생각이지만.

"편지, 구나."

점심 식사를 마친 후, 나는 커피를 마시면서 유카리에게 자초지종을 들었다.

오호라. 아무래도 죽은 루시아 아이신 공작은 나에게 뭔가를 시키고 싶나 보군.

"그런데, 주인님께서는 왜 필립은 괜찮을 거라고 일전에 판단하신 겁니까?"

"아, 그건 녀석이 **세뇌**됐을 가능성이 크기 때문이야."

"……그렇군요."

유카리는 납득을 한 것 같았다. 다크 엘프 노예와 편지 한 통을 위해 대상회의 수장이 직접 움직이는 건 이상했다. 공작에게 세뇌를 당했을 거라고 봐야 할 것이다.

자, 그렇다면 이 편지의 내용이 신경 쓰이는 걸.

그 공작이 이렇게까지 하면서 내가 이어받기를 원한 일이 대체 뭘까. 자—.

"………와우."

그 편지에 적힌 정보는 예상보다 훨씬 위험했다. 장난 아닌걸.

"왜 그러시죠?"

유카리도 신경이 쓰이는 건지 내 안색을 살폈다.

"꽤 골치 아픈 일이라서 함부로 이야기할 수 없어. 하지만……."

"하지만?"

"저기, 뭐냐. 나한테 맡겨."

"으…… 네, 주인님."

유카리는 기쁜 듯이 고개를 끄덕인 후, 입을 다물었다. 신경이 쓰일 텐데도, 나에게 전부 맡겨줬다. 나는 유카리의 뜨거운 시선을 느끼며, 공작의 편지를 눈으로 훑었다.

편지에 적힌 정보는 총 네 가지다.

①신뢰할 수 있는 인간 리스트, ②신뢰할 수 없는 인간 리스트, ③캐스탈 왕국의 내부 정보, 그리고 ④《세뇌 마술》의 습득 방법.

전부 무시무시한 정보다. ①~③을 통해 알 수 있는 건, 캐스탈 왕국의 재상인 발 모로가 말베르 제국의 인간이라는 점, 왕국 내부에 대량으로 존재하는 제국의 공작원이 민중의 뜻을 의도적으로 유도하고 있다는 점, 이 사실을 눈치챈 왕국 측 인간은 이미 열세에 처했다는 점이다.

과연. 일전에 배드골드 마을에서 제국의 개가 어슬렁거린 것도 그래서인가.

왕국은 제국 측에 넘어가기 직전일 것이다. 재상의 주도하에 『개혁파』의 대표로 추대된 클라우스 제1왕자가 국왕 자리에 오른다면, 왕국은 제국의 손아귀에 들어간다. 그들이 주장하는 개혁이란 「제국과 함께 나아가는 새로운 시대」라는 것이다. 듣기에는 좋지만, 결국은 제국의 속국이 된다는 의미다. 쓰레기 같은 조약을 일방적으로 강요해 체결한 후, 착취할 뿐이다. 제국 주변에는 그렇게 흡수당해 쇠퇴한 소국이 수없이 존재하지만, 왕국 내부로 숨어든 제국 측의 공작원이 그 사실을 은폐하고 있다.

한편, 진실을 아는 왕국 측 인간은 마인 제2왕자를 지지하며 『보수파』로서 싸우고 있다. 하지만 그들은 열세에 처했다. 군비 확충을 주장하지만, 도리어 축소되기만 할 뿐이다. 왕국의 백성들 사이에서는 「전쟁 반대」의 목소리가 매우 컸다. 이대로 가다간 싸워보지도 못한 채 침략을 당하는 운명에 처한다는 것을 모른 채로 말이다.

그런 왕국의 현 상황을 타개하기 위한 방법이 바로 ④다.

아이신 공작 가문이 수백 년에 걸쳐 숨겨왔던 《세뇌 마술》의 습득 방법이 여기에 적혀 있는 이유. 그건 나라도 알 수 있다. 「나를 대신해 캐스탈 왕국의 미래를 어떻게 해달라」라는 의미인 것이다.

왜 하필이면 나에게 그런 부탁을 하는 건지 생각해보니, 곧 답을 찾을 수 있었다. 유카리의 세뇌 상태를 꿰뚫어 보고, 그것을 해결할 수 있는 『비정상적으로 우수한 인간』에게 《세뇌 마술》을 건네려 한 것이다. 확실히 앞뒤가 맞기는 했다. 만약 내가 실패했다면 편지를 건네주지 않았을 것이며, 유카리는 필립의 곁으로 돌아가서 새로운 주인을 기다리는 일이 반복됐으리라. 즉, 이상적인 후계자 찾기라 할 수 있다.

으음~, 솔직히 말해 캐스탈 왕국의 미래 같은 건 아무래도 상관없다. 하지만 유카리와 약속을 했고, 마인 녀석도 걱정된다. 캐스탈 왕국이 붕괴해서 타이틀전이 개최되지 않게 되는 것도 곤란하다. 이 문제를 빨리 해결하고 싶다면, 발 모로 재상이나 화이트 제1왕비를 해치우면 될까? 그랬다간 공작원들이 선동을 통해 나를 악당으로 몰고 갈 것 같다. 그럼 암살을…… 아니, 이상적인 것은 마인이 정권을 쥐게 해서 고름을 완전히 짜내는 걸까.

여러모로 생각해봤지만, 좀처럼 답을 찾을 수 없었다.

뭐, 일단 **그것**을 마쳐서 만반의 태세를 갖춘 후에 이 일에 뛰어들어야겠다.

아직 완벽하게 준비되지는 않았다. 나는 승산 없는 승부는 벌이지 않는다. 세계 1위는 백번 싸워 백번 다 이기는 존재여야만 한다. 단 한 번의 패배도 허락되지 않는다. 모든 이가 인정하는 세계 1위가 아니면 의미가 없는 것이다. 그것이 바로 나이며, 내가 원하는 세계 1위다.

"좋아. 방침을 정했어."

우선 《세뇌 마술》 습득은 미루기로 했다. 보아하니 꽤, 아니 매우 성가시다. 그것보다 먼저 내 준비부터 마쳐야겠다. 완벽한 세계 1위가 되기 위한 준비 말이다.

"나는 이제부터 실비아와 에코를 데리고 변신 스킬을 익히러 갈 거야. 유카리는 하인 쪽을 맡아주겠어?"

"네. 저에게 맡겨 주십시오."

"따로 행동하게 해서 미안해."

"아뇨, 개의치 마시길."

유카리는 쾌히 승낙했다. 「하인의 교육을 맡고 싶다」고 말했을 때 눈치챘지만, 아무래도 유카리는 『하인』에 관해 나름 생각하는 바가 있는 것 같았다. 메이드복을 입은 것도 그런 생각에서 우러난 행동인 걸까?

"메이드복, 잘 어울려."

헤어지기 직전, 나는 진심을 담아 그렇게 말했다. 유카리는 「감사합니다」 하고 말하며 고개를 숙인 후, 서둘러 이 자리를 벗어났다. 말할 필요도 없겠지만, 그녀의 귀는 새빨갰다. 나는 칭찬하기 잘했다고 진심으로 생각했다.

오후.

유카리를 제외한 우리 셋은 왕도 빈스턴과 광산 사이에 있는 『슬라임의 숲』을 찾았다.

"우리도 익힐 수 있는 것이냐?"

옆에서 걷고 있던 실비아가 석연치 않은 표정으로 물었다.

"그래, 익힐 수 있어."

"하지만 변신 스킬 같은 건 들어본 적도 없다만……."

호오. 어쩌면 이 세상에서는 아직 발견되지 않은 스킬일지도 모른다. 확실히 조건이 꽤 특수하기는 했다.

"조건은 전부 네 가지야. 꽤 복잡하니까 차근차근 설명할게."

내가 그렇게 말하자, 실비아는 인벤토리에서 메모장을 꺼냈다. 복잡하다는 말을 듣자마자 메모를 하려는 게 참 실비아다웠다. 한편, 에코는 콧노래를 흥얼거리면서 나와 맞잡은 손을 흔들고 있었다. 정말 마이페이스인걸.

"①, 동일한 종류의 마물에게 1111~9999의 네 자릿수 숫자 동일 대미지를 각각 한 번 이상 가한다. ②, 던전 보스에게 1111~9999의 네 자릿수 숫자 동일 대미지 중 하나를 한 번 이상 가한다. ③, ①과 ②를 일주일 안에 완료한다. ④, 포즈를 취하면서 변신, 하고 말한다. 이게 다야."

"잠깐만 있어 봐. 마지막 그게 필요한 것이냐?"

"그래."

"그렇구나……."

실비아는 약간 어이없어하면서도 메모를 했다. 에코는 「변~신!」하고 말하면서 팔을 교차시키는 포즈를 취했다. 꽤 센스가 좋은걸.

"이제야 알겠다. 아까부터 세컨드 님이 무기를 산 건, 네 자릿수 숫자 동일 대미지 때문이구나."

"맞아. 지금의 우리가 메인 스킬로 1111 같은 한심한 대미지를 가하는 건 갑등급 급의 튼튼한 적한테나 가능하거든."

슬라임의 숲으로 향하기 전에, 우리는 왕도에 있는 무기점에서 창을 세 자루 샀다. 그리고 왕립 대도서관에서 【창술】의 《보병창술》스킬 서적을 읽고 익혔다. 생채기급 대미지를 낼 준비는 끝난 것이다.

그리고 왜 슬라임의 숲에 온 것이냐면, 공격력이 약하지만 방어력이 뛰어나다는 특징을 지닌 슬라임이 졸개급부터 보스급까지 우글거리는 곳이 바로 이 숲인 것이다. 적당한 사냥감을 골라잡을 수 있어서 네 자릿수 숫자 동일 대미지를 전부 이곳에서 기록할 수 있기에,《변신》의 첫 번째 조건을 충족시키기에 가장 적합한 장소라 할 수 있다.

"숫자 동일 대미지를 가하면 까먹지 말고 메모해둬. 에코도 그렇게 해."

"음."

"응!"

"자, 다들 창을 들었지?"

"오~!"

"오, 오~."

에코는 흥이 난 것 같았고, 실비아는 아직 내키지 않아 보였다. 지금은 저렇지만, 실비아는《변신》을 익히면 푹 빠질 것 같단 말이지……. 밤이면 밤마다 등장 대사와 필살기명 같은 걸 생각할 것 같아서 무섭네.

뭐, 됐어.

"좋아! 그럼 사냥 개시!"

◇◇◇

자, 주인님께서 하인 건을 저에게 일임해주셨어요. 정말 명예로운 일이에요!

즉, 저는 자동적으로 최고위 하인이 됐어요. 가신이나 집사보다 위니까, 남들이 보기에······.

"부인, 이랄까?"

무심코 혼잣말을 중얼거릴 정도로 기분이 좋아요.

주인님이 하사해주신 으리으리한 방에서, 저는 모리스 노예상회의 회장인 필립에게 받은 노예 리스트를 살피며 하인을 뽑았어요.

제가 현 시점에서 세운 계획은 총 3단계.

우선 집사, 요리장, 정원사, 마구간지기를 맡을 네 명의 남성과 뭐든 척척 해내는 만능 메이드 후보인 열 명의 여성을 채용할 거예요. 그리고 각자에게 높은 수준의 교육을 시켜서 주인님을 모시기에 걸맞은 수준까지 레벨을 끌어올릴 겁니다. 마지막으로, 그들의 부하를 필요한 숫자만큼 보충할 거예요.

이 계획이 무난하겠죠. 수많은 여자를 주인님의 곁에 두는 게 정말 마음에 들지 않지만, 퍼스티스트의 남녀 비율을 생각하면 어쩔 수 없어요. 그 문제는 저의 조교, 아니, 교육으로 어떻게든 제어할 생각이에요.

채용할 하인은 남녀 전부 노예예요. 일반인을 채용할 생각은 없어요. 왜냐하면 배신이 걱정되기 때문이에요. 설령 예속계약을 맺

더라도 안심할 수 없어요. 예의 그 『탈옥』이 주인님만 아는 기술이
아니라는 건 필립의 말투로 느꼈어요. 수많은 적이 존재하고, 누가
어떤 식으로 누구에게 손을 쓸지 모르는 만큼, 주인님을 지키기 위
해서는 배신을 경계해야만 해요.

……불쑥, 어떤 단어가 제 머릿속에 떠올랐어요.

세뇌— 어쩌면 루시아 님은 지금의 저 같은 심정이었을지도 몰라
요. 반드시 지키고 싶은 이가 있다면, 수단과 방법을 가리지 않고
모든 것을 동원한다. 그래요, 저라도 그렇게 하겠죠.

하지만 저는 세뇌를 쓸 수 없어요. 그러니 저는 제 방식으로 주
인님을 지킬 거예요.

그것은 바로 **의존**이에요. 구원하고, 농락해, 신앙하게 만든다.
절대 배신하지 않도록, 상대의 마음을 완전히 휘어잡는다. 그리고
주인님에게 바치는 것이에요.

아마 주인님은 거기까지 고려해 『하인용 저택』을 구입하셨겠죠.
역시 주인님이세요. 그 심모원려에는 항상 감복해 마지않아요.

저는 노예 리스트에서 가능한 한 **비참한 과거**를 지닌 노예를 뽑
은 후, 하인 리스트에 넣었어요.

—이곳에는 주인님이 계세요. 약자를 손가락만 까딱해서 구할
수 있는 환경이 갖춰져 있죠. 즉, 이 세상의 낙원이에요. 고통으로
찬 과거 따위, 비통한 심정 따위, 불우한 처지 따위, 전부 내버릴
수 있어요. 과거의 제가 그랬던 것처럼…….

"휴우, 이 정도면 되겠군요."

리스트 정리를 마친 나는 주인님이 돌아올 때까지 기다리면서 저택 안을 청소했어요.

…………저녁때까지 열심히 청소했지만, 결국 마치지 못했어요. 이렇게 시간이 걸릴 줄은 꿈에도 몰랐어요.

아무래도 서둘러서 하인을 늘릴 필요가 있겠군요…….

다음 날. 저는 주인님을 모시고 모리스 노예 상회를 찾았어요.

제가 고른 인원에게는 딱히 문제가 없었는지, 회장의 입회하에 예속계약을 맺었어요.

계약 내용은 단순명쾌하며, 제가 맺었던 내용에서 「공격 불가」만 빠져 있어요. 즉, 인도적인 주종관계를 맺었다고 할 수 있죠.

계약을 마친 주인님은 바쁘신지, 노예들에게 「잘 부탁해」 하고 가볍게 인사를 후에 서둘러 슬라임의 숲으로 향하셨어요.

자, 이걸로 남녀를 합쳐서 총 열네 명의 하인을 입수했어요.

다들 두려움과 체념이 섞인 눈길로 저를 쳐다보고 있어요.

하아, 고생길이 훤히 열린 것 같군요. 주인님의 천진난만한 모습과 저 같은 박해의 대상인 다크 엘프가 이렇게 멀쩡하게 서 있는 상황을 보면, 두려움이나 체념 같은 걸 느끼지 않아도 된다는 것을 눈치챌 수 있을 텐데 말이죠.

아무래도 이성으로 감정을 억누르며 머리를 굴리는 영리하고 교활한 자는 없는 것 같아요. 제 안목에는 문제가 없는 것 같군요. 이 정도면 의존 및 신앙을 하게 만드는 것도 금방이겠어요.

저는 열네 명의 노예를 데리고, 우선 동쪽의 저택으로 향했어요.

그곳에 도착하자마자, 저는 문앞에 노예들을 줄지어 서게 한 후에 저택을 등지고 서서 전원을 둘러봤어요.

첫인상이란 것은 매우 중요하죠. 저는 어젯밤에 생각해뒀던 문장을 떠올리며, 가능한 한 느긋한 어조로 말했어요.

"당신들은 참 운이 좋아요. 그걸 오늘 하루 동안, 자각하도록 하세요."

"……윽."

노예들이 숨을 삼켰어요. 시작은 꽤 좋군요.

"그걸 자각한다면, 평생 주인님께 최선을 다해 봉사하세요. 이 축복받은 환경을 누리는 대가는, 그것뿐입니다."

노예들이 서로를 쳐다봤어요. 다들 당혹스러워하는 것 같군요. 그럴 만도 해요. 믿기 힘든 말일 테니까요. 저도 그랬고요.

"피부 색깔을 이유로 박해당한 끝에, 유일하게 믿었던 부모에 의해 노예가 된 자. 말도 안 되는 누명을 뒤집어쓰고 남들에게 괴롭힘을 당해온 자매. 약혼자에게 배신을 당해 거액의 빚을 지고 노예가 된 자. 외설죄로 인해 노예로 전락한, 남성의 몸을 지닌 여성—."

저는 노예 한 사람 한 사람의 과거를 폭로했어요.

열네 명의 노예는 당황했어요. 하지만 누구도 불만을 터뜨리진 않았어요. 그 이유는 무엇일까요. 제가 이어서 할 말이, 제가 무슨 말을 하려는 것인지 너무나도 궁금하기 때문이에요. 그렇잖아요? 제가 말했다시피, 당신들은 운이 좋으니까요. 그것을 자각하게 해줬으면 하는 거죠? 매달릴 수밖에 없죠? 기대할 수밖에 없죠? 그런 가련한 당신들에게, 제가 답을 제시해드리겠어요.

"전부 버리세요. 주인님은 피부색은 신경 쓰지 않아요. 당신들이 누명을 썼다는 것을 주인님은 이미 알고 계시답니다. 거액의 빚? 이곳에서 일하면 3년 안에 다 갚을 수 있을 테죠. 아, 당연하겠지만 주인님은 절대 배신하지 않는답니다. 남성의 몸을 지닌 여성인가요. 주인님은 그런 쪽으로도 이해심이 넓으시니, 분명 이곳에서 편히 일할 수 있을 거랍니다—."

저는 노예들의 과거를 전부 부정했어요.

그들의 마음속에 생긴 파문이 퍼져나가면서, 점점 커졌어요. 그에 맞춰 노예들의 눈에 생기가 점점 돌아오고 있어요. 그분의 크나큰 그릇을, 믿음의 존귀함을, 급료가 나온다는 사실을, 넓은 마음을. 지금 바로 믿을 수는 없더라도, 가슴 속에서 부풀어오르는 기대를 억누를 수가 없겠죠.

"이 문을 지난 순간. 이제까지 당신들을 괴롭혀온 것들은, 전부 신경 쓸 가치도 없는 지푸라기가 될 겁니다."

저는 열네 명의 노예 앞에서 돌아선 후, 저택 입구를 통과했어요. 다들 저를 쳐다보며, 제 말을 기다리고 있었어요.

자신을 구원해달라고 말하며 손을 뻗고 싶지만, 그럴 수가 없어요. 믿고 싶지만, 믿을 수가 없어요. 그러니 기다리고 있는 거예요. 기다리는 것 말고는 할 수 있는 게 없는 가련한 존재예요. 그러니 저는 몸을 잔뜩 웅크린 그들의 손에 일일이 수갑을 채운 후, 억지로 잡아끌기로 했어요. 주인님이 하셨던 것처럼 말이에요. 딱 하나 다른 건, 저는 그 수갑을 절대 풀어주지 않을 거란 점일까요.

"주저하지 말고 들어오세요. 그리고 이쪽으로 와요. 그러면 당신들에게 일거리를 주겠어요. 필요하다면, 처음부터 차근차근 교육해드리죠. 의식주 또한 충분히 제공해드리겠어요. 그리고 당신들에게는 거부권이 존재하지 않아요."

저는 단호하게 열네 명의 노예를 저택 안으로 들였어요.

딱 한 번 고개를 돌려 그들 전원의 얼굴을 살폈어요. 다들 멋진 표정을 짓고 있었어요. 속는 걸지도 모르지만, 믿어볼 수밖에 없다. 다들 그런 각오가 드러나는 표정을 짓고 있었어요.

후후, 이제 다 넘어왔군요.

이렇게, 저의 하인 의존화 계획의 막이 올랐어요.

운명의 날. 우리 자매를 구입한 사람은 매우 아름다운 남성이었다.

하지만, 그런 우리 앞에 나타난 이는 얼음장처럼 차가운 표정을 지은 메이드복 차림의 다크 엘프였다.

다크 엘프 메이드…… 이 사람도 저 남자의 하인인 걸까? 다크 엘프라면 이 망할 왕국에서는 차별 대상의 대표격이잖아. 무시무시한 곳에 팔려온 걸까…….

"엘 언니……."

에스가 내 손을 꼭 움켜쥐었다. 불안하지? 걱정하지 마. 내가 있잖아.

우리를 비롯한 열네 명의 남녀 노예는 어마어마하게 거대한 문 앞에서 줄지어 섰다.

으리으리한 저택이었다. 역시 그 미남은 엄청난 부자였던 것 같다. 노예를 한꺼번에 이렇게 잔뜩 사서 뭘 하려는 건지 모르겠지만, 『암시장』에 팔 것 같지는 않아서 안심이다.

내가 불안이란 어둠에 짓눌리면서도 한 방울의 안도를 맛보고 있을 때, 다크 엘프 여자가 우리 앞에 섰다. 엄청난 미인이다. 게다가 빈틈이 전혀 없었다. 우리를 쳐다보고 있을 뿐인데 저절로 위축되고 말 정도의 위압감을 뿜고 있었다. 이 여자는 대체 뭐야?

······내가 그런 생각을 하고 있을 때였다. 그 녀석이 갑자기 연설을 시작했다.

우리는 운이 좋다. 그것을 자각하라─.

이 녀석이 무슨 헛소리를 늘어놓는 거야, 하고 나는 생각했다. 그러지 않고서는 참을 수가 없을 것 같았다. 이런 말장난에 회유될 정도로 우리는 무르지 않다. 그딴 사탕발림을 어떻게 믿느냔 말이야. 그걸 알기에, 불안이 엄습했다. 벗어날 수 없는 열악한 환경을 상상하고 말았다. 우리를 속여서 얼마나 악랄하게 부려 먹으려는 거지? 그런 생각이 들었다. 그래서 마음속으로 독설을 뱉었다. 애초에 기대 같은 건 안 했어, 멍청아~ 하고 말이다.

"말도 안 되는 누명을 뒤집어쓰고 남들에게 괴롭힘을 당해온 자매—."

"으윽?!"

이 여자, 알고 있었던 거야?!

게다가 여기 있는 녀석들은 다 하자 있는 녀석들이야?! 이걸로 확정된 거나 다름없네! 우리는 죽을 때까지 혹독하게 부려—.

"당신들이 누명을 썼다는 것을 주인님은 이미 알고 계신답니다."

—……뭐?

자, 잠깐만. 영문을 모르겠어.

왜 우리가 누명을 썼다는 걸 「알고 있는」 거야? 그걸 알아서 뭘 할 건데? 왜 저 여자를 **우리를 쳐다보며** 그런 말을 하는 거야? 이제부터 죽을 때까지 부려 먹을 노예 하나하나의 정보를 일일이 기억할 필요가 있긴 해? 혹시 우리는 지옥에 떨어진 게 아닌 걸까……?

"이 문을 지난 순간. 이제까지 당신들을 괴롭혀온 것들은, 전부 신경 쓸 가치도 없는 지푸라기가 될 겁니다."

…………아아, 그래. 그게 정말이면 얼마나 좋아.

알았다, 알았어. 믿으면 될 거 아냐.

문을 지나가라면 그렇게 할게. 시키는 대로 하겠어.

이게 마지막이야. 기대해주겠어. 이제까지 몇 번이나 배신을 당했지만, 마지막으로 딱 한 번만 더 믿어보겠다는 거야.

그러니까, 부탁할게. 더는 우리를 배신하지 마—.

——그런 생각을 했던 시기가 저한테도 있었습니다!!

이게 다 뭐야?! 하인용 저택?! 뭐?! 하인을 저택에 묵게 한다는 이야기는 들어본 적이 없거든?! 게다가 메이드, 아니, 노예에게 한 사람당 방을 하나씩 준다는 게 말이 돼~?! 게다가 엄청 호화로운 방이잖아! 그것보다 얼마나 넓은 땅을 가지고 있는 거야? 우리가 이런 곳에 있어도 돼? 왠지 송구할 지경이네! 게다가 교육 레벨도 너무 높은 거 아냐? 착각한 거 아냐? 이런 양질의 교육은 아무나 간단히 받을 수 있는 게 아니거든? 이런 교육을 계속 받다 보면 우리도 고위 귀족 저택에나 있다는 일류 메이드가 될 거란 말이야. 괜찮겠어? 진짜로 될 거란 말이야.

그리고 식사가 너무 맛있잖아? 하루 세끼가 다 나오는 데다 이렇게 맛있어서야 살찔 거야.

아, 방금 그건 거짓말이야. 살찔 일은 없어. 그 냉철 메이드장이 어마어마하게 우리를 굴려대거든. 사흘에 한 번 페이스로 지옥을 보고 있으니 살찔 틈이 없어~. 뭐, 이 집에 오기 전에 비하면 천국이지만 말이야. 요즘 들어 주인님을 모습을 멀찍이서 보면, 피로가 싹 날아가는 것 같아. 아직 곁에서 모시는 건 허락되지 않았지만, 언젠가는 주인님을 곁에서 모시는 게 나의 현재 목표라니깐~.

이야~, 그 도깨비 교관이 무시무시한 점 말고는 불평할 게 하나도 없어. 진짜 끝내주는 환경이야. 확실하게 자각했어. 아니, 당했다고 해야 하나? 뇌에 완전히 새겨졌어. 그러고 보니 나를 비롯한 만능 메이드대 열 명 전원이 아직 주인님을 곁에서 모시지 못하고 있네. 혹시 도깨비 교관이—

"엘. 손이 움직이지 않는군요."

"죄, 죄송합니다."

혼났다~! 이 녀석, 초능력자 아냐?!

"…………."

에스도 나를 쳐다보며 웃고 있네. 너는 메이드에 재능이 있어서 좋겠네. 이 언니는 재능이 없어. 이런 일은 나한테 맞지 않아…….

"잘 들으세요. 지금 이곳에 있는 열 명은 정예『만능 메이드대』란 명칭에 걸맞은 레벨에 도달해야 합니다. 당신들은 교양이, 정신이, 경험이 부족해요. 제가 하나하나 가르쳐드리죠. 그러니 호흡하듯 익히도록 하세요. 그리고 언젠가는 당신들이 부하를 가르치는 겁니다."

내가 풀이 죽어 있으면, 유카리 님은 마치 타이밍을 재고 있었던 것처럼 격려를 해줘.

이 사람은 도깨비처럼 엄격하지만, 엄청 좋은 사람이라니깐.

뭐…… 즉, 무슨 말이 하고 싶은 거냐면 말이야.

나, 평생 여기서 일하고 싶어.

우리는 사흘 걸려서 《변신》을 습득했다.

진인사대천명이라고나 할까, 각 자릿수 숫자 동일 대미지가 나오기 쉽도록 장비와 스킬과 표적을 준비한 후에는 그저 운에 맡길 수밖에 없다. 그래서 꽤 시간이 걸리고 말았다.

뭐, 거기까지는 괜찮다. 거기까지는 말이다.

……우려하던 일이 현실에서 벌어지고 말았다.

"기사의 정의에 입각해, 내가 네놈을 단죄하겠다— 변신!!"

동쪽 저택의 정원. 아무도 보고 있지 않다고 생각한 건지, 실비아는 야자나무 앞에서 홀로 포즈를 연습하고 있었다. 어느새 저런 대사도 준비한 것 같았다.

"으음~. 내 기사도의…… 아니, 네 죄를 세어……."

그리고, 개량하느라 여념이 없었다.

변신한 상태에서 턱에 손을 댄 채 중얼거리고 있는 그 모습은 매우 수상하니 제발 그만 좀 했으면 좋겠지만, 한 번 변신하면 변신 시간이 종료될 때까지 풀리지 않는다.

참고로 변신하면 어떤 모습이 되냐면, 꽤 단순하다. 현재 착용한 장비의 색깔과 모양이 변하면서, 가면과 망토가 추가로 장비된다. 《변신》은 4대 속성 중에서 좋아하는 속성을 골라서 할 수 있다. 실비아는 『불 속성 변신』이기에 장비가 불꽃 색깔로 변하며, 불꽃 그 자체 같은 망토와 불꽃을 모티브로 한 가면을 장착한다.

하지만 역시 게임이라 그런지 단순하게 『불꽃무늬』가 되지는 않는다. 『움직이는 불꽃 모양』이 된다. 그것도 3D로 말이다. 실제로 온몸이 불타오르는 것처럼 보인다. 이것은 현실에서 있을 수 없는 형태이기는 하지만, 매우 멋지다. 실비아가 저렇게 푹 빠진 원인 또한 아마 그 점이리라.

자…… 이 속성 선택에서, 나도 예상하지 못한 일이 일어났다.

그렇다. 나는 『번개 속성 변신』을 선택할 수 있었던 것이다. 4대 속성 이외의 속성으로 변신할 수 있단 이야기는 들어본 적도 없다.

실제로 변신을 해보고 깜짝 놀랐다. 앙골모아의 검붉은 번개와는 다른, 검푸른 번개였다. 그것이 내 온몸을 감쌌다. 망토와 가면도 처음 보는 형태였다.

처음 보는 『디자인』— 설마. 숨겨진 요소인 걸까. 아니면 새롭게 디자인된 것일까.

전자라면 문제 될 것이 없다. 후자라면, 아마 이 세상은 **업데이트되고 있는 것이다.**

즉, 앞으로 내가 모르는 요소가 추가될 수 있다는 것이다. 그것은 불안과 함께 기대감을 자아냈다.

뭐, 그것은 지금 신경 써 봤자 소용없는 문제다. 하지만 일단 기억해두기로 했다. 세계 1위로 군림하기 위해선, 언젠가 직면하게 될 문제일 테니 말이다.

"천벌의— 퍼스트 샷~!"

나는 필살기 연습을 시작한 실비아는 못 본 척하며, 유카리가 있는 곳으로 향했다.

어떤 무기와 방어구, 그리고 《성능 강화》를 주문하기 위해—

그 후로 어느 정도 시간이 흘렀다. 얼추 2주 정도였을까. 우리는 쭉 경험치 벌이를 했다.

동료가 있다. 살 집이 있다. 그리고 그 집은 으리으리한 저택이다. 그러니 정말 기분 좋다! 우리는 의욕이 샘솟았다.

하지만, 실비아와 에코의 용마, 용왕의 랭크는 좀처럼 오르지 않았다. 필요 경험치가 어마어마하기 때문이다. 게다가 실비아는 쓸데없이 《변신》을 올리기도 했다. 그 바람에 효율이 더 낮아졌다.

한편, 유카리는 《해체》 스킬의 랭크를 적절히 올렸다. 드디어 대장장이로서 활약하기 시작할 때가 된 것 같았다.

그리고, 나는—.

"……아아~, 준비 완료."

—완료됐다. **준비**가, 완료되고 말았다.

방금, 《변신》을 9단까지 올렸다.

『준비』에 필요한 스킬은 《비차궁술》 9단, 《각행검술》 9단, 《용왕검술》 6단, 《번개 속성·3형》 6단, 《크리티컬》 9단, 《정령빙의》 9단, 《변신》 9단, 《조련》 11급.

마술은 어느 속성이든 괜찮지만, 이참에 번개 속성을 골랐다. 《변신》은 필요 경험치가 적은 편이라서 금방 9단까지 올렸다. 《용왕검술》도 마음 같아선 9단까지 올리고 싶었지만, 6단에서 9단까지 올리려면 어마어마한 양의 경험치가 필요하기에 관뒀다.

《조련》은 【소환술】 계열에 속하는 마물 조교 스킬이며, 11급부터 「늑대 계열 마물」의 조련이 가능해진다. 마물의 HP를 8할가량 줄였을 때 사용 가능하고, 성공확률은 평균 20%로 여겨지지만, 표적인 마물의 종류와 강력함에 따라 확률이 크게 달라진다. 참고로 스킬 랭크를 올리면 성공확률의 보정치와 조련 가능한 마물의 종류가 증가하는 시스템이다.

자, 나는 대체 뭘 준비하고 있었던 걸까.

그것은 바로, 어떤 마물…… 아니, 『마인』을 조련하기 위한 준비다.

이름은 「암흑늑대」. 갑등급 던전 『아이솔로이스』의 보스 「흑염랑」의 돌연변이종이 어둠 속에서 수백년 동안 고독하게 산 끝에 진화해서 탄생하는 진귀한 늑대 마인—란 설정의 적 캐릭터다.

……단도직입적으로 말하겠다. 내가 뫼비우스 온라인에서 세계 1위로 군림할 수 있었던 것은 이 마인의 조련에 성공한 덕분이라 해도 과언이 아니다. 조련 가능한 다른 마물보다도 압도적으로 강력한 반칙급 존재인 것이다.

즉, 나의 「무슨 수를 써서라도 조련하고 싶은 마인 랭킹」 압도적 1위다.

과거에 암흑늑대를 조련했던 이는 딱 한 명뿐이다. 그렇다, 바로 나다. 적어도 내가 뫼비온을 하던 시기에는 나 말고는 누구도 암흑늑대를 조련하지 못했다.

어째서인가. 그것은 불가능이라 해도 다름없을 만큼 어렵기 때문이다.

애초에 「암흑늑대를 조련하자」라는 발상조차도 일반 플레이어는 하지 못했다. 왜냐하면 「보스는 조련할 수 없다」는 것이 상식 중의 상식이기 때문이다.

게다가 암흑늑대는 무시무시하게 강하다. 당시의 폐인 플레이어

71

들도 고전할 정도로 강했다. 그래서 누구도 조련하자는 생각을 못했다.

하지만 암흑늑대의 조련 자체는 사실상 가능하다. 이유는 단순하다. 암흑늑대는 보스의 돌연변이종이 더욱 진화해서 만들어진 존재이며, 보스와는 별개의 존재로 다뤄지기 때문이다.

나는 「사체의 소멸 방식」을 보고 그 사실을 눈치챘다. 원래 갑등급 던전의 보스를 해치우면 전용 무비가 나오며, 사체는 무비 도중에 어디론가 사라진다. 하지만 암흑늑대를 해치워도 무비는 나오지 않았으며, 사체 또한 일정 시간 경과 후에 「일반적인 마물이 사라지듯」 없어진 것이다.

으음, 정말 수상해. 어쩌면 가능할지도 몰라— 그렇게 생각한 나는 암흑늑대의 HP를 2할 이하로 줄인 후에 《조련》을 건다는 작업을 되풀이했다.

결과는 참패였다. 천 번 정도 해보고 「역시 조련이 안 되는 거 아냐」 하는 생각이 9할 9푼 9리 들었다.

원래 천 번까지는 시험 삼아 단순 작업처럼 해봤다. 그리고 천 번을 해봤지만, 결국 실패했다. 하지만 어째선지 포기할 수가 없었다. 몇 번을 봐도 시체가 사라지는 방식이 일반적인 마물과 똑같았다. 그러니 암흑늑대는 보스일 리가 없는 것이다.

도——저히, 내 추리가 틀렸다는 생각이 들지 않았다.

점점 열받기 시작한 나는 고집을 부리게 됐고, 그 후에도 암흑늑대 사냥을 계속 이어갔다. 2천 번, 3천 번. 매일매일. 아침부터 밤까지. 가능한 한 빨리 결판을 내고 싶었기에 좀 무리를 하기도 했다. 그것이 도움이 됐다. 단기 결전을 치른 덕분에, 의욕을 유지할 수 있었다.

그리고, 드디어 그날이 왔다. 4600번을 넘게 도전한 어느 날, 조련에 성공한 것이다. 그렇다. 역시 내 예상은 옳았다!

훗날 판명된 사실에 따르면, 암흑늑대의 조련 확률은 약 0.0001%이며, 스킬 보정 무효라고 한다. 게임 안에서의 이벤트에서 우연히 만난 GM한테서 「장난삼아 준비한 건데, 용케 조련했군요(웃음)」이란 말을 듣고 발끈한 것이 생각난다. 그때 봤던 그 의미심장한 표정, 지금 떠올려도 화가 난다.

암흑늑대가 조련 가능하다― 그 정보를 들은 폐인 플레이어들이 너나 할 것 없이 암흑늑대 조련에 도전했다. 하지만 조련에 성공한 플레이어는 나 이외에는 단 한 명도 없었다.

당연했다. 폐인 플레이어조차 고전할 상대인데다, 조련 확률이 0.0001%밖에 안 된다는 것은 지옥이라 해도 과언이 아니다. 「불가능하잖아」란 불평이 인터넷상에 대량으로 올라왔다.

…………그 불가능에, 다시 한번 도전한다. 그러기 위한 준비를, 마친 것이다.

방법은 과거의 내가 이미 정립해뒀다. 하지만, 이 세상은 뫼비온과 똑같은 것 같으면서도 결정적인 부분이 다르다. 「죽으면 끝」인 것이다.

하지만 암흑늑대는 꼭 얻고 싶다. 할 수밖에 없다고. 안 그래?

두려움을 느낀 건 오래간만이다. 죽을지도 모른다. 최대한 위험 부담을 줄이기는 했다. 여차할 때의 보험도 있다. 하지만, 불안을 완전히 떨쳐낼 수는 없다.

……혹시 모르니 《용왕검술》을 9단까지 올리자. 《번개 속성·3형》 도 9단까지 올리자. 기본적인 스테이터스를 더 올리자. 그렇게 안 전성을 좀 더 확보한 후에 하면 어떨까?

「그래, 맞아!」 하고, 내 안의 약한 부분이 외쳤다. 나는 그 녀석들 을 억지로 집어삼켰다. 안전성을 추구하기 시작하면 한도 끝도 없 다. 이대로 계속 도망치며 변명만 늘어놓다간, 평생 도전하지 못할 것이다. 뫼비온에 있어서, 나에게 「도망」이란 없다. 한 번이라도 도 망쳤다간, 내 모든 것이 무너지고 만다.

현재, 캐스탈 왕국과 말베르 제국은 물밑에서 전쟁을 펼치고 있 다. 우물쭈물하다간 기회를 놓칠지도 모른다. 그 불씨가 나한테 튀 기 전에, 어떻게든 암흑늑대를 조련하고 싶다.

조련하는 데 시간이 얼마나 걸릴지 모르는 만큼, 시기적으로 기 회는 지금뿐이다. 그것을 싫증 날 정도로 자각하고 있다.

"좋아~. 마무리 작업에 들어가 볼까."

나는 일찌감치 다져뒀던 각오를 다시 다진 후, 유카리를 찾아갔다.

그녀라면 내가 부탁해둔 장비를 우선적으로 완성해뒀을 것이다.

미스릴 롱보우와 미스릴 롱소드, 그리고 각종 고급 가죽 방어구. 무기는 총 6단계 중 5단계 강화 상태이며, 방어구는 총 5단계 중 4 단계 강화로 주문해뒀다. 강화 양식은 공격 속도 특화와 공격력 특화다. 방어구는 전부 방어력 특화다. 특히 『추격의 반지』의 3단계 강화도 의뢰해뒀다.

지금 생각해보니 유카리를 매우 혹사시키고 있었다.

하지만 유카리 없이 세계 1위가 되는 건 무리다. 으음…… 그래. 내가 암흑늑대와 싸우는 동안, 유유자적하게 지내게 해주자.

하지만 실비아와 에코, 너희는 안 돼. 요즘 너희는 저택에서의 우아한 생활에 푹 빠져 있지? 본업을 까맣게 잊고 지내잖아. 이대로 가다간 머지않아 따끔한 맛을 보게 될 거야. 자칫하면 목숨이 위험해질 수도 있거든. 그러니 너희 둘을 위한 맹특훈 메뉴를 생각해뒀어.

나는 유카리에게서 장비를 받을 겸, 동료 전원을 모아 작전 회의를 하기로 했다.

그녀들에게 꼭 전해야 할 것이 잔뜩 있다. 그렇다. 예를 들자면, 내가 죽는다면 그 후에 어떻게 하면 되느냐, 같은 것 말이다.

자, 오늘 밤은 참 길겠는걸…….

밤새도록 이야기를 나누고, 아침을 맞이했다. 세 사람은 어찌어찌 납득한 것 같았다. 팀 한정 통신으로 매일 보고를 하기로 한 것이다. 좀 성가시지만, 어쩔 수 없다.

실비아와 에코는 내가 없는 동안 「혼자서 린프트파트 공략」이란 특훈을 하라고 지시를 내려뒀다. 하지만 혼자서 던전에 들어가라는 건 아니다. 둘이서 들어간 후, 한 사람은 나서서 싸우고 다른 한 사람은 뒤편에서 지켜보는 것이다.

"에코에게는 너무 부담이 되지 않겠느냐?"

실비아가 그런 말을 했다. 확실히 에코는【방패술】과【회복마술】만 쓸 수 있다. 마물 한 마리를 상대하는데도 꽤 시간이 걸릴 것이다.

하지만, 그 말은 틀렸다. 굳이 따지자면 실비아, 네가 더 힘들 거라고.

이번 특훈에서 두 사람은 전후위 및 효율적 행동의 중요성을 알게 될 것이다. 초심을 잃지 말 것. 내가 돌아올 때까지 성장해 있었으면 좋겠는걸.

한편, 유카리에게는 휴가를 줬다. ……하지만 갑작스럽게 할 일이 너무 줄어도 곤란할 테니, 장기적인 안건을 하나 맡겨뒀다.《해체》스킬이 9단이 되면, 능동적으로 시작할 것이다.

이제 그녀들과 잠시 동안 헤어질 때다.

저택을 나설 때, 문 앞에는 많은 하인이 줄지어 서 있었다. 그리고 내 동료인 세 사람과 함께 나를 배웅했다. 왠지 멋쩍어진 나는 그들에게 「고마워」 하고 말한 후에 세븐스테이오를 필요 이상으로 빠르게 몰았다.

이제부터 향할 곳은 페호 마을이다. 그곳에서 항구마을 쿨러로 간 후, 배로 바다에 나갈 것이다. 그리고 가까운 곳에 있는 조그마한 섬에, 갑등급 던전 『아이솔로이스』가 존재한다.

도중에 아시아스파른 던전에 볼일이 있으니, 오늘은 페호 마을에서 하루 묵을 예정이다. 내일은 하루 종일 이동할 것이며, 쿨러에서도 하루 묵을 예정이다. 그러니 아이솔로이스에는 모레 도전하게 될 것이다.

자, 나는 이제부터 오랫동안 함께 싸울 믿음직한 동료와 정보를 공유하기 위해 《정령소환》을 준비해서 『매너 모드』로 소환했다.

"(一짐의 세컨드여. 무슨 일로 말 위에서 짐을 소환한 게지?)"

정령대왕 앙골모아는 소환되자마자 염화로 그렇게 말했다.

"(이제부터 빌어먹게 강한 적과 싸우러 갈 거니까, 미리 정보를 공유할까 해서 말이야.)"

"(뭐! 그것이 사실이더냐?!)"

앙골모아의 텐션이 확연히 느껴질 만큼 상승했다. 알고는 있었지만, 이 녀석은 상당한 전투 애호가 같은걸.

"(진정해. 빌어먹게 강하다고 말했지만, 실은 그렇지 않아.)"

"(뭐?)"

"(무시무시할 정도로 강해. 빌어먹게란 말도 모자랄 정도야. 아무런 정보 없이 무작정 싸워서 이기는 녀석이 있다면, 알몸으로 고개를 조아려도 될 레벨이야.)"

"(호오! 짐의 세컨드가 그런 소리를 하게 할 정도의 상대인 게냐! 피가 끓어오르는구나! 푸하하!)"

"(암흑늑대란 상대야. 나는 그 녀석을 조련하고 싶어.)"

"(조련하겠다고?! 그런 강적을 말이냐?!)"

"(그래. 반 죽여놓은 후에 조련할 건데, 만약 실패하면 처음부터 다시 할 거야. 그걸 성공할 때까지 반복하는 거지.)"

"(용맹하기 그지없구나. 정말 장하다. 하지만, 으음…… 그건 꽤 기나긴 싸움이 될 것 같구나.)"

이런저런 이야기를 나누다 보니, 페호 마을에 도착했다. 여관을 잡은 후, 아시아스파른으로 향했다.

"(무엇을 하러 거기에 가는 게냐?)"

"(고블린 메이지의 뿔을 얻으러 가는 거야. 뭐, 간단히 말해 『비장의 카드』를 준비하려는 거지.)"

"(……호오. 빈틈이 없구나.)"

앙골모아는 일체감을 통해 내 생각을 읽은 건지, 감탄한 것처럼 그렇게 중얼거렸다.

나는 고블린 메이지의 뿔을 채취한 후, 페호 마을로 돌아왔다.

겸사겸사 페호의 포션 전문점에 가서 고급 포션을 있는 대로 전부 샀다. 몇천만CL 정도 들었다. 이미 인벤토리에는 수년 동안 써도 다 쓰지 못할 정도의 고급 포션이 있지만, 그래도 살 수 있을 때 사둬서 나쁠 게 없다. 왜냐하면, 이제부터 싫증이 날 정도로 소비해야 하니 말이다.

그리고 다음 날, 아침부터 세븐스테이오를 타고 항구마을 쿨러로 향했다.

꽤 한가한 이 시간에 메인 정보를 공유하기 위해, 나는 여전히 매너 모드인 앙골모아에게 말을 걸었다.

"(이제부터 암흑늑대의 기본 정보를 떠올릴 테니까, 일체감으로 파악해줘.)"

"(알았느니라.)"

좋아, 준비는 된 것 같군. 우선 암흑늑대의 기본적인 스킬부터 떠올렸다.

《암흑변신》: 늑대에서 인간으로, 인간에서 늑대로 변신한다. 변신 소요 시간 8초.

《암흑전이》: 자신이 기억하고 있는 장소로 순식간에 전이시킨다. 단, 전이장소는 그림자여야만 한다.

《암흑소환》: 인간 형태 한정 사용 가능. 자신 이외의 무언가를 자기 근처로 순식간에 전이시킨다. 단, 전이장소는 그림자여야만 한다.

《암흑마술》: 인간 형태 한정 사용 가능. 전방의 광범위에 「HP 잔량을 강제적으로 1로 만드는」 어둠의 안개를 뿌린다. 준비 시간 3초.

《암흑포효》: 늑대 형태 한정 사용 가능. 전방에 강력한 원거리 공격. 준비 시간 2초.

《허영(虛影)》: 발동 시에 받은 공격을 무효화한다. 준비 시간 없음. 발동시간 3초, 쿨타임 30초.

※늑대 형태일 때는 물리 공격 일체 무효, 인간 형태일 때는 마술 공격 일체 무효.

"(아, 아니?!)"

앙골모아는 깜짝 놀랐다. 무엇 때문에 놀란 걸까? 아마, 그것과 그것 때문이리라.

"(공격이 일체 무효?!)"

"(그래.)"

"(체력을 강제적으로 1로 만들어?! 그런 요사한 마술을 지닌 게냐?!)"

"(그래. 그것도 꽤 자주 쓴다고.)"

"(……큭…….)"

정령대왕조차도 말문이 막히고 말았다.

"(무효도 무효지만, 가장 무시무시한 점은 즉사 급의 공격을 『광범위』하게 펼칠 수 있다는 거야. 그리고 더 무서운 건, 암흑마술 이후에 공세가 격렬해진다는 거지.)"

"(그렇다면…… 즉시 회복을 해야겠구나. 그래서 포션을 대량으로 산 게냐?)"

"(아냐. 바로 회복하지 않는 게 나아. 안전을 확보한 후에 회복하는 게 무난해.)"

"(어째서지?)"

"(암흑마술 후에는 암흑소환 혹은 봉술로 공격하거든. 전자라면 저지 우선, 후자라면 회피 우선이야.)"

"(잠깐만. 봉술을 쓴다는 게냐? 처음 접하는 정보구나.)"

"(이제부터 떠올릴게.)"

암흑늑대의 스킬은 아까 말한 것이 전부가 아니다. 이번에는 『행동 패턴』도 포함해 공유하자. 내가 수백 수천 번 죽은 끝에 파악한 암흑늑대의 행동 패턴이다.

①돌진→②몸통 박치기/발톱or③물어뜯기or④암흑전이로.

②몸통 박치기/발톱

→공격이 성공하면 암흑전이→암흑포효→①돌진으로.

　공격이 실패하면 암흑전이→암흑변신→⑤암흑소환으로.

③물어뜯기→암흑포효→암흑전이→①돌진으로or⑥암흑변신으로.

④암흑전이→①돌진으로or⑥암흑변신으로.

⑤암흑소환→그림자봉or흑염지창을 자기 주위로 전이.

⑥암흑변신→암흑마술→암흑전이→⑤암흑소환으로.

그림자봉→다운될 때까지 「봉술 모드」(암흑마술과 【봉술】 공격을 반복)

　흑염지창→다운될 때까지 「최강 모드」(암흑전이와 【창술】 공격을 반복)

　다운 후→암흑변신→①돌진으로.

　봉술 모드 : 그림자봉을 휘둘러서 빈틈이 없고 공격 횟수가 많은 공격을 펼친다. 그림자 봉은 상대의 그림자를 공격해도 대미지 판정이 나는 특징을 지녔다.

　최강 모드 : 그림자에서 그림자로 전이하며 흑염지창으로 사정거리가 긴 공격을 펼친다. 흑염지창을 휘두를 때마다 강력한 흑염이 발생한다.

　※위의 행동 패턴 전부에 랜덤으로 《허영》 상태가 더해진다.

　"(……괴물, 이구나.)"

　"(아까부터 강적이라고 말했잖아.)"

정령대왕이 괴물이라고 부를 정도로 암흑늑대는 강했다. 역시 무시무시하게 강하다니깐.

스테이터스는 그렇게 높지 않지만, 플레이어 사이에서는 「뫼비온의 마물 중 최강설」이 돌 정도다. 그런 설이 있는 이유는 바로 펼치는 공격이 매우 성가시기 때문이다. 특히 암흑마술에서 이어지는 【봉술】 콤보는 악랄할 정도다. 이번 생에서도 꼭 손에 넣고 싶은걸.

"(중요한 걸 이야기해줄게. 늑대 형태에서의 첫 공격은 돌진, 인간 형태에서의 첫 공격은 암흑마술 아니면 암흑소환이야.)"

"(음, 그러하냐.)"

"(뭐, 그 녀석에 대한 대처법은 내 몸에 새겨져 있으니까 일일이 가르쳐줄 필요는 없을지도 몰라. 그래도 일단 기억해둬.)"

암흑늑대와 대치할 때의 포인트는 총 열한 가지다.

1. 암흑마술은 가능한 한 맞지 않는다. 맞을 경우에는 안전을 확보한 후에 포션으로 회복.

2. 봉술 모드 중에는 암흑마술을 맞아선 안 된다.

3. 절대 흑염지창을 쥐게 해선 안 된다.

4. 허영 상태인지 간파하고 싶다면, 암흑늑대의 그림자를 본다. 그림자가 없다면 허영 상태 확정.

5. 미리 모닥불을 설치해서 그림자의 위치를 고정해, 암흑전이의 출현 장소를 제한한다.

6. 인간 상태일 때는 《비차궁술》, 《용왕검술》로 대미지를 준다.

7. 늑대 상태일 때는 《비차궁술》과 《번개 속성·3형》의 복합으로

대미지를 준다.

8. 인간 상태에서 접근해올 경우에는 《각행검술》로 대처. 발을 노려 넉백, 크리티컬 발동으로 다운.

9. 늑대 상태에서 접근해올 경우에는 《각행검술》과 《번개 속성·1형》의 복합으로 대처. 크리티컬 발동으로 넉백.

10. 《변신》의 무적상태를 적절히 이용.

11. 《조련》에 실패할 경우, 암흑늑대에게 포션을 쓰는 편이 시간 효율적으로 낫다.

"(뭐…… 암흑늑대에게 포션을 쓰는 게냐? 게다가 변신의 무적상태라는 건 뭐지?)"

"(조련은 마물의 HP가 2할 이하일 경우에 쓸 수 있는 스킬인데, 실은 『풀HP를 8할 이상 깎았다』라는 사실이 조련의 발동 조건이야. 그러니 포션으로 암흑늑대의 HP를 완전히 채워준 후에 다시 8할을 깎는 게 자연 회복을 기다리는 것보다 효율적이거든.)"

완전히 해치운 후에 다시 재배치될 때까지 기다려도 되지만, 이 세상에서도 해치운 몬스터가 다시 출현할 거란 보장이 없으니 포션으로 회복시켜주는 게 확실한 방법일 것이다.

"(참고로 변신 스킬은 변신이 완료될 때까지 무적상태란 특징이 있어. 얼추 8초 정도야. 이 시간을 잘 이용해봐야 하지 않겠어?)"

"(이럴 수가. 짐의 세컨드의 지식은 이 세상의 심연에마저 닿아있구나…….)"

이건 주로 긴급 회피용이다.

기본은 《정령빙의》와 《변신》을 번갈아 쓰면서 버프가 바닥나지 않게 싸울 것이다. 《정령빙의》 9단으로 전 스테이터스 450%·빙의 시간 310초·쿨타임 250초. 《변신》 9단으로 전 스테이터스 360%· 변신 시간 420초·쿨타임 230초.

즉, 변신 후의 빙의 상태가 230초 경과한 시점부터 《변신》을 쓸 수 있게 된다. 그런 식으로 이용할 수도 있다는 점을 기억해둬서 손해 볼 것은 없으리라.

"(곧 도착하겠네.)"

항구마을 쿨러가 보이기 시작했다.

그때, 세븐스테이오의 고삐를 쥔 손이 떨리고 있다는 걸 눈치챘다.

……긴장에서 비롯된 떨림이다. 이제부터 몇 주에 걸쳐 벌어질 사투를 생각하니, 온몸의 세포가 떨려왔다.

조련에 성공할 때까지, 어느 정도의 시간이 걸릴까.

가능한 한 빨리 성공하게 해 줘, 하고 아직 본 적 없는 이 세상의 암흑늑대에게 기원한 나는 조용히 결전 전야를 보냈다.

다음 날 아침. 나는 쿨러의 항구에서 조그마한 배를 한 척 구입한 후, 아이솔로이스 던전이 있는 섬으로 향했다.

그렇게 먼 곳은 아니기에, 두 시간 만에 도착했다.

섬에 선 나는 문득 떠올렸다. 아이솔로이스는 오래되어 황폐해진 거대한 성 스타일의 던전이다. 뫼비온에서는 「그런 설정」인 것으로 되어 있지만, 이 세상에서는 그에 걸맞은 역사를 지녔을 것이다. 과거에는 이 성에도 주인이 존재했던 것일까? 그렇다면 여기는 언제부터 던전이 되었고, 언제부터 마물들이 우글거린 걸까. 기회가 된다면 문헌을 뒤져서 조사해보는 것도 괜찮을지 모른다.

그런 별것 아닌 생각을 하며 걸음을 옮기다 보니, 아이솔로이스 던전 앞에 도착했다. 크기를 짐작할 수 없을 만큼 거대한 성은 상당히 어두웠으며 불길한 정적에 휩싸여 있다. 입구는 정면의 성문뿐이다. 문지기 격인 마물이 두 마리 있었다. 보스는 두 개의 최심부 중 하나인 『최상층』에 있지만, 내 목적지는 또 하나의 최심부인 『지하 대도서관』이다.

"일단 도서관까지 빨리 가자."

"그러자꾸나."

앙골모아에게 그렇게 말한 나는 문지기를 향해 뛰어갔다. 문지기는 흉흉한 검은색 갑옷을 걸친 키가 3미터가량 되는 기사 마물이었다.

"변신."

전방에서 다가오는 문지기가 장검을 휘두르려고 한 순간에 맞춰 《변신》을 발동시켰다. 몸을 비틀면서 오른손을 앞으로 내밀고, 왼손을 허리춤으로 가져갔다. 즉각적인 발동이 가능하도록, 포즈는 최대한 간소하게 설정했다.

"——!"

내 온몸에서 뿜어져 나온 검푸른 번개에 의해, 갑옷 기사 마물 두 마리가 그대로 튕겨 날아갔다.

변신 과정 중에 일정 범위 안으로 들어온 적 캐릭터는 무조건 넉백을 당한다. 약 8초간의 무적시간과 함께, 변신에 있어 매우 중요한 효과 중 하나다. 뫼비온 운영 측은 변신의『클리셰』를 잘 아는 것 같다.

그리고 중요한 요소가 하나 더 있다. 그것은 무적 시간이 약 8초인데 반해, 변신 완료까지 걸리는 시간은 약 6초라는 점이다. 즉, 『2초 동안 무적인 채로 행동 가능』인 것이다.

그것이 뜻하는 바는…….

"바로 이거야!"

나는 6초가 지나자마자, 갑옷 기사에게 일부러 접근했다.

그러자 갑옷 기사는 여전히 건재한 넉백 효과에 의해 튕겨나면서, 크게 거리를 벌렸다. 이러면 스킬 준비 시간을 충분히 확보할 수 있는 것이다.

기사 계열의 마물에게는 마술 공격을 펼치는 것이 정석이다. 나는 《비차궁술》과 《번개 속성·3형》의 복합인 통칭「비차뇌삼」을 준비한 후, 꽤 떨어진 곳에 다운되어 있는 갑옷 기사에게 날렸다. 와직 하고 머리가 박살나는 소리가 들려왔다. 다른 한 마리는 마침 몸을 일으키려 하고 있었다. 여유롭게 스킬 준비를 마칠 수 있는 거리였다. 나는 또 비차뇌삼으로 해치웠다.

"압도적이구나!"

앙골모아가 환한 목소리로 그렇게 말했다.

"이번에는 양쪽 다 크리티컬이 터져서 한 방에 해치웠지만, 아니었다면 시간이 좀 더 걸렸을 거야. 압도적이라고 할 정도는 아냐."

나는 아이솔로이스 던전의 최심부로 향하면서 설명했다.

그렇다. 이 크리티컬이 참 골치 아프다. 터지지 않아도 될 때는 잘만 터지면서, 여차할 때는 전혀 터지지 않는다. 그러니 크리티컬에 의지하게 되면 끝이다. 어디까지나 덤이라고 생각해야 한다. 그러지 않았다간 따끔한 맛을 보게 된다.

유카리에게 부탁해서 《부여마술》로 크리티컬률 상승 효과를 장비에 부여해 「크리 100% 장비」를 만들어도 되겠지만, 그것은 바닥 없는 늪이나 다름없다. 돈과 시간을 물처럼 써야만 하는 것이다. 전자는 용인할 수 있지만, 후자만은 절대 허용할 수 없다.

그래도 《변신》 9단, 《크리티컬》 9단, 《비차궁술》 9단과 《번개 속성·3형》 6단의 복합, 그리고 공격 속도 특화라고는 해도 5단계 강화의 미스릴 롱보우로 마법 내성이 낮은 기사 계열을 상대하는데 크리티컬이 터져야 겨우 일격에 해치울 수 있는 건가……. 쉽지 않은걸.

문지기인 검은 갑옷 기사는 메티오 던전의 백룡과 비슷한 수준이다. 그렇게 보면 「아이솔로이스 던전은 별것 아니네」 하고 대부분의 플레이어는 생각한다. 하지만 그렇지 않다. 왜냐하면 메티오에서는 항상 1대1로 싸우지만, 아이솔로이스에서는 항상 둘 이상이 덤비기 때문이다. 최상층 직전의 방에는 백룡의 여덟 배는 강한 금룡 레벨의 마물과 3대1로 싸우게 된다.

하지만 아이솔로이스의 마물은 방어력이 뛰어나지 않다. 이곳에서 출현하는 마물은 전부 공격 특화형이며, HP와 VIT는 갑등급 마물치고는 낮은 편에 속한다. 그것은 졸개만이 아니라 보스도 마찬가지다. 특히 「암흑늑대」는 갑등급 보스급 마물 중에서 특히 HP가 낮다. 그 대신 악랄하기 그지없는 공격을 펼치지만 말이다.

"뭐, 예정을 변경하자. 지하 대도서관까지는 안전을 우선하는 거야. 시간을 들이며 하드하게 가보자고."

"하드하게?"

"물러터진 짓거리는 용납하지 않겠다는 거야."

"오호라. 힘내거라, 짐의 세컨드여."

"나만이 아니라 너도 힘내야 하거든?"

초조나 짜증은 금물이다. 나는 마음을 단단히 먹으며, 아이솔로이스의 최심부로 향했다.

성에 들어오고 여섯 시간 정도 지났을까. 적절히 휴식을 취하면서 신중하게 나아간 끝에, 드디어 지하 대도서관의 입구가 보이기 시작했다.

"여기를 야영지로 삼자."

"……평범한 길바닥 같다만?"

도서관 입구 앞의 복도 옆, 커다란 갑주 등이 줄지어 놓여 있는 스테이지 같은 장소의 안쪽에 있는 장식물과 장식물 사이에 텐트를 설치했다.

"**안전지대**야. 이 부근에서 출현하는 마물은 고스트 계열이잖아? 고스트는 점프를 못하니까, 일정 높이 이상의 공간에는 올라오지 못해."

"⋯⋯⋯⋯."

앙골모아는 아무 말 없이 어이없다는 표정을 지었다. 적 근처에서 잠을 자려고 하는 게 납득이 안 되는 걸까? 하지만 어쩔 수 없다고. 안전한 곳은 여기뿐이거든.

"그럼 가자."

"음. 드디어 암흑늑대와 대면하겠구나."

"그래. 내가 문을 열자마자 바로 빙의해줘."

"알았느니라."

잠시 휴식을 취한 후, 나는 드디어 사투에 임하기로 했다.

나는 앙골모아에게 지시를 내린 후, 빛을 내는 아이템을 준비했다.

암흑늑대와 싸울 때 가장 중시되는 건, 『모닥불 시리즈』 중에서도 가장 오랫동안 유지되는 아이템인 『대문자용 화톳불』이다. 과거에 뫼비온에서 일어났던 「대문자 태우기 이벤트」에서 쓰인 아이템이며, 《제작》 스킬 16급인 이가 화톳불과 쌀가마니를 소재로 만들 수 있다.

이 아이템은 226시간 동안 계속 타오른다고 하는 경이적인 성능을 지녔다. 이벤트 기간인 2주 동안 계속 꺼지지 않도록 설계된 것으로 보이며, 어찌 된 건지 이벤트 종료 후에도 《제작》 스킬로 만들 수 있다. 아무래도 뫼비온 운영 측에서 삭제를 깜빡한 것 같았다. 덕분에 암흑늑대 조련 때 매우 신세를 졌던 아이템이다.

그리고 아니나 다를까, 이 세상에서도 제작이 가능했다. 그러니 이번에도 신세를 질 예정이다.

왼손에 미스릴 롱보우를 쥐고, 허리에는 미스릴 롱소드를 찼으며, 오른손에는 대문자용 화톳불을 쥔 나는 문을 걷어차서 열었다.

그 직후, 《정령빙의》가 발동했다. 검붉은 번개가 온몸을 감쌌고, 그 빛이 어둑어둑한 도서관을 어렴풋이 비췄다.

—줄지어 있는 책장 안쪽. 썩은 나무와 책이 만들어낸 조그마한 산더미 위에, **그녀**가 있었다.

"(저 녀석인가⋯⋯!!)"

빙의 중인데도 불구하고, 앙골모아에게서 염화가 왔다. 아무래도 앙골모아는 꽤나 놀라며 전율에 사로잡힌 것 같았다.

크지도, 작지도 않은, 시꺼먼 늑대. 그것이 그녀의 모습이다. 내가 기억하는 모습과 완전히 똑같았다.

그녀의 아름다운 털은 검은 불꽃처럼 일렁이고 있었다. 눈동자는 마치 심연을 들여다보고 있는 것처럼, 바닥없는 검은색을 띠고 있었다. 어디를 보는 건지, 무슨 생각을 하는지 알 수 없는, 미스터리어스한 눈이다. 발톱과 송곳니는 너무 길지도, 짧지도 않았다. 언뜻 보면 평범한 검은색 늑대 같다.

"(지금 수준으로는 절대 이길 수 없는 상대이니라! 짐의 세컨드여, 물러나거라!)"

앙골모아가 그렇게 말했다. 관찰안이 뛰어난걸. 정령대왕답게, 그 평가는 옳다. 지금의 내 스테이터스로는 암흑늑대 같은 괴물과 맞승부를 벌여 이길 수 있을 리 없다. 어른과 어린애의 싸움이나 마찬가지다.

……하지만, 이건 게임이거든.

"(입 다물고 지켜보기나 해.)"

나는 입구에서 네 번째 책장의 왼쪽 2미터 위치 바닥의 15센티미터 윗부분에 대문자용 화톳불을 설치했고, 암흑늑대를 쳐다보며 옆쪽으로 뛰어갔다.

암흑늑대는 현재 『늑대 형태』다. 늑대 형태일 경우, 첫 공격은 무조건 「돌진」이다.

나는 돌진해오는 암흑늑대를 「비차뇌삼」으로 공격했다. 붉은색과 푸른색 번개가 꼬이더니, 레이저처럼 암흑늑대를 향해 발사됐다. 늑대 형태일 때는 물리 공격이 통하지 않기 때문에 【마궁술】이나 【마검술】의 《복합》으로 공격한다. 또한 당연히 다리를 노렸다. 다운치를 축적시키기 위해서다.

그리고 돌진 이후의 행동은 네 가지 패턴으로 나뉜다. 이번에는 왼쪽 앞발을 쑥 뺐으니 「몸통 박치기」를 노리는 것 같았다. 이 경우에는 회피가 무난하다. 명중 직전으로 옆으로 스텝을 밟으며 공격을 피했다.

몸통 박치기 혹은 발톱 공격이 실패했을 경우, 암흑늑대는 암흑전이→암흑변신→암흑소환 순으로 행동한다.

암흑전이로 책더미 위치까지 순간 이동한 암흑늑대를, 나는 암흑늑대로부터 한 칸 떨어진 곳에 있는 책장 옆으로 이동하며 관찰했다.

암흑늑대는 행동 패턴에 따라 움직이고 있었다. 암흑늑대가 그 자리에서 멋지게 점프하더니, 온몸이 검은 불꽃에 휩싸이면서 인간 형태로 변했다.

—칠흑색 장발과, 늑대의 귀. 눈은 감고 있으며, 희미하게 미소를 머금은 입가에는 점이 하나 있었다. 온몸을 감싼 어둠 빛깔의 검은색 옷으로도 완전히 숨길 수 없는 요염한 몸은 상당한 키에 걸맞는 풍만함을 지녔다.

아아, 오래간만에 저 모습을 봤다. 그녀는, 나의 「앙코」는, 이 세상에서도 예전과 변함없는 모습을 하고 있었다.

……아, 감격하고 있을 때가 아니다.

몸통 박치기 루트에서, 암흑변신 후에는 암흑소환이 발동된다.

나는 《용왕검술》을 준비하면서, 앙코의 그림자를 살폈다. 그림자가 있었다. 《허영》 상태는 아니었다.

"흐읍……!"

앙코가 암흑변신을 마치고 암흑소환을 발동시키는 그 순간에 맞추기 위해, 나는 세 걸음 전진하면서 《용왕검술》을 날렸다. 이때, 변신 완료를 확인하고 준비에 들어가면 늦다. 시기상으로는 변신 시의 흑염이 잦아들면서 착지하는 약 0.2초 사이에 《용왕검술》의 준비를 개시하고, 그대로 세 걸음 전진해서 바로 발동시키면 완벽하다. 참고로 《용왕검술》을 준비할 동안에는 이동을 할 수 없다.

준비 시간은 6단이 약 4초. 위험부담이 상당한 스킬이다.

"─하얏!"

화려한 이펙트의 충격파가 전방으로 방출되었고, 그것을 정통으로 맞은 앙코가 스턴됐다. 《용왕검술》은 준비 시간이 길고 명중시키기 어렵다는 점을 제외하면, 매우 강력한 스킬이다. 그 이유 중 하나가 바로 이 스턴 효과다. 그렇다. 명중시키기만 하면 강력한 것이다. 명중시키기만 하면 말이다.

자, 여기서부터는 크리티컬이 중요해진다. 스턴된 앙코의 발을 향해 《비차궁술》을 두 발 날리는데, 두 발 다 크리티컬이 터지면 다운 확정이지만 하나 혹은 둘 다 크리티컬이 터지지 않는다면 스턴이 풀리고 만다. 그렇게 되면 그 후에 《비차궁술》을 한두 발 더 명중시켜야 다운시킬 수 있다. 전자와 후자는 안정성 면에서 하늘과 땅만큼 차이가 난다.

"이얍…… 휴우. 좋았어."

뭐, 이번에는 두 발 다 크리티컬이 터졌다.

자, 암흑소환 시에 다운을 시키면 어떻게 되는가. 암흑변신 후, 다시 돌진. 즉, 처음으로 되돌아간다. 앙코는 모처럼 인간 형태로 변신했는데, 아무것도 하지 못한 채 다시 암흑변신으로 늑대 형태로 되돌아가서 돌진하게 되는 것이다.

나는 앙코가 변신하는 동안에 충분히 거리를 벌린 후, 입구에서 네 번째 책장을 따라 옆쪽으로 이동하면서 비차뇌삼으로 요격했다. 자, 다음은 어떻게 나올까?

어, 머리를 숙이네. 즉 「물어뜯기 루트」 돌입이다. 나는 미스릴 롱보우를 인벤토리에 넣은 후, 전력 질주로 회피에 전념했다.

물어뜯기 다음에는 암흑포효다. 준비 시간이 2초 정도 되니 회피는 간단하다. 참고로 물린다면 99% 회피할 수 없다.

앙코는 암흑포효를 엉뚱한 방향으로 날린 후, 암흑전이로 책더미로 돌아갔다. 암흑포효 후에는 돌진 or 암흑변신이다. 아무래도 이번에는 변신 같다.

나는 이미 책장까지 이동을 마쳤다. 그리고 예의 타이밍에 《용왕검술》을 준비하고, 앙코가 《허영》 상태인지 체크한 후, 세 걸음 나아가서 발동시켰다. 물어뜯기 루트일 경우에는 앙코가 그대로 암흑마술을 발동시키지만, 《허영》 상태가 아니라면 발동을 확실하게 저지할 수 있다.

그리고, 스턴시킨다. 《비차궁술》로 대미지를 가한다. 유감스럽게도 이번에는 크리티컬이 한 번만 터졌다.

앙코는 스턴이 풀리자마자 암흑전이로 순간이동을 한 후, 암흑소환을 발동시켰다. 자, 어느 쪽일까…… 이번에는 「그림자봉」이었다. 좋았어.

암흑소환의 결과, 「봉술 모드」로 돌입했다. 하지만 개의치 않아도 된다. 아까 가한 두 번의 공격으로 다운치를 충분히 쌓아뒀으니, 《비차궁술》로 발을 한 번만 공격해주면 바로 다운될 것이다. 나는 봉술 모드에서 암흑마술 준비에 들어간 앙코의 발에 《비차궁술》을 날려서 다운시켰다.

다운 중인 앙코에게 《은장궁술》과 《계마궁술》의 복합으로 대미지를 가하면서 예의 책장까지 이동한 나는 또 옆 방향으로 뛰기 시작했다.

암흑소환 후에 다운되면? 그렇다. 또 암흑변신에서 이어지는 돌진을 펼치는 것이다.

나는 비차뇌삼을 준비하면서, 진심으로 생각했다.

아~…… 즐거워라.

◇◇◇

짐의 세컨드는, 정상이 아니다. 그것이 짐의 솔직한 감상이다.

짐이 처음으로 그와 하나가 됐을 때, 짐은 그의 『심연』을 아주 약간 살펴보았다.

우리는 둘이지만 하나. 짐의 세컨드는 방법을 모르는 것 같지만, 사실 서로의 기억을 알아내는 건 너무나도 간단한 일이다.

하지만. 기억을 알아냈는데도, 짐은 그것을 이해할 수 없었다.

그 누구도 이해하지 못할 깊은 마음의 어둠이, 현재 짐의 세컨드를 조종하고 있다.

아니, 「짐의 seven」이라고 불러야 할까.

짐의 세컨드에게는 전생이 있다— 짐은 기억조차 못 할 만큼 오랜 세월 동안 정령대왕으로 군림하며, 별의 숫자만큼 많은 이들의 일생을 살펴봐 왔다. 하지만 그런 짐조차도 전생을 지닌 자는 본

적도, 들은 적도 없다. 짐을 처음으로 사역한 긍지 높은 인간, 세컨드는 이곳과 비슷하면서도 다른 세계에서 온 특수한 존재였다. 그래서 알 수 없다. 이해할 수 없다. 그가 품고 있는 마음속의 어둠을 이해해줄 수 없다.

……하지만 이것만큼은 알 수 있다. 적어도 이것만큼은 말이다.

짐의 세컨드는, 이상하다. 마음 그 자체가, 절묘하게 비틀려 있다.

짐이 이해할 수 있는 범주를 벗어난 기억을 지녔기 때문인지, 어딘가가 확실히 이상했다.

짐의 세컨드는 희희낙락하며 싸우고 있다. 정령대왕인 짐이 보기에도 도저히 이길 수 없다고 판단한 상대에게 말이다.

그리고 현재, 그런 암흑늑대를『압도』하고 있다.

단 한 번도 상대의 공격을 맞지 않을 뿐만 아니라, 마치 미래를 예지한 것처럼 늑대의 빈틈을 정확하게 노리며 공격을 명중시켰다. 마치 한참 떨어진 곳에서 바늘구멍에 실을 집어넣는 듯한, 그런 신들린 기술을 몇 번이나 선보이고 있는 것처럼 보였다.

말도 안 된다. 대체 무슨 생각을 하는 걸까. 신경 쓰인 짐은 그의 마음을 딱 한 번 들여다보았다.

……후회했다. 더 이해가 안 됐다.

짐의 세컨드는 아무 생각도 하고 있지 않았다.

아니, 표면적인 부분에서는 암흑늑대의 행동에 맞춰 최선의 대응을 하고 있었다.

심층부에는…… 강하고, 뜨거운, **기쁨**이 존재했다.

짐의 세컨드는, 지금의 삶을 살아간다는 것 자체에 희열을 느끼고 있다. 그것은 사고방식 같은 얄팍한 것이 아니라, 살아있는 것만으로 마음속 깊은 곳에서 끊임없이 샘솟아 나오는 제어 불가능한 감정이었다.

왜? 스릴을 즐기고 있는 건가 했지만, 약간 달랐다.

짐의 세컨드는 암흑늑대와의 싸움을, 자신의 존재의의라고 여기는 것 같았다. 그와 동시에, 이 싸움을 『유희』라 여기고 있다. 아니, 단순히 여기는 것이 아니다. 돌이킬 수 없을 정도로 그렇게 믿으며, 몸과 마음에 지울 수 없을 만큼 깊숙이 새겨놨다. 그렇기에 「유희라고 생각할 수밖에 없는 것이다」. 그렇기에 「몸과 마음이 멋대로 기뻐하고 있다」.

─『세계 1위』─ 문득, 떠올렸다. 짐의 세컨드의 비원. 단순히 목표로 삼고 있는 게 아니란 것을 짐은 알고 있다. 언젠가 「되찾을 것이다」. 그 자리를. 그 마음에 거짓은 없으며, 짐의 세컨드는 진심으로, 목숨을 걸고, 세계 1위의 자리에 다시 서려 하고 있다.

…………화들짝 놀랐다. 혹시, 짐의 세컨드는 「유희에 목숨을 걸고 있는 건가」……?

그에게 있어 유희란 삶과 같고, 세계 1위에 군림하는 것이 존재의의이며…… 현재, 이 세상에서는 세계 1위가 아니다.

짐의 세컨드는 「자신의 존재 그 자체」를 되찾기 위해, 지금 이 자리에 서 있다.

손쓸 방법이 없을 만큼 미쳐가면서도. 남들이 보기에는 승산이

없는 싸움일지라도. 정령대왕인 짐조차도 상상은 고사하고 이해할 수 없는 요상하면서도 기상천외한 전법을 구사하며, 홀로 싸우고 있다.

"(짐의, 세컨드여……!!)"

짐의 마음속 깊은 곳에서 뜨거운 것이 샘솟았다.

상상을 초월하는 집념! 상상을 초월하는 강인함! 상상을 초월하는 고독……! 누구보다도 힘을 추구하고, 그것을 이루기 위해 모든 것을 내던지는, 이 숭고하고 고고한 남자에게, 짐은 진심으로 감복했다……!

"(짐의 세컨드여!!)"

"시끄러우니까 입 다물고 빙의되어 있어!"

음. 기쁜 마음으로, 빙의되어 있겠노라! 짐의 세컨드여. 짐은, 짐만은 이해했느니라. 이제 그대는 외톨이가 아니다. 이 앙골모아가 몸과 마음을 다해 그대와 함께 나아가겠노라!

"(핫핫핫핫핫!)"

"되게 시끄럽네!!"

얼추 한 시간 정도 지났을까. 앙코의 HP가 겨우 2할 이하로 줄어들었다.

그걸 파악하는 건 쉽다. 암흑늑대의 HP가 2할 5푼 이하로 줄면 온몸에서 흑염이 뿜어져 나오며 「버서크 모드」에 돌입한다. 그 타이밍에 이제까지 가한 공격 횟수를 통해 대략적으로 상대에게 가한 대미지를 가늠하고, 앞으로 공격을 몇 번 더 가하면 HP가 2할 이하가 될지 산출하면 되는 것이다.

조련 방법 또한 매우 간단하다. 암흑늑대가 돌진해왔을 때 《조련》을 쓰기만 하면 오케이다. 전생에서 앙코를 조련한 것도 이 타이밍이었다.

"……그리고, 실패했네."

뭐, 예상은 했다. 한숨을 내쉰 나는 인벤토리에서 고급 포션을 여섯 개 꺼낸 후, 물어뜯기 공격이 빗나간 상태인 앙코를 향해 전부 던졌다.

포션 병이 버서크 모드의 흑염에 닿아서 깨지더니, 들어있던 액체가 앙코의 온몸에 흩뿌려졌다. 그러자, 앙코의 HP가 곧 완전히 회복됐다.

"(이래도 되는 것이냐?!)"

"말했잖아? 이러는 편이 효율적이야."

"(그런 게냐…….)"

김이 빠지는 듯한 느낌으로 앙코가 온몸에 두른 흑염이 잦아들더니, 갑자기 버서크 모드가 종료됐다. 왠지 앙코도 「어? 어라? 왜?」 하고 생각하는 듯한 표정을 지은 것처럼 보였다— 하지만, 어차피 상대는 마물이다. 물어뜯기 공격 후에는 암흑포효로 이어지는 정해진 행동 패턴에서 벗어날 수 없는 것이다.

"자, 다시 시작해볼까."

또 앙코의 HP를 2할 이하로 줄이는 작업이 시작됐다.

1시간 걸렸나…… 당시의 네 배 이상 걸렸는걸.

뭐, 인내심을 가지고 해보는 수밖에 없다. 나는 양손으로 찰싹 소리가 나게 볼을 때린 후, 다시 앙코와 대치했다.

"우와~, 피곤해……."

그 후로 HP를 깎은 후에 《조련》을 거는 것을 아홉 번 했지만 전부 실패했다. 결국 지친 나는 텐트로 돌아왔다. 암흑늑대는 아이솔로이스 지하 대도서관에서 나오지 못하니, 쫓아올 걱정을 할 필요도 없다.

"열 시간 동안 저 괴물을 압도하지 않았느냐. 지치는 게 당연할 게다."

앙골모아는 오래간만에 실체화했다. 그리고 지친 나를 위로해주려는 것처럼 컵에 술을 따라줬다. 정령대왕에게 술시중을 받는 인간은 이 세상을 다 뒤져도 나 뿐 아닐까? 그렇게 생각하니 기분이 좋았다.

"이제부터 매일 할 거지만 말이야."

"……으음. 전투의 양상이 오늘과 같다면, 매일 하더라도 문제가 없겠지."

"아, 오늘은 운이 좋았어. 암흑소환 타이밍에 허영을 안 썼거든."

"호오?"

"인간 형태로의 암흑변신에서는 암흑소환 혹은 암흑마술로 이어져. 변신 중에 용왕검술을 준비, 명중시켜 스턴시킨 후에 발에 비차 크리 두 발로 다운시킨다. 그러면 암흑소환과 암흑마술을 개의치 않고 안전하게 싸울 수 있지만······."

"오호라. 용왕검술을 명중시켜야 하는 타이밍에 저 늑대가 허영 상태가 되면, 스턴을 시킬 수 없으니 암흑소환이나 암흑마술에 당할 위험이 커지는 게냐."

"그래. 암흑마술은 거의 문제될 게 없어. 암흑소환 쪽도 그림자 봉 소환으로 봉술 모드가 된다면 크게 문제없지만, 흑염지창 소환으로 최강 모드로 이행될 경우······."

"······경우?"

"**비장의 카드**를······ 쓸 수밖에 없을지도 몰라."

이곳은 심심해요.

저는 왜 이곳에 갇혀 있는 걸까요. 산더미 같은 책을 다 읽어봤지만, 알 수 없어요.

제가 자아를 지닌 후로, 대체 몇백 년의 세월이 흐른 걸까요.

인간이 이곳에 찾아오면 이야기를 나눠볼 생각이었어요. 하지만 이 저주받은 몸이 제 말을 듣지 않아요.

마음속 깊은 곳에서 강렬한 살의가 넘쳐 나온 순간, 제 몸은 즉시 행동을 시작해요.

아아, 또 죽이고 말았어요. 참 덧없는 생명이군요. 누구도 제 마음을 채워주지 못해요.

다음에야말로. 다음에야말로. 하지만, 또 죽이고 말았어요. 어쩔 수가 없어요.

……유구한 세월이 흐르면서, 저는 점점 살생을 즐기게 됐어요.

인간은 하나같이, 연약해요. 불면 꺼질 듯한 생명의 불씨는, 너무나도 소중하고, 사랑스러우며, 또한 존귀해요. 그렇기에, 빼앗고 싶어지는 거예요. 망가뜨리고 싶어 참을 수가 없어요. 그래요. 제 손으로 말이에요.

자, 더 버텨보세요. 더 굳세게 살아보세요. 자신의 생명력을 자랑해보세요. 그 생명력이 가장 충만해진 순간, 제가 당신의 목숨을 앗아가겠어요.

자, 이걸로 끝…… 참 허무하군요.

다음 기회는 언제 찾아올까요. 어떤 생명이 이곳을 방문할까요. 어떤 식으로 죽어갈까요. 기다려져요, 기다려져요, 정말 기다려져요…….

저의 즐거움. 저의 모든 것. 제가 살아있다고 느낄 수 있는, 유일한 순간.

그리고—— 왔어요. 드디어. 찾아왔어요. 저의, 운명의 사람이…….

마치 전생에서 생이별한 사랑하는 이와 재회한 것처럼, 저는 강렬한 운명을 느꼈어요.

하지만 몸이 멋대로 움직였어요. 살해하란 명령이 내려졌어요. 그것은 도저히 거역할 수 없는 신의 주박이에요.

아아, 아아, 아아! 저는 이분마저 죽이고 마는 거군요! 정말······ 정말, 멋진 일이에요! 이런 희열은 느껴본 적이 없어요—!

"············?!"

갑자기, 달콤한 자극이 제 온몸을 꿰뚫고 지나갔어요. 그것은 수백 년 동안 살면서도 처음 느껴보는 자극이었어요.

제가, 공격을 당한 거예요. 인간한테, 공격을. 말도 안 돼! 푸르스름한 섬광이 온몸을 꿰뚫고, 화살이 몸을 도려냈으며, 검이 몸을 찢었어요······!

왜. 어째서. 아아, 생명의 위기가 느껴져요! 다름 아닌, 제가! 암흑늑대인 제가!

큭······ 맞설 수가, 없어요! 제가! 바로 제가! 이게 말이 되나요!? 아뇨! 말도 안 돼요! 하지만 실제로 벌어지고 있어요! 바로, 지금! 흐, 윽······! 고통이, 축적되고 있어요! 이런, 아아, 이런 일은, 처음이에요······!

크······ 흑······! ······후······ 후훗, 우후후, 우후후후후후훗!

살아 있어요! 저는 살아있어요!! 그래요! 저는 이 순간을 맞이하기 위해 수백 년이나 되는 시간 동안 이 어둠 속에 갇혀 있었고, 이분을 만나기 위해 어둠 속에서 태어난 거군요!

아파! 괴로워! 기분 좋아!!

더, 더 아픔을 주세요! 고통을! 쾌락을 주세요! 아아, 좋아요!

아, 죽을 것만 같아요……! 이제, 끝나는 거군요……. 정말 좋은 시간이었어요. 당신이 제 숨통을 끊어줬으면 해요. 수백 년 동안 살아온 끝에 처음으로 품게 된 제 꿈이, 곧 이뤄지겠군요. 아아, 행복한 삶이었어요…….

………………………어?

이게 무슨……? 다, 당신…… 저를 회복시켰……?!

이, 이게, 현실인가요?! 혹시, 꿈을 꾸고 있는 걸까요?!

당신은, 그야말로, 아아, 그야말로, 저의 이상형 그 자체! 당신의 위대함은 필설로 형용할 수가 없어요! 저의 운명! 저의 주인님……!

아아, 아아아아앗! 최고! 정말, 최, 고……!

…………후후, 우후후후후훗.

그 후로 저는 무아지경이라 거의 의식이 없었지만, 그 영원하게 느껴지는 쾌락만큼은 이 저주받은 몸이 똑똑히 기억했어요.

드디어, 저의 주인님을 만났어요.

몇 번이고 저를 괴롭혀주세요. 이제까지 제가 앗아온 덧없는 목숨의 몫만큼, 저를 길들여주세요. 아픔을, 고통을, 삶을, 실감하게 해주세요.

주인님께서는, 돌아가셨어요. 하지만 저는 알아요. 돌아가실 때의 그 영롱한 눈빛은 「너를 놓치지 않겠다」고 말씀하고 계셨어요. 주인님은 분명 다시 돌아오실 거예요. 그리고 또 저를 돌봐주시겠죠.

아아, 정말 멋져요. 바라옵건대, 부디 바라옵건대, 주인님과 함께 살아가고 싶어요. 피가 끓고 가슴이 뛰는 사투 끝에, 이 세상에서 가장 아름답고 존귀한 그 손으로 제 목을 베어주셨으면 해요. 신이시여, 이 상반된 두 소망을 부디 이뤄주세요.

처음으로 사랑을 알게 된 소녀처럼, 망상이 끝없이 샘솟아요. 주인님, 주인님, 주인님…… 언젠가, 제 이름을 알려주셨으면 해요. 부디, 저에게 이름을 지어주셨으면 해요. 그리고, 그 손으로, 저의 이 목을…….

◇◇◇

세컨드가 암흑늑대와 사투를 벌이는 사이, 실비아와 에코는 을등급 던전 『린프트파트』를 찾았다.

바로 특훈을 하기 위해서다.

"우선 나부터 하겠다. 에코는 뒤편에서 지켜봐다오."

"오~케이!"

실비아는 자신만만한 목소리로 그렇게 말하더니, 던전 안으로 들어섰다.

화살을 쥔 실비아를 맞이한 것은 「돌거북」 여섯 마리였다. 린프트파트 던전에서는 항상 몬스터가 무리지어 출현한다. 게다가 HP와 VIT에 특화된 마물이 많다.

"……음."

《비차궁술》을 써서 두 마리를 해치웠을 때, 실비아는 눈치챘다.

의외로 「대처」하기 어렵다는 사실을—. 현재 실비아의 【궁술】은 용마 및 용왕을 제외한 모든 스킬이 9단이기에, 상당히 뛰어난 화력을 발휘한다. VIT가 뛰어난 돌거북을 일격에 해치울 정도다.

그렇기에, 실비아는 방심했다. 이 정도 화력이면 린프트파트 안의 마물 정도는 간단히 해치울 수 있을 거라고 여겼다.

하지만 『벽 역할』이 없는 탓에 적들의 공격이 그녀에게 집중되었고, 그것이 무엇을 의미하는지 뼈저리게 깨닫고 말았다.

"아야야야야야?!"

돌거북이 네 마리가 실비아에게 총공격을 날렸다. 실비아는 《금장궁술》을 펼쳐서 네 마리를 밀어내려 했지만, 판단을 내리는 것이 늦었다. 그 바람에 일방적으로 두들겨 맞았지만, 실비아의 HP는 전혀 줄지 않았다. 하지만 실비아를 『패닉』에 빠뜨리기에는 충분한 상황이었다.

"제, 젠장!"

실비아는 작전 같은 것도 없이 《비차궁술》을 마구 날려서 닥치는 대로 해치우려 했다. 하지만 두 마리가 한계였고, 남은 두 마리가 또 접근했다. 아까보다 가까운 거리까지 접근했기에 《금장궁술》을 준비할 틈조차 없었고, 결국 돌거북의 공격을 회피할 수 없었다. 실비아는 어쩔 수 없이 두들겨 맞으면서 《비차궁술》을 펼쳐서 남은 두 마리를 해치웠다. 궁술사라고는 도저히 할 수 없는, 마치 갑옷 기사 같은 전투방식이다.

"으으…… 호되게 당했구나."

어찌어찌 전투를 마치고 에코를 돌아보니, 에코는 입가에 손을 댄 채 「푸푸풉」하고 웃는 듯한 표정을 짓고 있었다. 실비아는 그 모습을 보고 울컥했다. 하지만 화를 낼 수는 없었다. 방금, 에코의 중요성을 실감했기 때문이다.

"……아무래도 작전을 세울 필요가 있겠군."

그 당연한 점을 이제야 눈치챘다. 백문이 불여일견이란 말을 체감한 것이다.

문득, 실비아는 마음 한편으로 반성했다. 그러고 보니 이제까지는 아무런 생각 없이 세컨드의 지시에 따르기만 했다. 눈앞에 나타난 적을 안전한 장소에서 쓰러뜨릴 뿐이었다. 즉, 고정포대 역할이었던 것이다.

세컨드의 적절한 지시가 있었기 때문에, 이제까지는 안전했다. 하지만 앞으로도 세컨드의 지시가 항상 정확할 거란 보장은 없다. 특히 갑등급 던전 등에서는 한순간의 방심으로 목숨을 잃을 수도 있다. 이 특훈은 「혼자서도 최소한의 안전을 확보할 수 있게 되어라」라는, 세컨드의 메시지가 틀림없다— 실비아는 그렇게 확신했다.

그것을 자각한 것만으로도, 특훈의 성과로서는 충분했다. 남은 건 그것이 가능한 수준까지 기술을 끌어올릴 뿐이다. 실비아는 「어리광을 부리고 있었구나」하고 중얼거린 후, 특훈을 이어가기 위해 안족으로 나아갔다.

그 후, 돌거북과 몇 번 싸운 후에 에코와 교대했다. 그리고 두 사람은 번갈아 돌거북 무리를 상대로 특훈을 했고, 해가 진 후에 귀환했다.

세컨드의 예상대로, 에코가 단독으로 전투를 벌일 때는 시간이 꽤나 걸렸다. 하지만 실비아보다 몇 배는 안정적으로 마물을 상대했다. 원래 【방패술】은 1대 다수의 전투를 고려한 스킬인 만큼, 당연하다면 당연했다.

"왠지 진 것 같은 느낌이 드는구나……."

"하지만, 도통 해치우질 못했어……."

에코 또한 혼자서 싸우면서 후위의 중요성을 실감하게 된 것 같았다.

마물들의 공격을 【방패술】로 막아내면서, 빈틈이 보이면 야금야금 공격한다. 이 방식으로 싸우니 전투가 끝도 없이 늘어지는 것만 같았다. 게다가 「언제까지 계속해야만 하는 걸까」란 짜증과 지겨움에서 오는 잡념과 서둘러야 한다는 초조함이 미스를 유발하고 만다. 그리고 혼자서 싸우는 시간이 긴 만큼, 피로 또한 평소의 몇 배나 됐다.

"하지만……."

피곤하기는 하지만, 배울 것이 많다. 실비아와 에코, 두 사람은 「어떤 점」을 눈치챘다.

그건 전위와 후위는 둘이자 하나. 한쪽만으로는 아무것도 못한다. 그리고 전위와 후위를 혼자서 소화할 수 있는 이는 존재하지 않는다. 즉— 세컨드라도 「전위와 후위를 필요로 한다」는 것이다.

세컨드가 자신들을 필요로 한다…… 그 사실이 지친 두 사람에게 활력을 줬다. 혼자서 고생하며 싸운 끝에 비로소 보이기 시작한 그 골인 지점은, 두 사람에게 있어 최고의 사탕이었다.

"좋아, 힘내자~!"

"힘내야지~!"

이 특훈, 노력하면 할수록 수확이 있다.

특훈 첫날에 그 점을 직감한 두 사람은, 세컨드의 예상 이상으로 의욕을 불태우고 있었다.

—세컨드가 아이솔로이스로 떠나고, 약 두 달이 흘렀다.

동쪽의 저택에 모인 세 사람은 평소와 마찬가지로 정례회의를 가졌다.

일주일에 한 번 꼴로 열리는 이 회의는 보고회다. 세 사람이 일주일 동안 얻은 정보를 공유하고, 팀의 방침을 검토하기 위한 자리다. 또한 전원이 메시지를 따로 세컨드에게 보냈다간 방해가 될 테니, 이 정례회의에서 꼭 전해야만 하는 최소한의 정보를 정리해서 팀 한정 통신을 통해 보내고 있다. 이것은 유카리의 제안이다.

"나는 필요 없다고 생각한다."

"동감~."

"저도 필요하다고는 전혀 생각하지 않습니다. 하지만 일손이……."

"좋다. 그럼 남자 노예를 들이자."

"일 잘하는 사람이 좋겠어~."

"……저로선 남자를 들이는 것도 좀 그렇군요."

"나도 좋은 건 아니다. 하지만 라이벌이 늘어나는 것보다야 낫겠지."

"나을 거야~."

"그건 그렇죠."

이번 회의에서는 드물게도 논란이 일어났다. 의제는 「하인의 인원 보충」에 관해서다. 실비아와 유카리는 다른 여자가 세컨드에게 다가가는 것을 꺼리는 눈치였다.

하지만 유카리는 피치 못할 이유가 있는 건지, 벌레를 한 백 마리 정도 씹은 듯한 표정으로 입을 열었다.

"단, 중앙 및 남쪽의 세컨드 성(가칭)을 제외한 다섯 개의 저택이 한 달 반 후에는 완성될 겁니다. 그때까지 저의 만능 메이드대의 능력을 끌어올리면서, 규모를 확충해두고 싶어요."

"이유가 뭐지?"

"현재, 만능 메이드대는 열 명입니다. 즉, 아직 실력이 미진하긴 하지만 저의 분신이 열 명이라고 여겨주시면 됩니다."

"히익, 무서워~."

"에코, 방금 발언은 무례했어요."

"잘못했어요~!"

"으음…… 확실히 무섭기는 하지만, 한편으로 믿음직하구나."

"그렇죠? 그녀들의 휘하에 둘 인원을 보충한다면, 주인님의 성이라 할 수 있는 이 저택은 반석이나 다름없을 겁니다. 하지만, 거꾸로 보자면 그녀들에게는 부하가 부족하다 할 수 있어요."

"지휘관만 있어봤자 의미가 없다는 건가."

"네. 인원만 보충된다면, 교육 및 통솔까지 전부 맡겨도 되겠죠. 하지만 그녀들이 가능한 교육은 메이드 교육뿐입니다. 그러니 보충할 인원은 여자 노예인 편이 좋을 거라고 생각해요."

"그래. 그렇다면 어쩔 수 없지. 메이드대는 전부 여자 노예로 편성하자. 하지만 그 이외의 노예는 전부 남자를 뽑겠다. 이게 최대한의 타협점이야."

"네, 그편이 좋겠다고 생각합니다. 그럼 제가 적당히 골라보며 수배하겠습니다."

"......겨우 어깨의 짐을 내려놓을 수 있겠구나. 그럼 이제 그만 나와 교대하지 않겠느냐?"

"어머, 질투하지 말아주시겠어요? 이건 주인님께서 저에게 맡겨주신 중요한 임무랍니다. 그런 말에 넘어가서 순순히 넘길 리가 없지 않나요?"

"질투하는 게 아니라, 단순히 흥미가 있을 뿐이다. 그리고 그런 날 선 태도는 세컨드 님에게 보여주지 않는 편이 좋을 거다. 분명 질색할 테니 말이야."

"걱정하지 마시길. 실비아 씨 같은 바보한테만 보여주니까요."

"그거 영광이구나. 하지만 너무 필사적으로 본성을 숨기는 것도 좀 그렇지 않을까?"

"그게 무슨 문제라도 있나요?"

"겉모습만 좋은 것도 좀 그런 것 같아서 말이지."

"그러는 당신도 일주일에 한 번이라는 협정을 깨면서까지 꽤 귀여운 메시지를 보내고 있지 않나요? 참, 서로를 꽃에 비유한 시는 참 우습더군요."

"그러는 네놈이야말로 밤마다 더럽게 시끄럽지 않느냐. 좀 조용히 하는 게 어떻느냐? 아앙~, 주인님~. 빨리 돌아오시와요~."

"……단순무식녀."

"……내숭 색골."

"역시 무서워……."

그렇게 하루하루가 흘러갔다.

"위험했어!"

이 싸움을 시작하고 석 달 정도 흘렀을 즈음일까. 드디어 「예의 패턴」이 나왔다.

내가 암흑변신에 맞춰《용왕검술》을 준비하고 있을 때, 훗— 하며 앙코의 그림자가 사라졌다.

《허영》상태다. 그 상태의 앙코에게 공격을 날려봤자 완전히 무효화된다. 그리고 빈틈을 보인 나는 공격을 확실하게 허용하게 만다. 앙코의 공격은 지금의 나에게 있어 전부 치명상 레벨이다. 그러니 허영 상태일 때는 절대 공격해선 안 된다.

허영은 발동하고 딱 3초 동안 유지된다. 나는 준비 중이었던《용왕검술》을 캔슬한 후, 앙코와 거리를 벌렸다.

앙코는 암흑변신을 마치자마자 암흑소환을 펼쳤다. 강력한 무기를 소환하려는 것이다. 《용왕검술》로 스턴을 시키지 못했으니, 저 소환을 막을 방법은 없다.

이렇게 되면 기도할 수밖에 없다. 제발 『흑염지창』이 아니길! 하고 말이다.

"……좋았어."

제1관문 돌파. 소환된 것은 『그림자봉』이었다. 이제부터, 앙코는 다운될 때까지 「봉술 모드」로 돌입한다.

문제는 어떻게 다운시킬 것인가, 다. 다리에 《비차궁술》을 크리티컬로 두 발 명중시키거나 아니면 크리티컬 한 발과 일반 공격 두 발, 혹은 크리티컬 없이 네 발을 적중시켜야 다운한다.

―그리고, 드디어 암흑마술이 펼쳐졌다.

닿으면 강제적으로 HP 잔량이 1로 변하는 극악한 안개다. 게다가 상당한 광범위 공격이다.

「이걸 피할 수 있을지 없을지는 운에 달렸다 해도 과언이 아니다」라고 공략 woki에 적혀 있었지만…… 입만 산 풋내기들이 잘 알지도 못하면서 적은 글이다. 뫼비온에 관해서 만큼은 woki를 신뢰해선 안 된다. 전부 헛소리다.

"(―뭘 하는 게냐!)"

빙의 중인 앙골모아의 깜짝 놀란 목소리가 들렸다. 나는 암흑마술의 안개는 쳐다보면서 《비차궁술》을 발동시킨 후, 앙코의 발을 공격했다. 크리티컬 히트! 나쁘지 않은 전개다.

"(이래서는 회피할 수 없을 게다!!)"

그렇다. 틀림없이 안개에 닿고 만다. 《비차궁술》을 날릴 여유가 있으면 온 힘을 다해 회피를 하는 편이 낫다. 남들이 보기에는 내가 풋내기나 저지를 법한 실수를 범한 것처럼 보이리라.

하지만 그렇지 않다. 발상을 전환해보는 것이다. 이런 광범위 공격을 피하자고 생각하는 것 자체가 실수인 것이다.

"변신!"

제2관문은 이것으로 돌파한다. 《변신》 발동 후의 무적시간 8초로 말이다.

난점은 만약에 대비한 보험이 사라진다는 점, 그리고 다음 수의 난이도가 상승한다는 점이다. 하지만 비장의 카드는 아껴둘 뿐이어선 의미가 없다. 지금이 바로 그것을 쓸 타이밍이다.

변신 회피…… 나와 비슷한 생각을 한 이는 아마 적지 않을 것이다. 그런데 왜 woki에 적혀 있지 않은 것인가. 이유는 단순하다. 그런 사람은 애초에 woki에 접속하지 않는다. 「암흑늑대의 암흑마술은 변신으로 회피하면 돼」 하고 남한테 가르쳐줄 시간이 있다면, 그 시간에 한 번이라도 더 암흑늑대를 조련하려 할 것이다.

온라인 게임에선 어떤 영역을 넘어선 순간, 수천 명이 우글거리며 서로의 내장을 먹어 치우고 자신의 피로 남의 피를 씻어내는 빌어먹을 전장이 된다. 정보전은 기본이며, 항상 주위를 추월하기 위해 전원이 필사적이고 눈에 보이는 모든 캐릭터가 증오해 마지않는 라이벌이다. 도망칠 길이라면 잔뜩 있다. 하지만 도망치면 끝이다.

이제까지 쌓아온 모든 것이 부질없어진다. 그러니 절대 관둘 수 없다. 나처럼 인생을 건 녀석이면 당연했다. 뭐, 영원히 끝나지 않는 고독한 싸움이란 것이다.

하지만, 그래서 좋았다. 내 적성에 맞았다. 그래서 모든 것을 쏟아부었다. 다들 포기한 그 마굴에서 1위로 군림하는 희열은 그 무엇과도 바꿀 수 없었어…….

……그런 괜한 생각을 하는 동안 6초가 흘렀고, 나는 그림자봉을 붕붕 돌리며 접근하는 앙코의 발을 향해 또《비차궁술》을 날렸다. 크리티컬은 발생하지 않았다. 다운을 시키기 위해서는 한 번 더 공격을 명중시켜야 한다.

하지만 이제 걱정할 필요 없다. 「한 발만 더 맞추면 반드시 다운을 시킬 수 있다」는 것을 알았으니, 암흑마술을 맞더라도 전혀 문제없는 것이다.

그렇기에, 나는 당당히 서서 암흑마술을 발동시키려 하는 앙코의 다리를 향해《비차궁술》을 날렸다. 마침 암흑마술도 동시에 발동됐다. 당연히 맞았다. 내 HP가 1이 된 대신, 앙코는 다운시켰다.

원래라면 이 상황에서 그림자봉으로 공격을 해 와야 한다. 하지만 다운을 시켰으니, 나는 여유롭게 몸을 회복시킬 수 있다. 이것으로 제3관문 돌파. 좋아, 위기에서 벗어났어—.

몸을 일으킨 앙코는 원래대로 암흑변신에서 이어지는 돌진을 펼쳤다. 나는 이미 평소의 위치로 되돌아갔다.

그리고 또『작업』의 나날이 시작됐다. 대체 언제까지 해야 하는 걸까……?

오늘, 2천 번을 넘었다.

얼추 넉 달 가량이 지났다. 매일 빠짐없이 열여덟 번은 조련을 시도했고, 오늘 드디어 2천 번에 이르렀다. seven 시절에는 1회 15분만에 해냈던 전투가 지금은 40분 정도 걸린다. 그런데도 포기하지 않고 2천 번이나 시도했다. 스스로가 생각해도 정상은 아니다.

"저기, 짐의 세컨드여. 슬슬 돌아가는 편이 좋지 않겠느냐?"

앙골모아와도 매일 밤 이렇게 마주 앉아 술을 마셨다. 열두 시간 동안 조련에 전념하고 마시는 술인 만큼, 달콤하기 그지없었다.

그러고 보니 이 녀석은 요즘 들어 툭하면 돌아가자는 소리를 한다. 지겨워진 건가 싶어 물어보니, 내가 걱정된다고 한다. 고마운 말이지만, 한동안은 더 걱정을 끼치기로 했다.

"아직 그럴 상황은 아냐. 문제가 발생한다면 바로 돌아가겠지만, 주간 보고를 들어보면 별일은 없는 것 같거든."

거짓말이다. 세 사람의 주간 보고에는 상당한 우려 사항이 들어 있었다.

왕도에서는 클라우스 제1왕자를 밀어주는 발 모로 재상의 개혁파가 본격적으로 움직이기 시작한 것 같았다. 남은 시간은 얼마 되지 않는다. 게다가 실비아와 에코의 성장 상태도 신경이 쓰였고,

유카리에게 맡겨둔 일들도 신경 쓰인다. 완성된 저택도 신경 쓰인다. 세컨드 성(가칭)의 진척 상황도 신경 쓰인다. 신경 쓰이는 일이 한둘이 아니다.

솔직히 말하자면, 그냥 돌아가고 싶다. 그런데, 왜…… 나는 돌아가지 않는 걸까?

나도 잘 모르겠다. 그저, 뭔가 계기가 필요했다. 돌아갈 수밖에 없는 계기가 말이다.

……그래, 의존증이구나. 시야가 좁아졌다. 정상적인 판단을 내릴 수가 없다. 포기해야만 하는데, 그럴 수가 없는 것이다. 조련에 집착한 탓에 다른 문제를 미뤄두고 있다. 결과가 뻔한데도, 희박한 가능성에 모든 것을 걸며 제 발로 파멸을 향해 나아가고 있다.

하지만 나는 내일도 조련을 할 것이다. 모레도. 다음 주도. 그 다음 주도. 계기가 없는 한, 아슬아슬한 순간까지, 돌이킬 수 없는 지경에 이를 때까지, 나는 조련을 계속할 것이다.

어쩔 수 없어. 당연하잖아. 암흑늑대의 조련은 말이지? 절대 거부할 수 없는 마약 같은 거야. 조련에 성공한 순간의 쾌락을 느끼면 그걸로 끝이야. 머릿속이 터져 나갈 정도의 충격과 눈앞이 반짝거리는 듯한 어마어마한 행복이 한꺼번에 밀려오면서, 여운의 뇌수가 몇 바가지는 샘솟는다고. 그렇게, 조그마한 뇌에 평생 지워지지 않을 문신이 새겨지는 거지. 그렇게 된 이를 구원할 방법은 단 하나, 다시 조련하는 것뿐이야. 진짜 빌어먹겠네.

"…………잘래."

"음……."

빨리 끝나줘. 나는 눈을 감으며 그렇게 빌었다. 졸음은 금방 찾아왔다. 그리고 또, 작업의 나날이 시작됐다…….

2159회째. 이 작업을 시작하고 넉 달이 지난 날의 오후에 벌어진 일이다.

피로 때문인지는 모르겠지만, 나는 처음으로 실수를 범했다.

《변신》의 쿨타임 관리를 실패해서, 앙코의 암흑마술을 피하지 못한 것이다.

"(짐의 세컨드여!!)"

앙골모아가 고함을 질렀다. 어이. 쓸데없는 짓 말라고, 정령대왕님. 고함을 지른다고, 그것도 염화로 그런다고 달라질 건 없잖아.

"…………."

—쓸까. 어떻게 할까. 한순간 망설였다.

봉술 모드인 앙코가 그림자봉을 눈에 보이지 않는 속도로 휘두르며 다가왔다. 현재 내 HP는 1이다. 한 대라도 맞았다간 바로 아웃이다.

어쩌면 좋을까. 이대로 피할 것인가, 아니면 비장의 카드를 쓸 것인가. 서둘러 포션을 마신다는 선택지는 고를 수 없다. 마시는 도중에 공격을 당하면 그대로 끝이다.

뭐, 이번 같은 경우에는 이미 답이 정해져 있다.

"(아니, 무모하구나!!)"

나는 『회피』를 골랐다. 앙코의 뒤편으로 이동하기 위해, 그 옆을 가로질렀다.

봉술 모드 중의 약점은 후방이다. 뒤로 돌아가기만 한다면, 앙코가 돌아보는 데 걸리는 시간을 이용해 포션을 마실 수 있다. 그렇다. 돌아가기만 한다면 말이다.

거리는 약 2미터. 나는 【봉술】 스킬 발동 후에 생기는 약간의 경직 시간을 이용해 앙코의 오른쪽 어깨에 등이 닿을락말락하게 몸을 날렸고, 그대로 힘차게 나아갔다.

―휘잉. 그림자봉이 내 근처를 가르고 지나가는 소리가 들렸다. 스치기라도 했다간 그대로 끝이었을 거야. 진짜 위험했네~.

"휴우! 구사일생 스페셜이었네!"

"(적당히 하거라! 이래서야 심장이 여러 개 있더라도 부족할 것이니라!)"

황금 시간대에 특별 방송으로 내보내도 될 만큼 아슬아슬하게 회피에 성공했다. 나는 포션을 마시면서 앙골모아에게 꾸중을 들었다. 자, 좀 고생스럽기는 하겠지만 《비차궁술》로 다운을 시켜서 처음으로 되돌리기만 하면 된다.

…………아직 할 수 있다. 아직 괜찮다. 나는 격렬하게 뛰는 심장을 진정시키면서 마음속으로 중얼거렸다.

죽을 뻔했다. 이 세상에서, 처음으로. 아아…… 상상 이상인걸.

―피가 끓어오른다. 이 고양감. 이 흥분. 오랫동안 잊고 있었던 감각이 되살아난다.

즐겁다. 즐겁다. 즐겁다……!

생각해보면 나는 초심을 잊고 있었다. 왜 뫼비온을 시작했나. 왜 세계 1위를 목표로 삼았나. 그 원점이 다시 떠올린 듯한 느낌이 들었다.

뫼비온은 내 인생의 모든 것이 **침전**된 장소다. 도망치고 도망치고 또 도망친 끝에, 내가 가진 모든 것을 긁어모아 응축시킨 끝에 도달한 최후의 도피처다. 더는 도망칠 곳이 없다. 이제는 전진할 뿐이다. 모든 것을 즐기기만 하면 된다.

"간다, 이 자식아!!"

그런 이 행위를 작업으로 치부하는 건, 앙코에게 실례다.

이것이 세계 1위의 싸움이다. 나와 너의, 정신과 정신의 격돌이다. 나는 기합을 넣으며 미스릴 롱보우를 움켜쥔 후, 앙코와 대치했다.

2168회째…… 언젠가, 분명 찾아올 거라고 생각했다.

결국은, 라고 말해야 할까. 드디어, 라고 말해야 할까. 하필이면, 이라고 말해야 할까. **단서**는 존재했다.

암흑변신에서의 암흑소환과 《허영》의 타이밍이 겹치면서, 앙코가 「최강 모드」에 돌입하는 것을 저지하지 못했다.

상황은 「최악 오브 최악」이다. 앙코의 남은 HP는 25% 이하다. 즉, 「버서크 모드」 중이기도 한 것이다.

최강 모드+버서크 모드— 온몸에서 흑염이 뿜어져 나오고, 흑염 지창에서도 광범위에 미치는 흑염이 분출되고 있다. 커다란 창을 허리에 받치면서 허공에 휘두르며, 상냥한 눈매와 부드러운 미소를 머금은 얼굴로 조용히 다가오는 그 모습은 그야말로 귀신(鬼神) 같았다.

흑염지창은 어처구니없을 만큼 공격력이 뛰어날 뿐만 아니라 사정거리가 3미터나 되고, 그뿐만 아니라 흑염의 원거리 공격이 상시 발동되는 괴물 무기다. 최강 모드란 이름에 걸맞게 무시무시했다.

참고로 현재 내 스테이터스라면 흑염에 2초라도 닿았다간 운이 좋아도 빈사, 나쁘면 죽는다.

흑염지창으로 날린 공격에 한 번이라도 맞으면 바로 즉사다. 장난이 아닌 상황이다.

자…… 이렇게 되면, 더는 방법이 없다. 맞서도 죽고, 도망쳐도 죽는다. 허겁지겁 도망친다고 벗어날 수 있을 만큼 물러터진 공격은 펼치지 않는다.

결국 나는 비장의 카드를 쓰기로 마음 먹으면서, 인벤토리에서 고블린 메이지의 뿔을 꺼냈다.

뭐, 비장의 카드라고 해도, 이것은 어디까지나 「도주」를 위한 비장의 카드다.

병등급 던전 『아시아스파른』의 보스인 「고블린 케이오」의 수하인 「고블린 메이지」는 《랜덤 전이》라는 마술을 쓴다. 그런 고블린 메이지의 뿔을 마물에게 찔러넣으면 《랜덤 전이》가 발동되는 것이다. 하지만 그 아이템은 발동 조건이 많고, 기본적으로 던전 안의 마물 상대로는 효과가 없다. 게다가 랜덤 전이시킨 마물에게서는 경

험치를 얻을 수 없다. 즉, 매우 효용가치가 낮은 아이템이다.

하지만 말이야. 딱히 이걸 앙코에게 쓰려는 건 아니거든? 나한테 쓰려는 거야, 나한테. 푹 쑤셔 박는 거지. 그러면 그대로 줄행랑인 거야. 그러니 이건 긴급 탈출용 비장의 카드로 써먹을 수 있다고.

"길었네……."

"(동감이니라.)"

나는 고블린 메이지의 뿔을 거꾸로 쥔 후, 흑염지창을 크게 휘두르며 서서히 다가오는 앙코를 쳐다보았다.

마치 암흑빛깔 태양의 화신이 된 것처럼, 요염한 몸을 감싼 검은 옷의 표면에서는 흉흉한 흑염이 휘몰아치고 있었다. 그리고 흑염지창에서는 공간을 찢어발길 듯한 흑염이 뿜어져 나오더니, 금방이라도 나를 덮칠 것만 같았다.

저 흑염에 2초 동안 닿으면 끝인 건가. 최악이네. 다가갈 수가 없다고. 역시 무리였어.

이길 수 있을 리가 없어. 이길 방법이 없다고. 이렇게 됐으니 도망치더라도 어쩔 수 없을 거야.

"또 올게."

재회를 약속하며, 나는 고블린 메이지의 뿔을 치켜들었다.

"…………."

갑자기…… 앙코의 표정이, 변한 듯한 느낌이 들었다.

상냥한 느낌을 자아내며 감겨 있는 눈과, 시종일관 미소가 어려 있는 입가. 그것이 희미하게 벌어지더니, 이렇게 말한 듯한 느낌이 들었다.

가지 마—.

············.

"(……음? 왜 그러느냐, 짐의 세컨드여.)"

나는, 나는, 뭘…… 이렇게 강한 상대와 대치한 상황에서, 뭘 하려고 하는 거지……?

왜 겁을 먹은 거야? 왜 애초부터 도망칠 생각부터 하는 건데? 대체 왜 이러는 거냐고.

여섯 시간 전에 초심을 떠올렸으면서, 나는, 왜, 이렇게……. 바보 아냐?

—『뫼비온에서 도망치면 끝』이잖아, 멍청아!

그 절대적인 규율을 깨려고 하지 마.「죽고 싶지 않다」고 생각하며 얼이 나가 있지 말라고. 뫼비온에서 도망친 너한테 대체 뭐가 남는데? 아무것도 남아 있지 않단 말이다, 이 쓰레기야.

세계 1위는 강해야만 해. 그 누구보다도. 무엇보다도. 그 힘은 단순히 스테이터스만을 말하는 게 아냐. 전부라고. 몇 번이나 말했잖아. 뫼비온에서만큼은『도망치지 않겠다』고 말이야. 그런 근본적인 부분을 왜 잊은 건데?

멍청아. 너는 세계 1위야. 너는 도망치면 끝이라고. 도망칠 곳은 애초부터 없었어. 도망치지 마. 변명하지 마. 버텨. 맞서. 한심한 꼬

락서니를 보이지 마. 핏덩어리를 삼키며 허세를 부려. 너는 세계 1
위잖아. 세상에서 가장 강하잖아! 세계 1위가 도망친다는 건, 죽음
보다 더 꼴사나운 짓거리라고!!!

"변, 신—!!!!"

그 직후, 흑염이 나를 감쌌다. 무적 시간은 8초. 기회는 6초 후
의 2초뿐이다. 도망칠 곳은 없다. 내 주위 일대가 검은 불꽃에 휩
싸였다. 앙코는 내 눈앞까지 다가왔다. 무적이 풀린 순간, 나는 죽
는다.

……괜찮아. 이런 건 전혀 무섭지 않아.

"하하, 하하하핫!!"

웃음이 샘솟아 나왔다. 나는 그것을 억누르지 않고, 전부 토했다.
기분 탓이 아니다. 잘못 본 게 아니다. 일렁이는 흑염 너머에서,
앙코도 웃고 있었다. 기쁜 듯이, 행복한 듯이, 내 눈앞에서 말이다.

하하하하하! 이게, 세계 1위다! 그리고 너는! 나를 이만큼이나 궁
지에 몰아넣었다! 너는 강해! 대단해! 최고야! 아아, 너무 행복해서
참을 수가 없어!

"비차궁술!!"

나는 기술명을 외쳤다. 이게 예의거든.

다리는 노리지 않겠어. 대갈통에 꽂아주지. 거 봐! 크리티컬 히트
를 했잖아. 이럴 줄 알았어. 이제 앙코의 HP는 2할 이하로 줄었어.

남은 시간은 0.2초. 도망쳐? 바보 같은 소리 말라고.

나는 당당히 서서, 당연한 듯이—— 흑염을 온몸에 뒤집어쓰며

《조련》을 펼쳤다.

·········나는 바보야. 성공확률은 0.0001%잖아? 이 상황에서 기적적으로 성공할 리 없다고.

아~, 죽었네. 그래도 후회는 없어. 이렇게 궁지에 몰린 상황에서, 나는 도망치지 않았어. 죽는 순간까지, 최후의 순간까지, 나는 세계 1위였다고.

어때? 봤어? 질렸지? 이게 세계 1위야. 대단하지? 세지? 아무도 흉내 못해. 다들 나를 존경하라고.

"—라고, 말할 줄, 알았어?"

·········내가 그런 생각을 할 리 없잖아.

나는 말이지. 전부터 이상하다고 생각했어.

지금까지, 최강 모드+버서크 모드 중에 《조련》을 시도한 사람은 존재하지 않겠지?

아니, 무리야. 다가갈 수 없거든. 애초에 「최강 모드가 되지 못하게 한다」가 정석이거든. 실력이 좋을수록 그런 사태가 벌어지는 걸 방지하려고 할 거야.

지금 내가 선택할 길은 단 하나. 버서크 모드 중에 《허영》 상태에서 최강 모드가 되는 것을 저지하지 못했으니, HP를 2할 이하로 만든 후에 《변신》의 무적 시간을 이용해 접근해서 《조련》을 날리는 것 뿐이다.

그 후로 몇 년이나 흘렀지? 그때 GM이 왜 의미심장한 표정을 지은 건지 이제 알 것 같다.

누가 눈치챌까? 누가 할 수 있을까? 누가 시도나 해볼까? 응? 이 딴 짓을 말이야!!

……그게 바로 나야, 바보야. 죽어버려, 쓰레기. 꼴좋다고, 망할 놈들아.

"하아…… 하아…… 하아……"

괴롭다. 호흡의 리듬이 흐트러졌다. 피가 잘 순환되지 않는다. 심장이 고통스러울 정도로 격렬하게 뛰고 있다. 격렬한 현기증이 엄습했다. 귀울림이 멎지를 않았다.

나는 빈사 상태에서, 떨리는 손으로 포션을 마셨다. 온몸의 극심한 통증이 잦아들었다. 몸 상태가 서서히 좋아졌다.

하지만 고열에 의해 몽롱한 듯한 감각은 더욱 강렬해졌다.

뭐, 무리도 아냐. 당연하잖아.

"—만나뵙고 싶었사옵니다, 저의 주인님."

내 눈앞에서 무릎을 꿇고 있는 이 녀석을 봤으니 말이야.

사투가 끝난 후, 나는 감동에 휩싸였다.

앙코가 말을 해……! 이것은, 조련에 성공했다는 사실 못지않은 충격이었다.

아까까지 그녀는 프로그램된 행동 패턴을 반복할 뿐인 단순한 마물에 지나지 않았다. 하지만, 조련한 순간부터 마치 혼을 얻은 것처럼 행동하고 있었다.

무슨 일이 일어난 거지? 차이점은 뭐지? 역시 조련했기 때문일까? 아니면 「앙코」라서일까? 수수께끼다.

바로 그때, 내가 입을 다문 채 생각에 잠긴 탓에 조바심이 난 듯한 앙코가 천천히 입을 열었다.

"―주인님. 아아, 주인님. 저는 이제부터, 무엇이든 해치우는 창이 되겠사옵니다. 무엇이든 막아내는 방패가 되겠사옵니다. 저의 모든 것을 주인님께 바치겠사옵니다. 그러니 부디, 이 몸이 스러지는 순간까지, 곁에 둬주옵소서."

앙코는 부복한 채 공손히 고개를 숙였다.

내용은 제쳐두고, 마치 예전부터 준비해뒀던 것 같은 열띤 대사다. 나는 문득 그 점이 신경쓰여서 이렇게 물어보았다.

"네 소망에 답하기 전에 물어볼 게 있어. 너는 언제부터 자아를 지녔지?"

"네. 수백 년 전부터이옵니다."

"그럼 왜 아까 같은 행동을 취한 거야?"

"결코 벗어날 수 없는 주박…… 신의 힘에 조종당하고 있었사옵니다."

"그래. 신의 힘에……"

의식이 있는데도 전투에서는 자유롭게 행동할 수 없었다는 건가. 정말 안타까운 이야기지만……. 조련이 된 순간에 앙코의 기억이 뜯어고쳐졌을 가능성도 없지는 않다. 「수백 년 전부터 자아가 있었다」라는 기억을 누군가가 덧붙였을 가능성이 있는 것이다. 이 세상에 존재하는 수많은 마물에게 원래 자아가 있다고 생각하는 것보다는 그편이 합리적인 추리이리라.

……뭐, 내가 이러쿵저러쿵 생각해봤자 어떻게 될 문제가 아닌 것 같으니 이만 제쳐두기로 했다. 조련 가능한 암흑늑대는 우연히 자아를 가지고 있었다, 지금은 그런 것으로 치부하자.

"앙코."

"……? ……윽! 네!"

"나는 세컨드야. 기억해둬."

"네! 영원히 기억하겠나이다!"

"가자."

"알겠사옵니다!"

불쑥 이름으로 불러봤다. 그게 자신의 이름이라는 걸 눈치챈 앙코는 환한 목소리로 그렇게 말하며 고개를 끄덕이더니, 몸을 일으켰다. 머리 회전이 꽤 빠른 것 같았다.

키는 꽤 큰 편이며, 나보다 약간 작았다. 꼬리를 붕붕 흔들어 대고, 머리에 달린 귀를 쫑긋거리는 앙코의 얼굴에는 평소의 잔잔한 미소가 아니라 환한 웃음이 어려 있었다. 어른의 요염한 색기와 어울리지 않는 그 어린애 같은 모습을 본 나는 무심코 웃음을 터뜨렸다.

"돌아가는 동안, 호위는 너한테 맡겨도 되겠지?"

"으~~~! 우후후, 맡겨만 주시옵소서!"

내가 임무를 주자, 앙코는 볼을 붉히며 녹아내릴 듯한 미소를 머금었다. 진심으로 기뻐하는 것 같았다.

그래. 앙코는 처음으로 「밖에 나가는 것」이다. 그것도 수백 년 동안 갇혀 있었던 곳에서 말이다. 그러니 기쁘지 않을 리가 없나. 저렇게 좋아하는 것도 이해가 됐다.

나는 고개를 끄덕이며, 아이솔로이스 지하 대도서관을 나섰다. 역시 바깥 경치가 신경 쓰이는 건지, 앙코는 흥미로운 듯이 주위를 관찰하며 내 뒤를 따랐다.

나는 안전지대에 설치해둔 텐트를 회수한 후, 복도로 나섰다.

도서관 앞의 복도는 「블랙 고스트」라 불리는 강력한 마물의 소굴이다. 한 마리 한 마리가 꽤 강할 뿐만 아니라, 무리 지어 덤벼들기 때문에 상당히 성가시다.

그리고 우리는 곧 그 녀석들의 표적이 됐다. 상대의 숫자는 다섯 마리다. 솔로라면 꽤 벅차겠지만, 문제 될 것은 없다. 나는 상대가 접근하기 전에 몇 마리 해치워두자고 생각하며, 미스릴 롱보우를─.

"……아아."

그 순간. 앙코가 눈에 보이지 않는 속도로 이동하더니, 블랙 고스트를 막아섰다.

몸을 암흑으로 만들어, 그림자에서 그림자로 순간 이동하는 스킬─《암흑전이》를 쓴 것이다.

"참 귀여워라."

앙코는 실처럼 가는 눈을 더욱 가늘게 뜨더니, 상냥한 미소를 머금으며 그렇게 말했다.

그리고, 천천히 오른손을 내밀더니…… 블랙 고스트의 머리로 추정되는 부분을 움켜쥐었다.

"죽으세요."

검은 안개의 격류. 틀림없는 《암흑마술》이다. 설마!!

"어……?"

헛웃음을 짓고 있는 내 입에서 그런 소리가 흘러나왔다. 나는 눈을 의심했다. 하지만 눈앞의 사실에는 변함이 없었다. 블랙 고스트의 HP 잔량이 1로 변했다! 이 녀석, **쓸 수 있는 건가?!** 그 **사기 마술**을……!

그 직후. 파직— 하는 가벼운 소리가 들리더니, 선두에 있던 블랙 고스트의 머리를 앙코가 악력으로 으스러뜨렸다. 어이어이, 그건 또 무슨 스킬이야? 나는 그렇게 생각했지만, 곧 뭔지 눈치챘다. 『발톱 공격』이다. 인간 형태에서도 쓸 수 있는 건가…….

"와라, 그림자봉."

앙코는 옷에 묻은 블랙 고스트의 잔해를 털어낸 후, 여유롭게 《암흑소환》을 펼쳤다.

소환된 것은 『그림자봉』— 마치 어둠 그 자체로 된 것처럼 짙은 검은색을 띤 봉이다. 앙코와 질리도록 싸워본 내가 알다시피, 저 봉은 정말 성가신 무기다. 왜냐하면 「공격 횟수가 많기 때문」이다. 즉, 《암흑마술》과의 상성이 끝내준다. 남은 HP가 1인 상태에서 그

녀의 천수관음 같은【봉술】을 전부 피해야 한다면, 정말 살기 싫어
질 것이다.

　……이 기분은 뭘까. 이제까지 나를 그렇게 괴롭혔던 저 극악 악
랄 콤보를 이제 아군이 쓴다고 생각하니, 정말 믿음직하게 느껴졌
다. 「누님, 해치워 주십쇼!」 하고 응원하고 싶을 심정이다.

　그런 생각을 하는 사이, 블랙 고스트들이 일제히 앙코를 덮쳤다.

　"우홋!"

　앙코는 그림자봉을 휘두르더니— 지면을 후려쳤다. 그림자봉의
특징은 「그림자를 공격해도 대미지 판정이 발생한다」는 점이다. 저
것은《은장봉술·타(打)》다. 전방 광범위에 강력한 타격을 가하는
기술이며, 그것을 지면의 그림자를 향해 펼쳤다.

　블랙 고스트 네 마리는 일격에 소멸했다. 당연한 결과였다.《암
흑마술》로 HP가 1인 상황에서 그림자를 향해 광범위 공격이 펼쳐
진 것이다. 압도적이다. 이건 싸움이라고도 할 수 없다. 이것은 매
우 효율적으로 계산된 전략과 비정상적으로 뛰어난 능력이 자아내
는 사냥이다.

　이야…… 이게 다 뭐야. 장난 아니네. 진짜 장난 아니라고.

　전부 장난이 아니지만, 그중에서도《암흑마술》은 압도적일 만큼
장난이 아니었다. 설마 그걸 쓸 수 있을 줄은 몰랐다. 전생의 앙코
도 쓰지 못했던 스킬이다. HP를 강제적으로 1로 만드는 마술이라
고.『게임 밸런스』가 무너질 게 당연하잖아.

　하지만 앙코는 그런 「사기 마술」을 썼다. 즉, 이 세상의 앙코는 전

생의 앙코와 명백하게 다르다. 의식, 전략, 스킬을 비롯한 모든 면에서 말이다.

어이………… 너무 강한 거 아냐?

"……잘했어. 대단해."

나는 약간 전율하면서 앙코를 칭찬했다. 일을 마치고 여운에 잠겨 있던 앙코는 즉시 나를 돌아보며 「과분한 말씀이옵니다」 하고 말하며 예를 표했다. 정말 순종적이다. 참 기쁜걸.

자, 그럼 확인을 해보도록 할까. 전생과 지금의 **차이**를 말이지.

"앙코, 네 스테이터스를 보겠어."

"네, 부디 살펴봐 주시옵소서."

내가 그렇게 말하자, 앙코를 그림자봉을 집어넣은 후에 나에게 다가왔다. 조금…… 아니, 너무 밀착시키는 거 아냐? 그리고 너무 크네. 아, 지금 중요한 건 크기가 아니지. 그래도 너무 커. 큭, 진짜 크잖아. 아무튼 끝내주게 크다고.

"…………아하."

납득했다. 『제약』이 늘었다. 《암흑마술》은 「자신보다 약한 상대에게만 쓸 수 있다」는 조건이 추가됐다. 그리고 쿨타임이 3600초나 됐다. 1시간에 한 번 쓸 수 있는 것이다. 그렇다고 해도 충분히 초월적인 스킬이다. 그리고 《허영》의 쿨타임도 30초에서 300초로 늘었다. 확실히 3초간 무적을 30초에 한번씩 쓸 수 있는 건 너무 강력했다.

그 외에도 《암흑변신》의 쿨타임이 사라졌고, 《암흑전이》와 《암흑소환》의 쿨타임이 60초로 설정되어 있는 등, 스킬에 꽤 수정이 가해져 있었다.

전생에 비해 전부 상향 수정되어 있었다. 조련 전과 비교하자면 《암흑변신》 이외에는 전부 하향 수정됐다. 이것이 의미하는 바가 무엇인가. 「대충대충이 아니다」란 것이다. 매우 계산된 조정이라 할 수 있다.

나는 확신했다— 신이 있다. 아니, **제작자**가 있는 것이다.

어디 사는 누구인지, 대체 어떤 녀석인지는 짐작조차 안 된다. 하지만 분명 「존재한다」는 것만은 알 수 있다. 뫼비온과 비슷한 이 세상의 밸런스를 유지하기 위해, 나름대로 고심하고 있다. 조련된 암흑늑대의 보유 스킬을 「이 세상에 맞도록 적절히 수정」을 할 정도로는 말이다.

……고맙다, 는 말을 하고 싶다. 이곳은 최고의 세상이다. 내 꿈을 이룰 장소를 준비해준 점에 대해서는 정말 고마웠다. 만약 만나게 된다면, 과자 선물 세트라도 준비해서 찾아가자. 그러는 편이 좋겠어.

"어떤지요. 주인님께 도움이 될 수 있겠사옵니까?"

내가 이런저런 생각을 하고 있을 때, 앙코가 불안을 느낀 건지 나를 올려다보며 그렇게 물었다. 그러고 보니 스테이터스를 계속 살펴보고 있었지.

"백점 만점에서 5만 점 정도는 되겠어."

"어머나!"

"거짓말이야. 백만 점 정도야."

"아아, 아아, 주인님. 앙코는 정말 기쁩니다."

내가 얼버무릴 겸 그렇게 농담을 입에 담자, 앙코가 내 품속에 뛰어들었다. 그녀는 마인이지만, 이럴 때는 평범한 여성…… 어, 엇?! 무, 무지 커…….

"──어머나."

갑자기 앙코가 차가운 목소리를 토했다. 그리고 나 또한 눈치챘다.

세 마리의 블랙 고스트가 허를 찌르려는 듯이 등 뒤에서 달려들었다. 어딘가에 숨어 있었던 것은 아니다. 일정 시간 경과에 따른 재배치다. 아차, 너무 들떠 있었나.

적의 접근을 먼저 눈치챈 앙코는 아쉽다는 듯이 나한테서 떨어지더니, 평소처럼 미소를 머금으며《암흑소환》을 발동시켰다.

어둠 속에서 흑염과 함께 소환된 것은, 그녀 키의 곱절은 되어 보이는 거대한 창『흑염지창』이었다.

저렇게 긴 창을 가볍게 휘두를 수 있는 건 앙코 뿐이리라. 그 흉흉한 창자루와 장식은 본 이들에게 죽음을 연상하게 하고, 창날에서는 흑염이 타오르고 있었기에 그 누구도 날을 볼 수 없다.

창이란 주로 찌르기에 쓰이는 무기지만, 앙코는 이것을 크게 휘두르기에 「최강」의 존재가 된다. 어찌된 건지, 창을 휘두를 때마다 창날에서 흑염이 분출되는 것이다. 크게 휘두를수록 흑염은 광범위하게 퍼져나간다. 비정상적으로 긴 사정거리와 다가올 틈을 자아내지 않는 광범위한 흑염 공격. 안 그래도 그 위력에는 나무랄 데가 없는데, 거기에 【창술】 스킬에 따른 공격 배율이 더해진다. 그야말로 「최강 모드」라는 명칭에 걸맞을 만큼 강력한 것이다.

"감히 나를 방해해?"

나는 분노가 어린 목소리를 듣고 눈치챘다. 왜 앙코는 최강의 무기인 흑염지창을 꺼낸 것일까.

그녀는 어째선지 화가 나 있었다. 그것도 미소를 머금은 채 말이다. 뭐야. 열받아서 최강 무기를 꺼내 들었는데도, 얼굴은 웃고 있어. 으음, 참 재주가 좋네. 하지만 왜 저렇게 화가 난 걸까? 대화를 방해했다는 이유만으로 저러는 거라면, 인내심이 너무 없는 거 아닌가 싶네.

그리고, 다음 순간— 어느새 준비한 건지, 앙코는《용왕창술》을 펼쳐서, 전방에 암흑의 업화를 뿜었다.

"와우……."

그것을 정통으로 맞은 블랙 고스트가 **일격**에 소멸했다. 단 한 방에 말이다. ……크리티컬이 터졌다고 해도, 위력이 말도 안 됐다. 말도 안 돼.《암흑마술》이 없어도 빌어먹게 강하잖아.

……하아. 어렴풋이 눈치는 챘지만, 인정할 수밖에 없다. 단순한 능력만 비교하자면, 현재는 나보다 앙코가 훨씬 강하다. 어처구니없게도 말이다. 앙코가 행동 패턴이란 주박에서 해방된 현재, 다시 싸운다면 내가 질 가능성이 개미 눈물만큼 있을지도 모른다. 그렇다. 어쩌면, 만약에 말이다. 뭐, 그래도 내가 이기겠지만 말이다.

하지만. 하지만! 잊으면 안 되는 점이 있다. 이 무시무시하게 강한 마인이 내 휘하에 있다는 점이다. 내 창이자 내 방패, 즉 내 장비다. 그렇다. 즉, 이 녀석이 강하면 강할수록 나는 좋다. 앙코가 나보다 강하다면, 나는 앙코의 조련에 성공하면서 원래의 곱절 이상 강해진 것이 된다. 정말 멋진 일이다! 이걸로 세계 1위의 자리에 성큼 다가선 게 틀림없다. 그러니 하나도 분하지 않다고.

"좋아. 그럼 돌아갈까."

"알겠습니다. 주인님."

나는 앙코의 비정상적으로 강한 힘에 약간 질투하면서도, 최종적으로는 어찌어찌 평정심을 유지했다. 그리고 아이솔로이스 던전의 출구를 향해 나아갔다.

체재 기간 넉 달. 긴 것 같으면서도 짧은 시간이었다. 듣자하니 던전 밖에는 가을이 찾아왔다고 한다. 앙코의 조련에 성공해서 기분이 상쾌해진 상태에서 보는 단풍은 참 아름다우리라고 생각하며, 나는 걸음을 옮겼다.

……그런 생각을 하며, 들떠있던 시기가 저에게도 있었습니다.

나는 이번 일을 통해 깨달았어. 좋은 건수일수록 함정이 있다는 걸 말이야.

"으으…… 죄송하옵니다……."

아이솔로이스 던전 밖으로 나서서 햇볕을 쬔 순간, 앙코는「축 늘어졌다」.

혼자서는 서 있을 수도 없는 상태가 된 것이다.

그리고 떨어진 곳에 있는 그늘로 이동하자, 금방 기운을 되찾았다.

조건은 단순했다. 온몸을 숨길 수 있는 그림자에선 모든 힘을 다 발휘할 수 있다. 햇빛이 조금이라도 닿는다면, 닿은 만큼 약화된다. 옷을 입고 있더라도, 「몸에 햇빛이 닿는다」라는 사실이 약화를 일으키는 것이다.

즉, 앙코는 「그림자가 있는 장소에서만 싸울 수 있다」는 의미다. 한밤중이나 실내라면 문제없겠지만, 대낮의 실외에선…… 도움이 되지 않겠는걸.

으음, 그래. 《암흑마술》의 대가가 이거구나. 이야~, 머리 한번 잘 썼는걸……. 이건 예상하지 못했어. 뭐, 하지만 어쩔 수 없지. 넉 달 동안의 내 고생을 보상해주고 남을 만큼 활약해줄 테니 말이야.

앙코는 현재 내 그림자에 숨으며 걷고 있다. 업히다시피 몸을 밀착시킨 상태다. 온몸을 다 숨기지는 못해도, 조금이라도 그늘에 선다면 충분히 걸을 수 있는 것 같았다.

"송환하는 편이 낫지 않겠어?"

"아아, 저를 걱정해주시나이까. 정말 감사하옵니다. 하지만 저는 주인님의 그늘에 있는 것만으로도 이렇게 기운이 넘친답니다. 이렇게 몸을 맞대고 있는 것만으로도 저는, 저는……."

"방금 말한 그늘은 내 보호를 받고 있다는 것과 그림자란 의미를 둘 다 담고 있구나. 앙코는 재치 있는 언어유희를 구사하는걸."

"우후후…… 주인님의 이런 심술궂은 면도 사모하옵니다."

"…………."

이 녀석을 놀려도 왠지 재미가 없었다. 아니, 관두는 편이 좋을 거라고 내 본능이 말하고 있다. 실비아를 놀리듯 장난을 쳤다간, 따끔한 반격을 당할 것 같았다. 응, 무서우니까 앞으로는 앙코를 놀리지 말아야겠다. 그렇게 하자. 그리고 아까부터 앙코가 내 등에 큼지막한 물체를 비벼대고 있는 탓에 놀릴 여유가 없었다. 이 녀석은 스킨십이 격렬한걸. 늑대라서 그런가?

"이제부터 배를 타고 항구마을에 가서 하루 묵은 후, 다음 날 아침부터는 말을 타고 온종일 이동할 거야. 힘들겠지만, 한동안 참아줬으면 해."

"당치도 않사옵니다! 앙코는 주인님과 함께 하는 것만으로도 행복하기 그지없나이다."

앙코는 몸을 배배 꼬며 내 귀에 그렇게 속삭였다. 그런 행동은 나에게 매우 효과적이었다. 그러고 보니 일인칭이 저일 때와 앙코일 때가 있는 게 신경 쓰이지만, 물어봤다간 더욱 격렬한 스킨십을 벌일 것 같아서 그냥 관뒀다.

그 후로 24시간 이상 이 녀석과 단둘이 있어야 하는 건가⋯⋯ 왠지 걱정되는걸. 페호 마을로 마중을 와달라고 유카리에게 연락을 해볼까.

그런 일말의 불안을 느끼면서, 우리는 아이솔로이스 섬을 떠났다.

"한심하구나. 이 얼간이는 짐의 세컨드의 그림자에 숨어서 졸졸 따라다니는 것밖에 못 하는 건가."

"…………."

"무용지물이란 너를 두고 하는 말일 게다. 암흑늑대란 것은 주인의 등에 들러붙어 다니는 재주밖에 없는 게냐?"

"…………."

"자, 뭐라고 말 좀 해보아라. 응? 해보란 말이다."

"말."

"이 놈~! 정령대왕이자 선배이기도 한 짐을 우롱하는 것이냐! 들었느냐, 짐의 세컨드여! 들었느냐, 짐의 세컨드여!"

"시끄러워! 좀 얌전히 있어!"

항구 마을 쿨러에서 폐호로 향하던 도중, 말 위에서 별생각 없이 《정령소환》을 한 바람에 이런 사태가 벌어졌다. 《마물소환》과 《정령소환》이 충돌하지 않는지 체크해보자는 생각을 하지 말 걸 그랬다. 소환 자체는 충돌을 일으키지 않았지만, 소환한 두 대상이 충돌을 일으켰다.

뭐가 그렇게 마음에 들지 않는 건지, 앙골모아는 앙코에게 계속 시비를 걸었다. 누가 위인지 확실히 하려는 걸지도 모른다. 정령대왕의 자존심 때문일까.

"왜 짐이 꾸중을 들어야 하는 게냐! 이건 편애다! 정령차별이다! 짐의 세컨드여, 꾸중을 들어야 하는 건 저 녀석이니라!"

"어, 왜?"

"이 녀석은 어제까지만 해도 짐의 세컨드에게 송곳니를 드러내지 않았느냐! 용서 할 수 없다! 따끔한 벌을 내려야 마땅하느니라!"

아…… 그래. 앙골모아가 저러는 이유를 알 것 같았다. 앙코를 아직 신용하지 못하는 거구나.

"저는 이미 주인님의 혼의 일부. 송곳니를 드러낼지 말지도 주인님의 뜻에 따릅니다. 그러하니, 주인님께서 스스로를 벌하는 것도 이상하지 않을까요."

"크으으으으으, 말도 안 되는 억지를 부리지 말거라!"

"하지만 말이죠. 체벌을 내리라는 대왕, 당신의 의견에는 동의합니다. 주인님, 부디 이 앙코의 목을 졸라 주시옵소서."

갑자기 앙코의 손이 내 목으로 향했다. 어, 정말……? 목을 조르라고 하면서 내 목을 조르려고 하는 건 어째서지?

"(이거 봐. 또 이상한 소리를 늘어놓잖아. 앙골모아, 네가 어떻게 좀 해봐.)"

"(대체 뭘 어떻게 하라는 게지?!)"

"(알아서 해. 네가 선배잖아.)"

"(으, 음. 아니, 하지만……!)"

"아아, 주인님~."

"(우오오오~! 빨리 어떻게 해!)"

앙코의 스킨십은 한계를 모르는 것만 같았다. 그렇다고 무시할 수는 없다. 몇백 년 동안 어둠 속에서 고독히 지낸 만큼, 쓸쓸할 만도 했다. 약간, 아니 꽤 행동이 지나치지만 말이다. 그런 행동에 부응해주고 싶다는 심정도 적지 않았다. 그래도 절대 넘어선 안 되는 방어선이라는 게 존재한다.

"오오! 보거라! 단풍이 참 아름답구나! 칙칙한 지하에 틀어박혀 지낸 네 놈은 아마 본 적이 없을 테지. 자, 흔치 않은 기회일 거다. 빨리 가라. 말에서 내려서 보고 오너라."

나이스야, 앙골모아. 내 목에서 앙코의 손이 떨어졌다. 하지만 도발을 할 필요까지는 없다고!

"……그런 식으로 저를 주인님에게서 떼어낼 속셈이군요. 아무리 선배라고 해도, 장난이 지나치지 않나요?"

"그렇다면 어쩔 게냐. 이참에 짐과 자웅을 결해보겠느냐?"

"우후후. 타죽고 싶나요? 아니면 갈가리 찢겨 죽고 싶나요? 어디 골라보도록 하세요."

"하하하. 입은 꽤 살아있구나, 후배."

"무슨 소리를 하는 것이죠? 저는 후배가 아닙니다. 왜냐하면, 선배란 작자가 곧 소멸될 테니까요."

"……호오. 그럼 어디 할 수 있으면 해보—."

─바로 그때, 나는 《송환》시켰다. 둘 다 말이다.

처음부터 이럴 걸 그랬다. 다음에 앙코를 소환했을 때 얼마나 스킨십을 해댈지 벌써 걱정되지만…… 일단 싸움을 말리기 위해 그랬다는 대의명분이 있으니 아마 납득해줄 것이다. 앙골모아는 시간을 들여 진정시킬 수밖에 없을 것 같았다.

하아…… 큰일인걸. 견원지간이다. 가능하면 둘을 동시에 소환하지 않는 편이 좋을 것 같았다.

그건 그렇고 사이가 너무 나쁘다. 한도라는 걸 모르는 걸까. 동료인데 진짜로 서로를 죽이려고 했다. 어이가 없다. 역시 정령과 마물은 인간과 생사관이 다른 것 같았다.

아무튼, 저 녀석들이 사라지니 참 쾌적하네. 이대로 페호 마을까지 혼자 여행하도록 할까. 아니지, 세븐스테이오와 둘만의 여행인가? 아무튼 평화로운 여행이다.

⋯⋯아아, 다음에는 언제 소환하지? 벌써 속이 쓰리네⋯⋯.

순식간에 해가 졌다. 페호의 마을에 도착했을 즈음에는 하늘이 어두워졌다. 피로가 쌓인 나는 대충 여관을 잡아서 식사 및 목욕을 마치고 일찌감치 잠자리에 들었다.

그리고 다음 날 아침, 아니 체감상 아홉 시 반 정도일까. 내 방의 문에 노크하는 소리를 듣고 잠에서 깼다.

"쳇⋯⋯ 무슨 일이야?"

나는 혀를 찬 후, 침대에서 몸을 일으키며 문을 열고 그렇게 말했다.

그러자, 집사복을 깔끔하게 차려입은 평범한 체격의 미남이 문앞에 서 있었다.

"실례하겠습니다, 세컨드 님. 인사 올립니다. 퍼스티스트 가문의 집사가 된 큐베로라고 합니다. 앞으로 잘 부탁드립니다."

그는 절도있게 인사를 했다. 깔끔하게 세팅된 금발이 자연스럽게 흔들렸다. 은은한 향수 향기가 감돌았다. 큐베로가 고개를 들더니, 푸른 눈으로 나를 주시했다. 무투가를 연상케 하는 눈빛이다. 왠지 범상치 않다는 느낌이 들었다.

……뭐, 일단은 알겠다. 내 집사구나. 그것까지는 좋다. 하지만 그냥 흘려넘길 수 없는 단어가 하나 존재했다.

"잠깐만 있어 봐. 언제부터 우리가 퍼스티스트 가문이 된 거야?"

"유카리 님께서 그 명칭을 쓰라는 지시를 내리셨습니다."

"맙소사."

들은 적이 있는지 좀 알쏭달쏭한데…… 넉 달 동안이나 전투에 빠져 지낸 탓에 기억이 모호했다.

어? 그러면 말이야. 「세컨드 퍼스티스트」가 나의 대외적인 이름이 되는 것이다. 호오. 그래. 흐음~, 나쁘지 않은데?

"그런데, 너는 뭘 하러 온 거지?"

"네. 마중을 왔습니다."

"집사가 말이야?"

"세컨드 님을 위해서라면 어디든 가겠습니다. 참고로 저는 집사임과 동시에 세컨드 님의 직속 시종(발레)이기도 합니다."

"흐음~."

바쁘겠네…… 같은, 초등학생 수준의 감상이 머릿속에 떠올랐다. 아, 졸려서 머리가 잘 돌아가지 않아. 좀 더 자고 싶다. 하지만 체크아웃도 해야 하니, 어떻게 할까─

"피곤하실 텐데 깨워서 송구합니다. 여관 측에는 이야기를 해뒀으니, 좀 더 쉬셔도 괜찮습니다. 아, 이건 시원한 음료입니다. 아침 식사는 일어나실 즈음에 맞춰 준비하겠습니다. 방에서 식사하시겠습니까?"

"응? 아, 그러겠어."

"알겠습니다. 그럼 적당한 때에 이 방으로 가져올 테니, 그때까지 푹 쉬십시오. 그럼 이만 실례하겠습니다."

"아, 그래."

……큐베로라고 했나. 눈치 빠르네. 보아하니 20대 초 정도로 보이는데, 구석구석까지 배려하는 게 정말 숙련되어 보여. 대체 어떤 훈련을 하면 넉 달 만에 저렇게 되는 거지?

아, 홍차도 시원하고 맛있는걸. 차의 종류까지는 모르겠지만, 좋은 걸 썼나 보네. 막연하지만 꽤 고급스러운 향기가 감돈다.

"고마워~."

문밖에 있는 큐베로에게 들리도록 인사를 한 후, 나는 느긋한 심정으로 또 잠에 빠져들었다.

그리고 점심 즈음. 슬슬 일어나야겠다고 생각했을 때, 노크 소리가 들렸다. 우와. 저 녀석, 초능력자 아냐?

문을 열어보니, 예상대로 큐베로였다. 그가 가지고 온 아침 겸 점심은 꽤 볼륨이 있으면서 맛있었다. 같이 먹자는 말도 해봤지만, 큐베로는 이미 식사를 마친 건지 정중히 거절했다.

"좋아. 그럼 체크아웃을……."

"이미 마쳐됐습니다."

"그래. 그럼 세븐스테이오를……."

"부하가 돌보고 있으니 걱정하지 마시길."

"고맙네. 그럼 돌아가는 도중에 먹을 간식을……."

"간식으로 초콜릿케이크와 따뜻한 커피를 준비해뒀습니다."

"그래……. 아~, 왠지 너와 트럼프를 하면서 돌아가고 싶어졌어."

"영광입니다. 미개봉 트럼프를 준비해뒀습니다."

"…………."

이 녀석, 진짜 대단하네. 빈틈이 하나도 없어. 초능력자일 뿐만 아니라 슈퍼 우등생인 걸까.

"꽤 하는 걸, 큐베로."

"과분한 말씀입니다."

칭찬해주자, 큐베로는 세련된 동작으로 고개를 숙였다. 내가 방을 나서자, 대각선 뒤편에서 조용히 내 뒤를 따랐다. 여관 앞에 세워둔 마차에 타자, 큐베로는 부하로 보이는 남자 두 명에게 지시를 내린 후에 내 맞은편에 앉았다.

마차는 조용히 출발했다. 놀랍게도 소음과 흔들림이 내 예상의 절반 수준이었다. 아무래도 상당한 고급 마차 같았다.

큐베로는 등을 꼿꼿이 세운 채 앉더니, 점잔 빼는 표정으로 나를 쳐다보았다. 내 시선을 눈치채자, 미소를 머금으며 「무슨 일이십니까?」 하고 물었다. 「아무것도 아냐」 하고 대답하자, 큐베로는 「무슨 일 있으시면 언제든 말씀해주십시오」 하고 말했다.

으음, 빈틈이 없네. 빈틈이 없지만…… 뭔가 이상하다. 오늘 아침에 처음 마주친 순간부터 말이다. 어디가 이상한 건지는 모르겠지만, 왠지 위화감이 느껴졌다.

이게 뭘까. 언밸런스하다고나 할까, 좀 불안하달까. 으음……? 모르겠네. 일단 왕도까지 네 시간쯤 걸릴 테니, 심심풀이 삼아 이 녀석을 관찰하며 위화감의 정체를 알아내자.

"……???"

나는 당혹스러워하는 큐베로를 꼼꼼히 뜯어보았다. 전생 같았으면 직장내 괴롭힘 혹은 성희롱으로 고소당하겠지만, 그는 내 노예니까 그런 일은 없을 것이다. 하지만 너무 스트레스를 주는 것도 좀 그러니, 적당히 하도록 할까.

…………어? 잠깐만. 스트레스?

불쑥 어떤 생각이 머릿속을 스친 나는 큐베로의 입가와 손을 유심히 관찰했다. 아아…… 예상대로였다. 입술은 약간 건조한 것처럼 보였고, 검지와 중지가 희미하게 떨리고 있었다.

―그는 상당히 **긴장**한 것 같았다. 언제부터 그런 걸까. 아침부터일 것이다. 대체 왜. 첫날이기 때문이다.

하지만 그것을 겉으로 드러내지 않았다. 담담히 자신의 임무에 최선을 다하고 있으며, 주인에게 괜히 부담을 주지 않기 위해 긴장이란 이름의 생리현상을 전부 억누르고 있다.

그것은 의지의 힘이다. 긴장 같은 건 풋내기가 의식적으로 차단할 수 있는 게 아니지만, 이 녀석은 의지의 힘만으로 최대한 억누르고 있다. 하하하! 근성 한번 끝내주는걸!

"하하하핫!"

"왜, 왜 그러십니까."

"큐베로. 너, 괜찮은 녀석이구나. 내가 좋아하는 타입이야."

"좋아하는……?"

어라? 단어 선택을 실수한 것 같은 느낌이 들었다.

"잠깐만. 연애 감정 같은 걸 느낀다는 의미는 아냐. 마음에 들었다는 말이라고."

"그러십니까. 감사합니다."

"뭐, 너무 딱딱하게 굴지 말라고. 아…… 그래. 트럼프라도 할까?"

"네, 준비하겠습니다."

유심히 보니, 몸놀림이 약간 굳어 있었다. 그런 상태에서도 자신의 소임을 다하고 있는 것이다. 이 녀석은 꽤 쓸모 있어 보였다. 아직 긴장이 풀리지 않은 것 같지만, 서서히 이 일에 익숙해질 것이다. 긴장이 완전히 풀렸을 때가 기대된다. 집사 겸 시종인 큐베로, 인가. 왠지 오랫동안 알고 지내게 될 것 같은 느낌이 들었다. 가능하면 우호적인 관계를 만들고 싶다.

나는 큐베로에게서 트럼프를 넘겨받은 후, 카드를 섞으면서 천천히 입을 열었다.

"너도 과거에 괴로운 일을 겪었을 테지? 혹시 고민거리가 있다면, 각오를 단단히 하고 나한테 이야기해봐."

"……윽!"

"내가 어떻게든 해주겠어."

어떻게든 해줄 수 있는 일이라면 말이야—. 나는 씨익 웃으면서 덧붙여 말했다. 앙코의 조련에 성공해서 기고만장해진 탓에, 이런 무책임한 발언이 입에서 나왔다.

하지만, 지금은 무게를 잡고 싶었다. 근성을 발휘한 이 녀석 앞에서 말이다.

큐베로는 눈을 치켜뜨며 얼이 나간 듯한 표정을 짓더니…… 곧 고개를 푹 숙였다. 무릎보다 더 아래까지, 최대한 말이다.

"세컨드 님의 방금 말씀, 이 큐베로는 평생 잊지 못할 겁니다!"

그리고, 몸을 조금 일으키더니, 얼굴만 들어서 나와 눈을 마주했다. 열기마저 느껴지는 그 강렬한 안광은 각오를 다지려 하는 남자의 눈빛처럼 보였다.

"오늘 밤, 다들 깊이 잠들었을 즈음. 따로 찾아뵙겠습니다."

"……오늘 밤이구나. 알았어."

왠지 이상한 방향으로 착각한 걸지도 모른다는 생각이 머릿속을 언뜻 스쳤지만, 큐베로의 눈을 보고 생각을 바꿨다. 그의 눈가에는 눈물이 희미하게 맺혀 있었다.

……의지의 힘으로 긴장을 억누르던 남자가, 말이다. 울지 않기 위해 필사적으로 참고 있을 남자가, 저렇게 울먹거릴 수밖에 없는 이유가 있을 것이다. 그것이 무엇을 의미할까. 나도 오늘 밤을 맞이할 때까지, 그에 걸맞은 각오를 다져야만 할 것이다.

"자, 트럼프나 하자. 스피드는 어때?"

내가 눈물을 못 본 척 하며, 트럼프를 나눠줬다.

"스피…… 죄송합니다만, 방금 뭐라고…….”

"하하, 가르쳐줄게.”

"감사합니다.”

그리고 왕도에 도착할 때까지, 나는 큐베로와의 트럼프에 열중했다. 꽤 즐거웠다.

겨우 자택으로 귀환했다. 아아, 오래간만에 집에 돌아오게 되어서 약간 감동했지만, 내가 안내된 곳은 전에 묵던 「동쪽의 저택」이 아니라 남서에 있는 「바닐라 호숫가의 저택」이었다. 그 바람에, 감동이 약간 잦아들었다.

그래, 생각났다. 아무래도 내 동료들은 「계절에 맞춰 다른 저택에 묵는다」는 내 아이디어를 채용해준 것 같네. 확실히 붉은색과 노란색, 그리고 단풍이 든 나무와 푸르디푸른 바닐라 호수가 자아내는 조화는 풍경화처럼 아름답다. 나이스 초이스 그 자체다.

"어서 오십시오, 주인님.”

"다녀왔어, 유카리. 가을은 여기서 지내— 어이쿠.”

나를 맞이한 유카리는 내 얼굴을 보자마자 감격한 건지, 그대로 내 품에 안겼다. 좀 의외다. 나는 약간 당황하면서도, 조금 길어진 듯한 그녀의 머리카락을 상냥히 쓰다듬어줬다.

그렇게 잠깐 포옹을 나눈 후, 유카리가 먼저 입을 열었다.

"부디, 조신하지 못한 행동을 취하는 걸 용서해주십시오. 저기, 저…… 그게, 안심, 했습니다. 말씀드릴 일이 잔뜩 있지만, 죄송합니다. 잠시만, 이대로……."

내가 없는 동안, 정기적으로 연락을 취했다고는 해도 유카리에게 이 집에 관한 일을 전부 맡겼다. 넉 달이나 말이다. 그래서 내 얼굴을 보자마자 안심한 것이다. 나는 사죄와 감사의 마음을 담아, 유카리를 꼭 안아줬다.

"……후우. 실례했습니다, 주인님."

그로부터 5분 후에 나한테서 떨어진 유카리는 내가 아는 평소의 냉철한 유카리로 되돌아와 있었다. 조금 부끄러운 건지, 나와 시선을 마주치지 않았다.

"그럼 지금 바로 쌓일 대로 쌓여 있는 문제 안건에 관한 회의를―."

"세컨드~!!"

"우읙?!"

그 순간, 전속력으로 뛰어온 에코의 몸통 박치기가 내 옆구리에 정통으로 명중한 탓에 괴상한 목소리를 내고 말았다. 이야, 꽤 무시무시한 태클인걸. 이 녀석, 꽤 성장한 것 같아.

"세컨드! 어서 와! 세컨드! 어서 와!"

에코는 내 이름을 연이어 부르더니, 꼬리를 붕붕 흔들면서 내 허리에 들러붙어서 몸을 비벼댔다. 손을 내밀자 껑충껑충 뛰었다. 머리와 목을 쓰다듬어주자 어리광을 부리는 듯한 울음소리를 냈다. 고양이 수인인데, 하는 짓은 완전히 강아지 같다.

"오~. 그래. 다녀왔어. 어? 에코, 너 키가 좀 컸구나?"

"모른다~!"

"그래, 모르는구나~. 그런데 그건 실비아의 말투를 흉내 낸 거지? 관두는 편이 나을 거야."

"그게 무슨 뜻이냐!"

오, 언급하기 무섭게 본인이 등장했는걸. 실비아는 화난 얼굴이 성큼성큼 나에게 다가왔다. 하지만 다가오면 올수록 표정이 점점 부드러워졌다. 마치 가슴 속에서 샘솟는 기쁨을 억누르지 못하는 것처럼……

"……건강해 보이는구나, 세컨드 님. 괜한 걱정을 한 기분이다."

"그러는 너도 표정이 꽤 달라졌는걸. 다음에 같이 던전에 갈 때가 기대 돼."

"바보, 기대하고 있는 건 바로 나다."

"어이쿠, 한 방 먹었네."

우리는 웃으면서 손을 마주 잡은 후, 그대로 서로를 당기며 포옹을 했다. 실비아와는 이런 스킨십을 나눈 적이 거의 없다. 하지만, 무심코 이런 행동을 취할만큼 상쾌한 분위기였다.

몸을 떼자, 실비아는 먹쩍은 듯이 웃으면서 「저녁 식사 전에 회의부터 할 것이냐?」 하고 물었다. 「네, 이제부터 바빠질 거예요」 하고 유카리는 답했다. 에코는 그냥 싱글벙글 웃고만 있었다.

바로 그때, 나는 불쑥 생각났다.

"그러고 보니 너희에게도 소개해줘야겠지. 실은 동료가 한 명 더 늘었어."

"……호오."

"흐음……."

"?"

…………어라~? 아까까지만 해도 온화하던 분위기가 순식간에 불륜 의혹에 대한 해명 회견급으로 날카로워졌잖아?

"세컨드 님. 설마 여자를 꼬신 건 아니겠지?"

"주인님. 우선 그 여자를 이곳에 데려와 주세요. 본격적인 이야기는 그 후에 나누도록 하죠."

왜 화가 난 건지는 모르겠지만, 두 사람 다 무시무시한 표정으로 따지듯 그렇게 말했다. 꼬신 게 아니라 육체언어로 굴복시켰다고 말하면 실비아가 어떤 반응을 보일까. 그것보다 유카리는 어떻게 여자라는 걸 알고 있는 거지?

"잠깐만. 알았어. 지금 바로 부를게."

나는 두 사람을 세 걸음 정도 물러나게 한 후, 《마물소환》으로 앙코만 불러냈다. 앙골모아는 현재 자택 근신 중이다.

"—주인님. 이 앙코, 부름에 응했사옵니다."

앙코는 시꺼먼 그림자와 함께 어둠 속에서 모습을 드러냈다.

씩씩거리던 실비아와 유카리는 앙코가 뿜는 암흑의 아우라에 압도당한 건지 「큭, 커다랗구나!」, 「졌어……?!」 하고 중얼거렸다. 압도당한 건 맞지만, 내 생각과는 다른 듯한 느낌이 들었다.

"어머? **이건**…… 우훗."

한편 앙코 또한 세 사람을 보며 중얼거리더니, 오른손을 앞으로 내밀었다.

······응? 대체 뭘 하려는 거지——?!

"멈춰!!"

—간발의 차이로, 늦었다.

앙코의 오른손에서 거무튀튀한 암흑의 안개가 뿜어져 나왔다. 이건 《암흑마술》이다······ 실비아와 유카리와 에코는 그것을 피하지 못하고 정통으로 맞았다.

아연실색한 세 사람은 곧 눈치챘다. 자신들의 HP가 1로 줄어들었다는 것을 말이다.

나는 그녀들의 숨통을 끊으려 하는 앙코의 머리카락을 움켜잡은 후, 내 얼굴 쪽으로 잡아당겼다.

"······앙코. 너, 내 허락 없이 뭘 하는 거지?"

"아, 아아······ 주인님, 저는, 그저 살생을······."

······놀랐다. 앙코는 떨고 있었다. 마치 부모에게 꾸중을 들은 어린아이처럼. 악의가 전혀 느껴지지 않는 순진무구한 눈동자가 촉촉이 젖어 있었다.

"무······ 무슨 일이, 일어난 거지?"

회복 포션을 서둘러 마신 실비아가 입을 열었다. 경악과, 동요와, 당혹, 그리고 **공포**가 그녀의 표정에 어려 있었다. 그것은 유카리와 에코도 마찬가지였다. 그럴 만도 했다. 순식간에 빈사 상태가 된 것이다. 누구라도 공포를 느꼈을 것이다.

"죽여선, 안 되었던 거군요. 마, 맙소사······. 아아, 죄송하옵니다, 주인님. 앙코는 반성하고 있습니다. 다시는 멋대로 행동하지 않겠나이다. 주인님이 시키는 일이라면 뭐든 하겠사옵니다. 꼭 도움이 되겠사옵니다. 그러니 용서해 주십시오. 부디 용서를······."

앙코는 사과했다. 고개를 숙이며 나에게 매달렸다. 아마 나에게 미움받기 싫어서 말이다. 나에게 버림받지 않기 위해, 앞으로는 이런 행동을 하지 않을 것이다.

하지만 중요한 건 그게 아니다. 문제가 무엇이냐면 「그저 살생이 하고 싶어 사람을 죽이려 하는 가치관」이다.

아이솔로이스 지하 대도서관에서 태어나 그 어둠 속에서 수백 년 동안 고독하게 지내온 앙코에게 있어, 그것은 지극히 당연한 일이다. 숨 쉬듯 어둠을 먹고, 그림자에 녹아들고, 암흑을 두르고, 모든 것을 죽이며 살아왔다. 어쩌면, 그것이 그녀에게 있어 유일한 놀이였을지도 모른다.

······맙소사. 뭐라고 꾸짖으면 되지. 어떻게 고치게 하면 되지. 알 수가 없었다.

"앙코······ 앞으로, 너는 내 허락 없이는 그 어떤 자유행동도 취하면 안 돼. 뭔가를 하고 싶다면, 우선 나에게 허가를 구해. 반드시 그렇게 해. 무조건 지켜. 알았지?"

"으~~~!"

나는 일단 임시적인 해결책 삼아, 앙코에게 그런 무자비한 명령을 내렸다.

앙코는 황홀한 표정을 지으며 나를 응시하더니, 그 자리에 넙죽 주저앉으면서 고개를 끄덕였다. 영문을 모르겠지만, 매우 기뻐하는 듯한 표정이었다. 그리고 입을 다문 채 나를 지그시 응시하고 있었다. 아아, 내 명령에 성실하게 따르고 있구나.

"말해도 돼."

"아아, 주인님. 어리석은 저에게 그런 관대한 처분을 내려주시다니……. 이 바보 같은 머리가 이해할 때까지, 혹독한 벌을 내려주셔도 되옵니다. 가시 달린 목걸이를 채워 길들여 주십시오. 정 도움이 되지 않는다면, 주인님께서 직접 저를……."

"……미안하지만, 지금은 좀 바빠. 한동안 대기하고 있어. 알았지?"

나는 일방적으로 그렇게 말한 후, 《송환》시켰다. 좀 마음이 아팠다.

으…… 골칫거리가 하나 더 늘었다. 어떻게 한다…….

지금 이대로도 충분히 **운용**은 가능하다. 하지만 지금 이대로 괜찮을 리가 없다. 언젠가 문제가 발생할 게 틀림없다. 그리고 아까 같은 위험한 일이 또 발생하는 것이다. 으음, 그것만은 피하고 싶은데…….

"주인님. 이건 대체……."

유카리는 이런 상황에서도 침착했다. 어느새 마음을 진정시킨 그녀는 나름대로 앙코를 분석하려 하고 있었다.

"암흑늑대…… 넉 달 걸려서 조련한 갑등급 보스 랭크의 마인이야. 이름은 앙코라고 해."

"……지나치게 강한 것 아닌가요?"

"방금 그것도 진짜 힘의 절반도 안 쓴 거야."

유카리와 실비아는 내 말을 듣자마자 말문이 막혔다.

그야말로, 괴물— 그런 녀석이 동료가 됐다. 원래라면 믿음직해야겠지만, 다들 솔직하게 기뻐하진 못하는 듯한 표정이었다. 왜냐하면, 방금 그 녀석 손에 죽을 뻔한 것이다. 당연했다.

"미안해. 자세한 건 나중에 이야기해줄게."

"알겠습니다. 그럼 회의 준비를 하겠습니다. 한 시간 후에 회의를 시작하도록 하죠."

유카리는 그렇게 말하더니, 2층 계단으로 올라갔다. 나를 배려해서, 일부러 사무적으로 말했다는 것을 알 수 있었다. 할 말이 없는 내가 롱스커트에 가려진 그녀의 엉덩이를 멍하니 쳐다보고 있을 때, 실비아가 내 등을 때렸다.

"유카리는 저렇게 말했지만, 아마 오늘은 회의를 못할 거다. 세컨드 님이 부재중인 동안 쌓인 푸념을 늘어놓기나 하겠지. 각오해둬라."

실비아는 그렇게 말하더니, 손을 흔들며 2층으로 올라갔다. 두려움을 느꼈을 텐데도 걱정하지 말라는 듯이 허세를 부리고 있는 게 훤히 느껴졌다.

아아…… 내 주위에는 근성이 끝내주는 녀석들 뿐인걸.

"미안해, 에코."

"아냐."

내 곁으로 다가온 에코에게 사과하자, 내 손을 쥔 그녀는 「놀자」하고 말하며 자기 방으로 안내해줬다. 쪼개진 야자나무 열매 잔해, 호숫가에서 주워온 예쁜 돌, 감촉이 좋아 보이는 쿠션 등, 방에 있는 것들을 소개해줬다.

그렇게 에코와 놀면서 회의 시간까지 기다린 후, 회의에서는 유카리의 푸념을 끝도 없이 들었으며, 저녁 식사 시간에는 실비아와 술을 기울이며 웃어댔다. 내가 귀환한 첫날은 예전과 다름없는 분위기 속에서 흘러갔다.

……다들 언급하지 않았지만, 앙코가 한 짓을 용서해주는 것 같았다. 나는 가슴이 뜨거워졌다.

하지만 앙코의 문제는 근본적으로 해결되지 않았다. 하지만 급하게 해결할 수 있을 만큼 손쉬운 문제도 아니다. 이런 문제에 대처할 때는 끊고 맺는 것이 중요하다. 적당한 때를 봐서 전원이 모인 자리에서 상의를 하기로 정한 나는 그 일에 대해 너무 깊이 생각하지 않기로 했다.

그것보다, 지금은 우선해야만 하는 일이 있다. 그렇다. 아직 잠들 수 없는 것이다. 나는 몰려오는 졸음을 상태 이상 회복 포션으로 몰아낸 후, 각오를 다지며 그 남자가 오기를 기다렸다.

……그는 자정이 약간 지났을 즈음에 나타났다.

집사 큐베로는 고개를 깊이 숙인 채로 「부디 저와 함께 가주셨으면 합니다」 하고 말한 후, 나를 바닐라 호숫가로 안내했다. 인기척은 느껴지지 않았다. 들려오는 건 밀려왔다 빠져나가는 물소리, 그리고 우리가 밟은 자갈이 부스럭거리는 소리뿐이다.

큐베로는 한동안 앞장서서 걷더니, 곧 뒤를 돌아보며 착용하고 있던 새하얀 장갑을 벗었다.

무슨 일이 일어나도 동요하지 않을 준비라면 되어 있다. 그렇기에, 나는 매우 차분한 상태에서 큐베로의 행동을 관찰했다.

달빛이 우리를 비추고 있었다. 어렴풋이 보이는 큐베로의 표정이 비통함으로 가득 차나 싶더니…… 돌변했다.

"저와 겨루어주셨으면 합니다."

"저와 겨루어주셨으면 합니다."

세컨드 님을 향해 그렇게 말한 내 목소리는, 희미하게 떨리고 있을 거라고 생각한다.

오늘 아침 일은 아직도 기억에 선명히 새겨져 있다. 주인과 대면을 하면서, 내가 그렇게 경직될 거라고는 생각도 못 했다. 상대가 웬만한 귀족이라면 그러지 않았으리라. 문을 열고 대면한 이가 세컨드 님이었기에, 나는 극도로 긴장했다.

내 인생에서 그때만큼 긴장할 일은 없을 거라고 생각했지만…… 그때 이상으로 긴장하고 말았다.

하지만, 이 기회를 놓칠 수는 없다.

나를 쓰레기 소굴에서 구원해 인간다운 생활을 하게 해준 이 은인께, 매달릴 수밖에 없다는 사실이 분했다. 하지만 이것저것 따질 때가 아닌 건 분명했다.

「각오를 단단히 하고 이야기해봐」하고, 세컨드 님은 말씀하셨다. 아아, 정말 자비롭고 그릇이 넓은 분이시다. 나는 이분을 모시게

161

되어 다행이라고 진심으로 생각했다.

나는 부응해야만 한다. 나는 나름대로 각오를 단단히 한 후, 맞서야만 한다. 이것은 하늘께서 내려주신 행운이다. 어떻게든 이 손으로 거머쥐어야만 한다.

"실은 대국관(對局冠)을 준비했습니다. 이걸 이용해서—."

"너, 괜찮은 녀석이구나."

오싹— 내 등골을 타고 오한이 흘렀다.

세컨드 님은 웃고 계셨다. 매우 즐거워하고 있어 보였다. 마치 장난감을 발견한 어린애 같다고, 나는 생각했다.

"큐베로. 나는 말이지. 너처럼 기합이 제대로 들어간 녀석을 좋아해."

"……영광입니다."

귀에 들어오는 세컨드 님의 아름다운 목소리는, 마치 마약처럼 내 머릿속을 뒤흔들었다.

……겁먹지 마라. 삼켜지지 마라. 지금 내 각오를 보여야만, 숙원을 이룰 수 있다.

"그럼 대국을 해주시겠습니까?"

"응, 물론이지."

세컨드 님은 주저없이 답하시더니, 내가 들고 있는 대국관을 건네받기 위해 한 걸음 내디뎠다. 안 돼! 주인을 움직이게 해서야 시종으로 실격이다. 나는 허둥지둥 세컨드 님을 향해 뛰어간 후, 그대로—.

―균형을 잃었다. 자갈에 발이 걸린 걸까? 아니다. 뭔가가 내 다리를 걸었다. 이 자리에는 나와 세컨드 님밖에 없다. 설마, 세컨드 님이? 하지만, 대체 어떻게?

나는 그대로 앞쪽을 향해 쓰러졌다. 이대로 있다간 세컨드 님과 부딪치고 만다. 나는 어떻게든 충돌을 피하고자 몸을 비틀었지만, 부질없는 짓이었다.

그리고, 세컨드 님의 가슴을 향해 힘껏 박치기를 날리고 말았다.

세컨드 님이 나를 안으며 받아주셨다. 얼굴에 피가 쏠린 나는 허둥지둥 떨어졌다.

"시, 실례했―!"

…………바로 그때, 눈치챘다.

나는 노예다. 고의가 아니라고 해도, 주인께 해를 끼치는 행동을 할 수는 없다. 하지만, 지금, **힘껏** 박치기를 날리고 말았다. 불가능한 일을 하고 만 것이다. 이게 대체……?

"눈치챘구나. 역시 우수한걸."

세컨드 님은 미소를 짓고 계셨다. 이 불가사의한 현상은 세컨드 님이 일으킨 것이다. 거기까지는 알았지만, 지금 행위에는 어떤 의미가 있는 건지는 아무리 생각해도 알 수가 없었다. 나는 부끄러운 듯이 입을 열었다.

"뭘 하신 겁니까?"

"탈옥이라고 하는 거야. 방금, 너는 노예에서 벗어난 거지."

"―윽?!"

경악…… 아니, 그런 말로는 형용할 수 없을 정도의 충격이 나를 덮쳤다.

예속 계약을 해제했다는 건가?! 이 짧은 순간에!

확실히 그런 방법이 존재한다는 건 알고 있다. 하지만 이렇게 순식간에 가능한 방법은 본 적도, 들은 적도 없다. 그리고, 가장 궁금한 점이 있다. 그것은……

"어, 어째서……?!"

왜, 지금, 나를 노예에서 해방한 건가. 세컨드 님에게 있어 이 행동은 리스크에 지나지 않는다. 만약 내가 반역할 속셈이었다면, 지금 바로 달려들지도—.

"대국 같은 건 재미없잖아. 이걸로 마음껏 싸울 수 있어."

…………아니, 나는 아무래도 착각에 사로잡혀 있었던 것 같았다.

세컨드 님은, 이 퍼스티스트 가문에 있는 하인의 전투력 같은 건 안중에 없는 것이다. 그저 「제대로 싸워보고 싶다」는 이유만으로 예속 계약을 해제할 정도로 말이다.

……차원이 다르다. 바라보고 있는 장소가 다르다. 나는 싸움을 시작하기도 전에, 이미 패배했다는 것을 깨달았다.

"하하하."

나는 무심코 허탈한 웃음을 터뜨렸다. 이 분은, 내 주인은, 틀림없는— 『강자』.

"좋아~. 릴렉스하라고. 싸움은 이미 시작됐으니 말이야."

"실례지만, 집사로서 한 말씀 드리겠습니다. 앞으로는 경솔하게 예속 계약을 해제하는 것을 자제해주셨으면 합니다. 제가 배신자라면, 세컨드 님께서 괜히 위험에 처하게 되실 테니까요."

"배신을 당한다면, 나는 그것밖에 안 되는 남자였단 거야. 나는 네가 마음에 들었어. 그래서 탈옥시킨 거지. 누구도 불평을 하지는 않을걸? 그리고 배신자가 이런 식으로 설교를 할 것 같아?"

"……후회하실 겁니다."

정말 멋진, 그리고 따뜻한 말이다. 나는 치밀어 오르는 동경과 환희의 눈물을 참으며, 세컨드 님과의 거리를 잰 후—『주먹』을 치켜들었다.

내가 주로 쓰는 스킬은 【체술】이다. 특히 《계마체술》 초단과 《은장체술》 3단은 『팀』 안에서 손꼽힐 수준이었다. 이 두 주먹 덕분에, 부랑아였던 나에게는 이런 현재가 존재하는 것이다. 24년 동안 함께 하며, 이 큐베로를 지금 이 자리까지 이끌어준 이 사랑스러운 주먹을, 한 번이라도 세컨드 님에게 명중시킨다. 그것이 내 각오다. 철저 항전의 각오다. 목숨을 걸고라도 이루고 싶은 비원을 향한 각오다.

나는 주먹을 말아쥔 후, 앞을 바라보았다. 그에 반해, 세컨드 님은…… **가만히 서 계셨다.** 두 팔을 축 늘어뜨린 채, 멍한 눈길로 나를 쳐다보고 계셨다.

"……자세를 취하지 않으실 겁니까?"

"그래. 그리고 큐베로, 너는 너무 굳었어. 낮에도 말했지만, 너무 굳지 마. 자연체를 유지하라고. 이대로 눈싸움이 몇 시간 동안 계속되면 어떻게 할 거야? 승패는 갈릴 거라고. 안 그래?"

"조언 감사합니다⋯⋯. 하지만, 저를 너무 얕보지 말아 주셨으면
합니다."

나는 슬금슬금 접근하면서, 도발의 의미를 담아 그렇게 말했다.
상대의 스킬이 미지수인 이 상황에서는, 선수를 노리는 것이 싸움
의 기본이다. 이 작전은 옳다. 하지만⋯⋯ 상대가 나쁘다는 것을,
나는 그 직후에 깨닫게 된다.

"나를 너무 얕보지 말라는 소리라고."

상냥해 보이던 세컨드 님의 태도가 돌변했다.

그 순간— 나는, 온몸을 부르르 떨면서 전의를 상실했다.

몸이 이것이 무엇인지 안다. 수도 없이 지옥을 경험해왔기에 안
다. 이것이 진짜 **살의**다. 즉, 세컨드 님은 나를 죽이려고—.

"—으극!!"

내 볼에 세컨드 님의 주먹이 꽂혔다. 이것이 어떤 스킬인지 모른
채, 나는 그대로 튕겨 날아갔다.

지면에 내동댕이쳐지며 튕겨 난 나는 그대로 자갈 위를 몇 미터 정도
굴러갔다. 볼이, 턱이, 머리가, 온몸이 아팠다. 정말, 정말 강해⋯⋯.

⋯⋯멀리서, 발소리가 들려왔다. 아직도 일어서지 못하는 한심한
나에게 결정타를 날리려고 세컨드 님이 다가왔다. 아아, 버림받을
거야. 각오가 없는 녀석이라면 실망하시겠지. 하지만⋯⋯ 이길 수
있을 리가 없어. 아무리 작전을 세우더라도, 그 어떤 스킬을 써도,
이길 수 있을 리가 없다고.

나는, 갓난아기로 되돌아간 심정으로, 그저 그런 생각에 잠겨 있었다.

무섭다—.

"멍청아. 일어나. 근성을 보이라고. 죽일 심정으로 덤벼 봐."

…………그, 그게…… 무슨……?

"어이, 너는 이것밖에 안 되는 거야? 어이, 큐베로. 아니잖아? 지금이 바로 근성을 보여야 할 순간이잖아?"

……그래요. 아닙니다! 네, 아니고 말고요!

이유가 뭐야! 작전이 뭐야! 스킬이 뭐야! 젠장, 나는 바보야! 지금이 바로 근성을 보여야만 할 때잖아! 지금이 바로 근성을 보여야만 할 때잖아! 지금이 바로 근성을 보여야만 할 때잖아!

"크, 아아아아악!!"

나는 이제 눈물을 참지 못했다. 줄줄 흘러내리는 눈물이 상처에 스며들며, 나에게 활력을 줬다.

—일어나자. 어떻게든 일어나자. 나는 각오를 보여야만 한다. 이 자리에서 죽어도 좋다. 뒷일은 세컨드 님께서 어떻게 해주실 것이다. 그렇게 약속해주셨다. 그러니 나는 아무 걱정 없이 이 사람과 싸우면 된다. 포기할 수는 없다. 근성이다. 모든 것을 걸어라. 죽을 힘을 다해 일어나라—!

"……으…… 크…… 윽……!"

나는 기력을 쥐어 짜내서 몸을 일으켰다. 일어날 수 있었다.

욱신거리는 머리를 들며, 세컨드 님을 응시했다.

……역시, 무섭다. 너무나도 두렵다.

하지만, 그게 어쨌다는 거냐.

나는 몽롱한 의식 속에서, 스킬조차 준비하지 않은 채 세컨드 님에게 달려들었다.

내 주먹을 손바닥으로 받아낸 세컨드 님께서 하신 말이 들린 순간, 내 의식은 어둠에 빠져들었다.

"너는 최고야."

"……여기는……."

"정신이 들었구나."

해 뜰 녘. 내 침대에 누워 있던 큐베로가 그제야 정신을 차렸다.

"포션 마실래?"

"으…… 아뇨. 괜찮습니다."

내가 포션을 내밀자, 큐베로는 찢어진 입가를 감싸면서 배시시 웃더니 「한동안 이 상처를 간직하고 싶습니다」 하고 말했다. 나는 그 말을 이해할 수 없었기에 「그래」 하고 말하면서 포션을 인벤토리에 넣었다.

잠시 침묵이 흘렀다. 그리고 그 침묵을 깬 이는 큐베로였다.

"감사합니다."

"왜 고마워하는 거야?"

"저를 거둬서 노예로 삼아주셔서, 일까요. 저에게 기회를 주셔서, 일까요. 저와 대련을 해주셔서, 일까요."

"일까요?"

"솔직히 말해, 저도 잘 모르겠습니다……. 그저, 감사 인사를 드리고 싶은 심정입니다."

"그게 무슨 소리야?"

이 녀석이 아직 제정신이 아닌 건가, 하고 생각한 나는 큐베로의 눈을 응시했다. 큐베로는 갑자기 볼을 붉히며 고개를 돌렸다. 어, 방금 반응은 뭐야?

"……세컨드 님은, 정말 강하시군요. 뼈저리게 실감했습니다."

"그랬을 거야."

"저는 이래 봬도 체술에는 자신이 있습니다."

"흐음. 전에는 뭘 했는데?"

"그…… 그게……."

그렇게 묻자, 큐베로는 고통에 찬 표정을 지으며 침대에서 몸을 일으키더니, 자세를 바로하며 나와 마주섰다. 마차 안에서와 마찬가지로 궁지에 몰린 듯한 표정을 짓고 있었다. 이제부터 괴로운 과거를 이야기하리라는 것을, 나는 짐작할 수 있었다.

"저는 이전에 R6란 팀의 부두목이었습니다." _{릴츠마 식스}

"R6?"

"네. 왕도 주변을 거점으로 한 의적입니다."

"……의적, 이구나."

악당만 표적으로 삼는 정의의 도둑. 강자에게서 빼앗고, 약자에게 베푼다. 기사단에게 쫓기지만 백성에게 지지받는 도둑 집단이다. 마치 협객 같네.

아, 그러고 보니 왕도를 거점으로 삼는 의적에 관한 이야기를 들은 적이 있다. 아이솔로이스에 가기 전에 유카리에게서 보고를 받았다. 왕국제일의 의적이 캐스탈 왕국 기사단에게 괴멸되었다—고 했던가.

"아무리 의적이라도 도둑질을 하면 다방면으로부터 원한을 삽니다. 특히 자기 욕심을 채우던 귀족들은 자기들을 노리는 의적을 어떻게든 잡으려고 하죠. 그리고, 그것은 왕족도 마찬가지입니다."

"캐스탈 왕국이 직접 의적을 철저히 탄압했다는 거구나."

"그렇습니다. 제2, 제3기사단이 보낸 부대에 의해, R6는 겨우 몇 달 만에 괴멸 직전의 상태로 몰렸죠. 하지만 나중에 안 사실입니다만…… 저희를 괴멸시킨 건, 바로 제1기사단이라고 합니다."

"제1기사단?"

이상한 이야기다. 제1기사단은 왕족의 경호를 주로 맡는다. 의적을 잡는 건 위병인 제3기사단 혹은 군대인 제2기사단이 나설 일이다.

그럴 만한 이유가 분명 있다. 나는 직감했다. 클라우스 제1왕자가 이끄는 썩어빠진 기사단이라면, 빌어먹을 이유로 이딴 짓을 벌였을 게 틀림없다.

"……제 조직의 우두머리인 림츠마는 자기 목을 내줄 테니 이쯤에서 끝내달라고 요청했습니다. 부하들을 건드리지 말아 달라는 조건으로, 목숨을 내놓은 거죠. 그리고 중재를 맡은 건 제1기사단이었습니다. 마치 기다렸다는 듯이 말이죠. 그리고 제2, 제3기사단은 그 조건을 받아들였다……고 들었습니다."

"거짓말이었구나."

"네. 그 후 며칠 만에 제1기사단을 주축으로 한 의적 탄압 부대가 조직되더니, 기습으로 저희 멤버 수십 명을 죽였습니다. 제1기사단은 중립인 척 하면서, 뒤에서 이 모든 일을 꾸민 거죠."

"너무하네."

"부두목인 저를 위해 부하들이 몇 명이나 희생됐고, 저는 모리스 상회에 도착했습니다."

"……너를 숨겨줬구나."

"……네."

큐베로는 고개를 숙이더니, 목소리를 죽인 채 울었다.

분할 것이다. 슬플 것이다. 원통하기…… 그지없으리라. 이 넉 달 동안, 제정신이 아니었을 것이다. 뿔뿔이 흩어져서 사는 부하들을 어떻게든 도와주고 싶을 것이다. 부두목만 살아있으면 두목인 림츠마의 의지를 이어질 것이며, 의적 『R6』는 부활할 것이라고, 그렇게 믿으며 죽어간 부하들을 위해서라도…….

"원수를 갚고 싶은 거구나."

"네."

"부하들을 구해주고 싶은 거구나."

"네!"

이 사태의 옳고 그름은 나중에 따지자. 지금 확실한 것은, 이 큐베로는 근성 있는 남자라는 것이다. 죽음 앞에서도 굽히지 않을 의지를 지녔다. 그 무엇에도 맞설 만큼 기합이 들어가 있다. 자신의 각오를, 완벽하게 보여줬다. 그럼, 이번에는 내 차례다.

"나만 믿어. 내가 어떻게 해주겠어."

"아······ 네!"

남자와 남자의 약속이다.

한담1 고용인의 이야기

〈 엘과 에스 〉

만능 메이드대 『십걸』— 메이드장 유카리 직속인 열 명은 경외의 대상으로서 그렇게 불리고 있다.

현재 그 열 명은 각각 열 명 이상의 메이드를 수하로 둔 어엿한 『도깨비 대장』이지만, 그런 그녀들도 원래는 유카리를 대장으로 둔 『신입』이었다.

……현재의 신입 메이드 중 누군가에게 그렇게 말한다면, 그 메이드는 분명 이렇게 답하리라. 「말도 안되는 소리 말고 일이나 하세요」 하고 말이다.

십걸에는 엘과 에스라는 붉은 머리 자매가 있다. 언니인 엘은 열여섯 살, 동생인 에스는 열다섯 살이다. 엘은 조금 꼬불꼬불한 세미롱 머리카락을 지녔으며, 성격도 드세다. 에스는 사이드 포니 스타일이고, 온화한 여자다. 이름과 외모는 흡사하지만, 성격은 정반대다. 이 퍼스티스트 가문에는 두 사람을 모르는 메이드가 없다. 왜냐하면 외우기 쉽기 때문이다. 태양과 달, 파오르는 불꽃과 흐르는 물, 오목이와 볼록이……. 이런저런 말을 듣고 있지만, 아무튼 매우 튀는 자매다.

그런 두 사람의 특징은 그녀들의 부대에도 현저하게 나타나고 있다.

언니가 이끄는 「엘 부대」는 만능 메이드대 제일의 『무투파』로 알려져 있다. 원래 전투 능력이 뛰어난 자가 여기 모였으며, 진이 다 빠질 때까지 구르는 것이다. 그러니 신입 메이드들은 「저기 들어가면 안 된다」고 생각하며 두려워했다. 거꾸로 「기합이 들어간 녀석」은 이 엘 부대에 자원했다. 엘 부대에 속했다는 것이 강자의 증명인 것이다. 그 결과, 주위로부터 여러모로 인정받고 있었다.

한편 동생이 이끄는 「에스 부대」는 만능 메이드대에서 가장 『정통파』로 여겨지고 있다. 이 부대에서는 『만능 메이드』라 불리기에 걸맞은 레벨에 도달할 때까지 매일 기술을 갈고닦는다. 시중부터 청소와 세탁은 물론이고, 복식과 어학과 호신술, 그리고 경영학까지 배웠다. 어찌 보면 폭넓은 분야의 기초적인 부분만 익히는 것 같지만, 당치도 않다. 넓고 깊게, 너무나도 넓고, 너무나도 깊게. 따라오지 못하는 메이드는 그대로 도태된다. 그런 의미에서 본다면, 에스 부대는 엄선된 『엘리트 집단』이라 해도 과언이 아닐 것이다.

이런 식으로 각각의 부대에는 각각의 특색이 있다. 하지만, 처음부터 그렇게 색깔이 드러났던 것은 아니다. 오랜 시간을 함께 보내다 보니, 대장의 성격과 신념이 영향을 끼친 것이다.

즉, 누구의 등을 보며 배우는가. 그녀들은 마치 부모와 자식 같은 관계다.

"어이. 너, 내 카추샤를 훔쳤지?"

어느 날의 일이다. 엘 부대 소속인 메이드 「모모」가 식당에서 한 메이드의 멱살을 잡으며 그렇게 말했다. 그 말투로 알 수 있다시피,

신입들 사이에서 난폭하기로 유명한 메이드다. 키가 180센티미터나 되기에 그냥 입 다물고 있기만 해도 상당히 위압적이며, 좋은 의미에서도 나쁜 의미에서도 눈에 띄었다.

"어머, 그게 무슨 소리죠? 모르는 일이랍니다."

멱살을 잡힌 메이드는 에스 부대 소속의 「마리나」, 본인 왈 『엘리트』라고 한다. 자존심이 지나치게 강한 느낌의 메이드다.

"거짓말하지 말라고! 네가 훔쳤잖아!"

"왜 제가 훔쳤다고 생각하는 거죠? 증거도 없지 않나요?"

"흥! 네가 훔치는 걸 내가 봤어!"

"그러니까, 증거는 있나요? 그걸 어떻게 증명할 거죠?"

"내 눈이 바로 증거……."

"증거도 없이 일방적으로 훔치는 걸 봤다고 해선 곤란하죠. 에스 님이 몇 번이나 말씀하셨을 텐데요? 증거의 확보가 중요하다고 말이에요. 안 그런가요? 여러분."

마리나는 주위에 물으며 동의를 구했다. 마리나의 말이 옳기에, 그녀와 친분이 있는 메이드들이 의심 없이 고개를 끄덕였다. 한편, 모모는 악역으로 서서히 몰려가고 있었다.

"……하지만, 나는 분명 봤어."

"하아, 대체 몇 번 말해야 이해할지 모르겠군요. 시간 낭비예요. 다시 한번 말씀드리죠. 증거도 없이 의심하지 말아 주겠어요?"

"…………젠장."

모모는 분통을 터뜨리며 마리나의 멱살을 놨다. 마리나는 가슴

언저리를 손으로 턴 후, 입을 열었다.

"그렇게 멍청해서 용케 메이드가 됐군요. 아, 그러고 보니 당신은 그 메이드답지 않은⋯⋯ 어머나, 땀 냄새가 배겠어요."

마리나는 조롱하듯 비웃음을 흘렸다. 모모는 아무 말 없이 주먹을 말아 쥐었다. 그 모습을 보고 기분이 좋아진 건지, 그녀는 말을 이었다.

"잘 들으세요. 저희는 언젠가 세계 1위가 될 위대한 분을 모시는 메이드랍니다. 긍지 높은 퍼스티스트 가문의 이름에 걸맞은 메이드가 되어야만 해요. 그런데 이게 뭐죠? 당신이 있는 부대는 용병이나 다름없지 않나요? 그래 가지고는 메이드라 부를 수 없지 않을까요? 그래요. 카추샤도 없는 편이 좋겠군요. 그 편이 박치기를 날리기 편할 거예요."

"이게⋯⋯!"

말이 너무 심했다. 자기만이 아니라 동료와 대장까지 무시당한 모모가 분노를 억누르지 못하고, 무심코 때리려 했다.

"폭력을 휘두를 건가요? 자, 어디 해보세요. 그 행동이야말로, 당신이 메이드일 자격이 없다는 증거일 테니까요."

마리나는 모모가 때리지 못하자, 계속 도발했다.

─바로 그때, 뜻밖의 인물이 끼어들었다.

"어이, 모모. 뭐 하는 거야. 때려도 돼."

"대, 대장님?!"

십걸인 엘이었다. 지금은 신입의 식사 시간이니, 대장급이 여기에 올 리 없다. 하지만 이렇게 엘이 모습을 보이자, 식당은 소란스러워졌다.

"어, 어째서 엘 님이 여기에……?"

"어머나. 저도 여기 있어요, 마리나. 자, 제가 당신의 손을 잡아주죠."

"에, 에스 님?!"

엘의 동생인 에스까지 나타났다. 마리나는 얼굴이 창백해졌다. 자기 대장 탓에, 아무것도 못하게 된 것이다. 즉, 모모에게 지금까지 한 악행을 대장 자매가 전부 알게 됐다는 의미다.

"자, 빨리 때려. 기분이 풀릴 때까지 말이야."

"그러세요, 모모 씨. 마음대로 하세요."

엘과 에스는 미소를 지으며 그렇게 말했다.

모모는 마리나를 향해 돌아섰다. 마리나는 눈가가 촉촉이 젖은 채로 부들부들 떨고 있었다. 그야말로 절망에 찬 표정이었다. 그럴 만도 했다. 이제까지 걸어왔던 엘리트 가도가, 순식간에 지옥 길로 바뀌었으니 말이다.

"……죄송합니다. 못 때리겠어요."

모모는 망설인 후, 고개를 숙였다. 증거를 준비하지 못한 자신에게도 적지 않게 잘못이 있다는 생각이 들었다. 게다가 저항하지 않으며 울고 있는 상대를 때리는 짓은 하고 싶지 않았다.

"그래? 그럼 이 악물어."

엘은 상냥한 미소를 머금더니, 짤막하게 말했다.

그 직후— 모모에게 철권이 꽂혔다.

"크윽! 커억! 으윽!"

도려내는 듯한 펀치가 간장에 꽂혔다. 자세가 무너지자, 안면에 팔꿈치가 꽂혔다. 털썩하며 무릎을 꿇자, 명치에 발끝이 꽂혔다.

다들 심하다고 생각했지만, 말리는 메이드는 한 명도 없었다.

키가 180센티미터나 되는 여성을 160센티미터도 안 되는 16세 여자가 일방적으로 유린했다. 저 사람이 무투파 「엘 부대」의 대장 이라는 사실에, 신입 메이드 전원이 부들부들 떨었다.

"증거도 없으면서 남을 의심하는 건 쓰레기나 하는 짓이야. 앞으로 명심해."

"네…… 대장……님……."

모모는 코피를 흘리면서, 몸을 웅크린 채 대답했다.

"다음에는 증거를 갖춘 후에 따져. 그러면 마음껏 두들겨 팰 수 있다고."

"……네……."

엘은 다른 부하에게 「방으로 데려가」 하고 지시하더니, 옮겨지는 모모를 쳐다보았다.

"…………."

에스는 그런 언니의 교육을 따뜻한 눈길로 바라보았다.

그리 멀지 않은 과거. 누명을 쓰고 괴롭힘을 당한 끝에, 노예가 된 자매— 그녀들의 그런 과거를 아는 건 극히 일부의 사람들 뿐이다.

지금은 행복하기 그지없는 나날을 보내고 있다. 하지만, 자매는 평생 누명의 고통을 떨쳐낼 수 없을 것이다. 그렇기에, 남을 의심하는 짓에 대한 혐오감을 씻을 수 없다.

하지만 거꾸로 보자면, 누명에 대한 대책을 세우는 법이 몸에 깊숙이 새겨져 있는 것이다. 엘과 에스는 「무죄든 유죄든 명백한 증거가 필요」하다는 것을 잘 알고 있다.

그렇기에, 두 사람은 누구보다 『증거』에 집착한다. 하다못해 자신들의 눈이 닿는 장소에서는, 경애하는 주인님이 사는 이 집 안에서는, 누명을 절대 용납하지 않으려 했다. 항상, 그것을 마음에 깊숙이 새기고 있었다. 부하들도 그런 그녀들의 등을 보며 자라왔다고 생각했다.

"자, 마리나."

"······히익."

하지만, 그중에는 예외가 있다.

증거를 중시한다고 해서, 그걸 이용해 남을 속이는 것은 언어도단이다. 에스는 움직일 수 없는 증거인 모모의 카추샤를 꺼내더니, 흔들어 보이면서 마리나의 눈동자를 응시했다.

하늘의 그물은 크고 엉성해 보이지만 결코 그물에서 빠져나갈 수 없다. 퍼스티스트의 태양과 달의 이름 아래, 그녀들은 엄중한 처벌을 내리는 것이다.

"재교육이에요. 저는 엘 언니만큼 엄격하진 않으니, 걱정하지 마세요."

그리고, 빙긋 웃었다. 마리나는 바닥 모르는 공포를 느끼며, 식은땀을 줄줄 흘렸다.

……그로부터 며칠 후, 마치 복귀한 마리나는 딴사람이 된 것만 같았다. 대체 어떤 교육을 받으면 사람이 저렇게까지 변하는 거냐며 메이드들 사이에서 화제가 됐고, 어쩌면 언니보다 동생이 더 무서울지도 모른다는 소문이 돌았다.

〈 이브 〉

만능 메이드대에는 「십걸 중에서 가장 위험하다」고 메이드들 사이에서 여겨지는, 『하얀 악마』라 불리는 메이드가 존재한다.

유카리 직속의 열 명 중 한 명. 이브란 이름의 소녀다.

언제 어느 때나 묵묵하고 무표정하기에, 마치 인형 같았다. 그리고 상상을 초월하는 미모를 지녔기에, 일부에서는 「꼭두각시 암살 인형」이라고 불렸다.

그렇다. 그녀는 만능 메이드대가 자랑하는 일류 『암살자』다.

우는 애도 울음을 그치게 하는 게 「엘 부대」라면, 우는 애도 울음을 물리적으로 그치게 하는 이들이 바로 「이브 부대」다.

그것도…… 소리 없이, 아무도 눈치채지 못하게, 순식간에 말이다. 그리고 흔적도, 사체도, 영원히 발견되지 않는다.

그렇기에, 이브 부대는 엘 부대와 다른 의미에서 인정받고 있다. 그런 부대의 대장이 바로 하얀 악마 이브 본인인 것이다.

메이드장인 유카리를 제외하고, 메이드 중에서 가장 강한 이가 누구인지 지나가는 메이드에게 묻는다면, 십중팔구는 이렇게 대답

할 것이다— 「이브님일 거예요」 하고 말이다.

그만큼 경외의 존재. 이번에는 그런 그녀에게 초점을 맞춰보겠다—.

악마 들린 자— 그게 내 별명이었다.

친구는 없다. 지인도 없다. 대화 상대도 아빠와 엄마뿐이다.

항상 집에 틀어박혀 지냈다. 그편이 좋을 거라고, 아빠와 엄마도
말했다.

그런데도, 밖에 들려왔다. 나를 부르는 목소리가. 욕설이. 「나와
라, 이 악마야」—하고 말이다.

어느 날 밤. 아빠와 엄마가 밖으로 나가자고 나에게 말했다. 처
음 있는 일이라 나는 당황했다. 하지만 두 사람은 평소처럼 미소
짓고 있었기에, 나는 기쁜 마음으로 두 사람을 따라갔다.

마을 사람들이 우리에게 욕설을 퍼붓는 가운데, 나는 마차에 태
워졌다. 아빠와 엄마는 타지 않았다. 통통한 아저씨에게서 뭔가를
넘겨받았다. 아빠와 엄마가 저렇게 기뻐하는 건 처음 봤다.

마차가 출발했다. 욕설은 잦아들지 않았다. 아빠와 엄마는 저쪽
에 있었다. 아아, 그렇구나. 나는 눈치챘다. 자기가 팔렸다는 사실
을 말이다.

배신당했다? 그럴지도 모른다. 슬펐다? 아마 그럴 것이다.

나중에 알게 됐다. 나는 남들과 다르다. 피부가 하얗다. 머리카락
도 하얗다. 눈은 빨갛다. 그래서 나는 악마처럼 두려움의 대상이
됐다.

나중에 알게 됐다. 아빠와 엄마도 나와 거리를 두고 있었다. 필요 이상의 말은 하지 않았고, 항상 사무적으로 행동하며 어색하게 웃기만 했다. 두 사람이 대화를 나눌 유일한 상대였기에, 그것이 당연하다고 생각했다. 이상하다는 것을 알지 못했다.

나중에 알게 됐다. 나는 올해로 열일곱 살이다. 주인님과 동갑이다. 내 인생은, 아무래도 이제부터 시작되는 것 같았다.

"하나, 사전 조사. 둘, 속도. 셋, 시체 처리. 암살의 완성도는 이 세 스텝을 통해 결정됩니다."

안녕, 이브야. 오늘은 유카리 님에게 암살 강의를 받는 날이며, 나는 이걸로 열아홉 번째 수강이야. 당연히 개근상이지. 이번에는 첫 참가자가 많아서 복습을 하나 봐. 나는 눈이 나쁘기 때문에 가장 앞자리에 앉았어.

출석자는 십걸 전원, 내 부대에 속한 애들 전원, 그리고 처음 보는 애들 몇 명. 다들 집중하고 있네.

"조사는 끈기와의 승부예요. 공기에 녹아들고, 절대 눈에 띄지 않으며, 누구의 기억에도 남지 않은 채, 표적의 정보를 전부 수집하는 거죠. 이 조사가 맞는 사람과 맞지 않는 사람이 있습니다. 저는 다크 엘프라 적합하지 않죠."

그래. 나도 적합하지 않다. 외모가 눈에 띄니 말이다.

"암살 속도는 기술과 경험에서 비롯됩니다. 아무 소리 없이, 표적도 아무 소리를 내지 못하게, 순식간에 확실히 죽이는 거예요. 이 때는 암살술이나 실조종술 같은 스킬을 이용하면 좋겠죠. 중요한 점은 지나치게 긴장하지 않는 겁니다. 양파를 반 토막 내듯, 마늘을 식칼 옆면으로 으깨듯. 당연히 할 수 있는 일을, 당연한 듯이 담담히 해내세요."

유카리 님, 배고픈 걸까……?

"시체 처리는 조직적으로 진행하는 게 이상적입니다. 여러 명이 협력해서 묻거나, 조각내거나, 태우는 거죠. 계획을 세워서 확실하게 수행해야만 합니다. 그리고 반드시 부지 밖에서, 아무에게도 들키지 않으며 진행하세요. 주인님에게 폐를 끼치는 건, 제가 용서치 않습니다. 또한 시체 처리가 필요 없을 경우, 그 자리를 서둘러 뜨도록 하세요."

오래간만에 기초를 들었다. 음음, 역시 가장 중요한 건—.

"이 세 가지가 암살의 기초지만, 가장 중요한 점은 사전 조사입니다. 표적의 선별, 행동 패턴, 침입 루트, 도주 루트, 사람의 출입, 인적이 없어지는 시간, 무방비한 타이밍, 유효한 암살방법, 시체 처리 방법. 전부 조사에 걸려 있죠."

으음, 나는 사전조사를 못해. 그래서 미안하게도 항상 남들에게 맡기게 돼. 게다가 암살 건이 아직 없어서, 나만 아직 일을 하고 있지 않아. 나만 메이드들 사이에서 붕 떠 있는 것도, 혹시 그래서일지도 몰라.

"……현재, 왕도 곳곳에서 수상한 움직임이 있다는 건 알고 있죠? 이제부터 더욱 조사에 힘을 실으며, 많은 정보를 모을 필요가 있습니다. 그러기 위해서라도, 당신들에게는 조사에 대해 학습해줬으면 해요."

아~, 또 나만 할 일이 없을 것 같은 분위기네. 유카리 님은 「이브 이외의 전원은 이쪽에 집합하고, 이브는 대기하고 있으세요」 하고 지시를 내린 후, 다른 메이드들에게 사전 조사에 관한 훈련 방법을 지도하기 시작했다. 아아~, 또 나만 남겨졌어.

"이브도 고생이 많네. 나는 암살에는 재능이 없거든. 내 몫까지 열심히 하고 있잖아. 정말 미안해. 하하하."

내가 풀이 죽어 있자, 엘 씨가 말을 걸어왔다. 농담을 해주는 것 같았다. 기뻐!

"아…… 으응…… 어, 어…… 낼, 게."

"응? 미안한데, 뭐라고 했어? 하나도 안 들렸거든."

"……어…… 으으……."

"앗! 엔 언니, 이브 씨를 괴롭히지 마!"

"뭐어?! 괴롭힌 적 없다고~!"

"변명하지 마! 빨리 가자!"

…………아아, 또 사고를 쳤네…….

다른 사람들과 친하게 지내고 싶지만, 항상 이렇게 되고 말아. 이 나이까지 아빠와 엄마하고만 이야기를 나눠봤거든. 곤란하네…….

목소리가 너무 작아서 상대방이 몇 번이나 되묻고, 말수가 적다는 오해를 받으며, 내가 먼저 말을 거는 것도 절대 무리인데다, 웃으려고 해봤자 표정이 굳고 만다. 하아…… 어차피 저는 내성적이고 소극적이고 말수 적고 무표정한 하얀 악마 꼭두각시 암살인형이에요~.

이래서야 평생 친구가 생기지 않을지도 몰라! 아니, 주인님과 대화를 나누는 것도 평생 무리 아닐까?! 히익……

"이브. 이쪽으로 오세요."

"……네, 에."

유카리 님의 목소리를 듣고 정신이 퍼뜩 든 나는 고개를 숙인 채 뒤를 따랐다.

우리는 정원으로 향했다. 유카리 님은 항상 이곳에서 나에게 【실조종술】의 운용 방법을 가르쳐주셨다. 나만 사전조사를 못하니, 어쩔 수 없어.

"풀 죽을 필요 없어요. 당신의 실조종술은 제가 지금까지 만난 이들 중에서 두 번째로 뛰어나죠. 자신감을 가지세요."

"아, 네……"

만세~. 유카리 님에게 칭찬을 받았어. 어릴 적부터 집안의 감옥에 갇혀서 실만 가지고 놀기 잘했어. 아아, 하지만 나보다 뛰어난 사람이 있구나……. 역시 유카리 님일까?

"가장 뛰어났던 이가 누구인지 궁금한 눈치군요."

"아…… 아뇨."

"가장 뛰어난 분은 주인님입니다. 아직 익히시지 않으셨겠지만, 아마 틀림없을 겁니다."

와아, 그럴지도 몰라! 유카리 님은 농담이 뛰어나시네. 게다가 주인님 이야기를 할 때면 행복해 보여. 나까지 마음이 훈훈해진다니깐. 무심코 웃게 돼!

"에, 헤…… 후헤헤헤헷……."

"…………그렇게 재미없었나요. 그렇군요."

어, 어라? 그렇지 않은데요? 재미있었는데요?

"오늘 훈련은 각오 단단히 하도록 하세요, 이브."

"……우에엥……!"

〈 플룸 〉

내 이름은 플룸. 올해로 열네 살. 퍼스티스트 가문의 마구간지기다. 마구간지기란, 말을 돌보는 사람을 말하지. 나처럼 머릿속이 텅 빈 녀석도 할 수 있다고 해서 이쪽에 배속됐는데, 농담 말라고. 첫 몇 주 동안은 정말 꽝이었어. 잡일 하나 제대로 못 할 정도였다니깐. 말에 걷어차이고 저스트 형님에게 두들겨 맞느라 머리에 혹이 잔뜩 났다고.

아아, 저스트 형님은 내 상사야. 구무장(廐務長)인데, 간단히 말해 마구간지기 중에서 가장 높은 사람이지. 나보다 두 살 많은데, 갈색 올백 머리에 날카로운 삼백안을 지녔는데, 쏘아보면 누구라도 도망치는 도깨비 마구간지기가 바로 형님이야. 그리고 『사천왕』 중한 명이기도 해. 사천왕은 대단한 사람이거든? 집사 큐베로를 필두로, 요리장 소브라, 수석 정원사 릴리, 그리고 구무장 저스트가 사천왕이야. 네 사람 다 대단한 사람이라고 소문이 자자한데, 그 중에서도 형님이 최고라고 나는 생각해. 그야 물론 내 형님이기 때문이지! 진짜로 멋지다니깐. 항상 당당하다고나 할까, 매사에 열성적이라고나 할까, 아무튼 진짜 멋져.

……아아. 나 같은 좀도둑 꼬맹이를 돌봐주는 멋진 사내는 이 세상에 형님뿐이야. 나를 버리지 않고 때리며 꾸짖어주는 남자는 형님 뿐―.

"어이, 플룸. 식당 구석에서 밥도 안 먹으면서 뭐 하는 거야?"

"윽, 형님! 훔쳐보지 마세요! 메모하는 거라고요!"

어느새 형님이 이쪽으로 온 것 같아. 나, 실은 글자를 못 적어. 그래서 이렇게 몰래 연습하는 거야. 언젠가 전기(傳記) 같은 걸 써보고 싶거든.

하지만…… 형님한테 들키는 건 좀 부끄러워. 그래서 나는 반사적으로 거짓말을 한 거야.

"뭐? 너, 글자 쓸 줄 아는 거야?"

"……아, 네. 뭐, 얼추 쓸 줄 알아요."

"진짜?! 누구한테 배웠어?"

"아홉 살 때, 부모님한테 배웠어요."

"흐음! 영재 교육이란 거구나. 그때 배운 게 도움이 되어서 좋겠는걸."

"네."

글을 쓸 줄 안다는 건 거짓말이지만, 부모님에게 배웠다는 건 사실이다. 사실 내 망할 부모는 「나를 노예로 팔 때의 가격」을 높이기 위해 가르쳐준 거야. 글을 읽고 쓸 줄 아는 노예가 비싸게 팔리거든. 선행투자라는 거야.

하지만 나는 글을 약간 배웠을 즈음, 부모가 나를 노예로 팔려고 상의하는 걸 우연이 들었거든. 「큰일났다, 노예로 팔려가겠어!」 하고 생각해 바로 가출한 후, 슬럼에서 좀도둑 생활을 시작했어. 그래서 진짜 기초적인 거나 쓸 줄 알아. 도둑한테 읽고 쓰기 같은 건 필요 없거든. 뭐, 최종적으로 도둑질에 실패해서 잡힌 끝에 노예가 됐지만 말이야.

……그러고 보니 말이야. 나는 일단 노예지? 급료도 나오고, 나오는 밥도 맛있어서 전혀 실감이 안 나.

기적이야, 기적. 내가 팔린 곳이 여기라 정말 다행이야. 나 같은 열네 살 꼬마 노예는 죽을 때까지 공짜로 부려지거나, 은밀한 루트로 변태한테 팔려나가거든. 운이 좋으면 귀족 가문에서 하인으로 부려지는 거야. 나는 얼굴이 반반하지 않으니까 그것도 무리겠지.

어? 잠깐만 있어 봐……. 지금까지는 너무 거대해서 상상조차 안 됐는데, 지금 보니 퍼스티스트 가문은 좀 이상하지 않아? 나 같은 말단 마구간지기한테도 급료를 충분히 주고, 일도 그렇게 힘들지 않은데다 보람도 있어. 게다가 하인용 기숙사도 엄청 큰 데다, 집세나 식비를 따로 받지도 않아. 게다가 나는 노예니까 세금을 낼 필요도 없어.

우와, 진짜 장난 아니네. 여기는 낙원 아냐? 내가 이렇게 많이 받는데, 형님이나 다른 사천왕은 대체 얼마나 받을까? 그것보다 형님은 왜 여기서 마구간지기를 하고 있는 거지? 혹시 형님과 다른 사천왕도 나와 마찬가지로 노예인 걸까?

　…………어라. 그러고 보니 나는 형님에 대해 아는 게 없네…….

　"그런데 뭘 메모하고 있는 거야?"

　"아. 그게~, 으음."

　내가 생각에 잠기자, 형님이 아까 했던 이야기를 또 꺼냈다. 형님은 의외로 끈질기다니깐. 우와~. 어떻게 둘러대지. 좋은 생각이 안 나. 아~, 큰일 났다. 의심을 살 거야. 젠장, 이렇게 됐으니 솔직하게 털어놓을 수밖에 없어.

　"그, 그게…… 실은, 형님과 사천왕의…… 전기, 같은 걸, 써볼까…… 해서요."

　아아~, 큰일 났다. 들통났어. 부끄러워 죽겠네. 「헛소리 말라고」 하며 두들겨 팰 거야. 1만 CL 걸 수도 있어.

　형님은 열여섯 살이라는 게 믿기지 않는 안력으로 나를 노려보고 있다. 나는 무심코 눈을 감으며 이를 악물었다.

　"─나이스한 아이디어잖아, 플룸!"

　하지만, 날아온 것은 고함이나 주먹이 아니라, 밝은 목소리였다.

　"내 전기구나~. 기대되네~."

　"아, 네. 기대해줘요, 형님."

　"그래! 아, 맞다. 그럼 인터뷰라도 할래?"

　"아, 그게……."

　"아앙?"

　"그…… 그래요. 인터뷰, 좋겠네요."

"그렇지? 그렇지?"

큰일 났다. 메모를 하는 척하면서 기억해둬야겠네…….

"좋아. 그럼 뭐든 물어보라고."

"형님, 일은 괜찮아요?"

"걱정하지 마. 지금은 휴식 중이거든."

형님, 엄청 기분이 좋아 보이네. 싱글벙글이야. 자기 전기를 쓴다는 게 그렇게 기분 좋나.

……저렇게 기뻐하는 형님을 배신할 수야 없지. 나는 마음을 굳게 먹으며, 종이와 펜을 쥐었다.

"그럼, 형님은 이곳에 오기 전엔 뭘 했나요?"

"양아치."

"양아치?!"

첫 질문에 경악스러운 사실이 판명됐다! 형님이 양아치?! 저 멋진 형님이!? 말도 안 돼! 전기가 어쩌고 같은 생각이 머릿속에서 싹 사라지더니, 나는 몸을 앞으로 쑥 내밀면서 질문을 이었다.

"진짜로 양아치였어요?!"

"뭐, 처음에는 고아원에 있었어. 그리고 삐뚤어져서 부랑아가 됐는데, 이런저런 사고를 치다 보니 결국 양아치가 됐지."

"아, 슬럼가의 두목이 됐던 거예요?"

"그렇게 어엿한 게 아냐. 훔치고 빼앗으며 하루하루 버티는 망할 자식이었어."

"…………."

나와, 마찬가지다. 도둑질을 할지 도둑질을 당할 것인지, 빼앗을지 빼앗길 것인지……. 타인을 짓밟으며 추잡하게 살아왔다. 삶이란 그런 것이다. 그것 말고는 방법을 몰랐다.

"실수해서 잡혔는데, 돈이 없으니까 나를 노예로 팔아서 돈을 마련할 수밖에 없었어. 뭐, 결과적으로 잘됐지만 말이야."

형님은 그렇게 말하더니, 아련한 눈길을 머금으며 말을 이었다.

"철창 안에서 대소변이나 지리면서 생활하다 보니, 갑자기 밖으로 나오라더라고. 그래서 끌려간 곳에 그 두 사람이 있었어."

"그 두 사람?"

"세컨드 님과 유카리 님이야."

세컨드 님! 나 같은 말단은 아직 뵌 적도 없는, 우리의 주인이다. 가신 겸 메이드장인 유카리 님은 몇 번 뵌 적이 있지만, 아직 이야기를 나눈 적이 없다. 나에게 있어 두 사람 다 구름 위의 사람이야. 우와~. 형님은 그런 두 사람과 직접 대면한 거구나. 역시 형님은 대단해.

"아우라가 장난 아니었어. 나는 그저 압도당할 수밖에 없었지. 갓 태어난 슬라임처럼 부들부들 떨었다고."

"진짜요?! 형님이요?!"

"그래. 실비아 님과 에코 님도 장난 아니지만, 그 두 사람은 진짜 무시무시해."

형님의 얼굴이 밝아졌다. 생각해보니, 다들 그랬다. 퍼스티스트 가문의 그 네 사람의 이야기를 할 때면, 다들 표정이 환해졌다. 마치 절친한 이의 이야기를 나눌 때처럼 말이다.

……질투, 하는 걸까. 나는 무심코 이렇게 말했다.

"하지만 형님도 대단하잖아요. 사천왕 중 한 명인걸요. 어쩌면 세컨드 님 못지 않―."

다음 순간, 형님의 철권이 내 복부에 꽂혔다.

"으윽…… 커헉!"

숨을 못 쉬겠어……!

"어이, 플룸. 너는 바보니까, 무심코 그런 소리를 할 수도 있다는 건 알아. 하지만 용서해줄 수 있는 말과 없는 말이 있다는 건 너도 명심해두라고."

"으…… 윽."

"어떤 농담이라도, 어떤 이유가 있더라도, 주인께는 항상 경의를 표해. 자기 형님 격인 사람이 더 뛰어나다고 생각해도 괜찮아. 그것도 문제이긴 하지만, 인간은 실수를 범하며 살거든. 아직은 어쩔 수 없어. 하지만, 절대 그 말을 입 밖으로 꺼내지 마. 화가 치민단 말이다."

"……네……."

"뭐, 아직 만난 적도 없는 사람을 공경하라고 하는 것도 좀 그럴 거야. 단…… 내가, 네가, 이 집에 있는 모든 이가, 그분에게 큰 은혜를 입었다는 건 가슴 깊이 새겨둬."

형님이 말이 옳다. 나는 바보였어. 생각이 짧았어. 좋아하는 사람이 무시당한다면 화나는 게 당연해. 나도 다른 녀석이 형님을 깎아내렸다면 화가 났을 거야. 두들겨 팼을지도 몰라.

아, 하지만…… 그래도, 나는 형님을 좋아해. 이렇게 나를 위해 꾸짖어주는 형님이, 역시 좋아.

"잘못했어요, 형님……!"

"응? 너, 애 우는 거야? 푸하하! 바보 아냐?! 한심하네~!"

엄청 심술궂고, 거칠며, 금방 주먹이 나가는 사람이지만, 처음으로 생긴 내 형님이다. 평생 따르고 싶다고 생각하는 남자다.

나는 정말 바보지만, 그래도 형님을 따라가고 싶다. 그러니 지금은 아직 「형님이 존경하니 나도 존경한다」 정도의 생각이지만, 그래도 주인님을 존경하기로 했다. 형님의 말은 절대적이니 말이다.

그래도, 주인님은 너무 위대하게 느껴져서 어떤 분인지 상상조차 안 된다. 엄청 대단한 사람이겠지만, 영 실감이 나지 않았다. 뭐랄까, 「이 세상은 신께서 창조하셨으니, 신에게 기도를 올려라」 같은 느낌이랄까? 본 적도 만난 적도 없는 신을 믿지 못하는 것과 비슷한 심정이다.

하지만 형님은 왜 이렇게까지 존경하는 걸까? 혹시, 사천왕이 다 그런 걸까?

문득, 나는 주인님에게 흥미가 생겼다. 여러 실력자에게 이렇게 존경받는 남자. 대체 얼마나 대단한 사람인 걸까. 신과 달리 만날 수 있으니까, 그 위업을 접할 수 있을 것이다. 하지만, 뵐 기회가 좀처럼 없다. 으음, 어쩌면 좋을까.

"좋아, 그럼 내 인터뷰는 끝이지? 내일은 릴리한테 가보는 게 어때? 미리 이야기해두겠어."

"……아! 네, 부탁드립니다!"

맞아, 다른 사천왕의 이야기도 들어보는 거야!

"역시, 형님은 대단해요!"

"응? 아, 그래?"

다음 날. 나는 수석 정원사인 릴리 씨를 인터뷰하기 위해, 오후에 식당으로 향했다.

"어머. 플룸 맞지? 기다리고 있었어~."

"아…… 네. 제가 플룸이에요, 릴리 씨."

"에이~, 릴리 씨 말고 그냥 릴리라고 불러줘. 알았지?"

"아, 네. 릴리."

굵은 목소리로 인사를 하는 수석 정원사 릴리— 우락부락한 근육질 남자 **누님**이다. 이제까지는 멀찍이서 몇 번 보기만 했지만, 이렇게 마주해보니 위압감이 엄청났다. 여러 가지 의미에서 말이다.

"저스한테서 이야기는 들었어. 내 전기를 써준다면서? 뭐든 물어봐도 돼~!"

몸을 배배 꼬는 게…… 꽤 기쁜 듯한 눈치였다.

"그, 그럼, 바로 시작할게요……. 릴리, 는 몇 살인가요?"

"여자애한테 나이를 물으면 안, 되, 지~. 그래도 대답해줄게. 올해로 서른여덟이야."

서른여덟인 여자애인가. M자 탈모와 수염자국에서 나이가 느껴지는걸…… 그래도 근육 하나는 어마어마해.

"여기 오기 전에는 뭘 했나요?"

"모험가였어. C랭크의 체술사였다니깐~."

형님과 마찬가지로, 아련한 눈길을 머금었다. 릴리 씨도 과거에 무슨 일이 있었던 걸까……?

"솔직히 말해, 모험가 같은 게 되고 싶진 않았어. 하지만 꽃가게처럼 내가 일하고 싶었던 직장에서는 외모 때문에 거절당했거든. 힘쓰는 일이라도 해야 먹고 살 수 있었어."

"하지만 릴리라면 강했을 것 같아요."

"그렇지 않아. 힘은 세지만, 모험가란 직업은 쉬운 게 아니거든. 그래서 나 같은 중급 모험가는 팀을 짜서 던전에 도전해."

릴리 씨의 화장한 얼굴이, 아주 약간 어두워졌다.

"기분 나쁘다……고, 다들 말했어. 대놓고 말하는 사람도, 몰래 험담을 하는 사람도 있었어. 말은 안 하더라도 시선과 태도에서 그런 게 느껴졌다니깐. 내 성적 취향만 가지고 괴롭히는 거야. 따돌림을 당하거나, 물건을 도둑맞기도 했어. 왜 이런 몸으로 태어난 걸까하고 생각해봤지만, 고민해봤자 아무 소용없다는 걸 뼈저리게 알고 있으니까……."

"릴리……."

이 사람도 고생했구나.

"어느 날, 내가 있던 팀에 여자가 새로 들어왔어. 그 애는 내 마음을 이해해주는 애였어. 처음 만난 날, 참 가까워졌다니깐."

"와아, 정말 잘됐네요."

"……그 애가 옷 갈아입을 때, 나한테 보초를 서달라고 지명해줘서 참 기뻤어. 나를 여자로 대해준다고 생각했어. 하지만 말이지? 그 애는 몇 분 후에 비명을 질렀어."

"네……?"

"함정이었어. 팀에서 나를 쫓아내기 위한 함정. 팀원 전원이 결탁해서, 나를 함정에 빠뜨린 거야."

"…………."

……너무해. 어떻게 이런 일이 있을 수 있어. 릴리 씨가 대체 무슨 잘못을 했냔 말이야, 빌어먹을.

"나는 누명을 쓴 끝에 노예로 전락했어. 그때는 진짜 절망했다니깐. 다들 나를 징그러워하며 사주지 않았거든. 팔려 가더라도 가혹한 육체노동이나 하다 죽게 되겠지. 어때? 나는 완전히 헤어나올 수 없는 궁지에 몰린 거야."

그런 상황이라면 절망하는 게 당연했다. 나라면 아무도 믿지 못하게 됐을 것이다. 아무튼, 릴리 씨는 그런 상황에서 이 저택에 오게 된 거구나.

"─이게 내 칙칙했던 시절의 이야기야. 이제부터는 내가 찬란히 빛나는 시절의 이야기─."

…………응?

"아앙! 첫눈에 반한다는 건 진짜로 존재했어! 처음 세컨드 님을 뵈었을 때의 충격은 평생~ 잊지 못할 거야~!"

"……아, 그런가요."

"엄청난 미남이라는 것도 이유이긴 해~. 하지만 세컨드 님이 안 계셨다면, 나는 이미 나락에 떨어졌을 거야. 반하지 않는 게 무리라니깐! 게다가 이렇게 부족할 게 없는 생활을 하게 해주신데다, 내가 진짜로 하고 싶었던 일을 할 수 있어……. 정말 감격 그 자체야~!!"

아까까지만 해도 표정이 어두웠던 릴리 씨가 평소 모습으로 되돌아왔나 싶더니, 어느새 텐션이 폭발했다. 그리고 릴리 씨는 주인님의 어떤 면이 멋진지를 끝도 없이 이야기했다. 나는 질린 상태에서 대충 맞장구를 쳤다.

"—어, 저기~! 플룸, 내 말 듣고 있는 거야?"

"아, 네. 하지만 슬슬 다음 질문을……."

"어머나, 내 이야기만 쉴 새 없이 늘어놨네. 미안해~."

살았다…….

"으, 으음, 그런데 왜 정원사가 되신 거죠?"

"아, 그게 말이지. 가장 큰 이유는 되고 싶었기 때문이야."

"되고 싶었다?"

"응. 정원 일은 참 멋지지 않아? 나, 옛날부터 정원 일을 동경했어. 귀여운 꽃을 기르거나, 내가 생각한 대로 정원을 아름답게 꾸미는 것 같은 일 말이야."

그러고 보니 꽃가게에서 일하고 싶었다고 아까 말했었지. 꽤 귀여운 구석도 있네.

"하지만, 정원사 일은 그게 전부가 아냐. 실은 부지 순찰도 겸하

197

고 있어. 경비원 같은 거지. 나는 겉모습이 험상궂으니까 적성에 맞을 거라고 큐베도 말했어~."

"확실히 릴리를 보면 도둑이나 괴물이 나온 줄 알고 도망치겠죠."

"뭐어~?"

"아, 아무것도 아니에요."

역시 이 사람은 무서워.

"휴우…… 어머, 벌써 시간이 이렇게 됐네. 이쯤에서 끝내도록 할까. 어때? 참고가 됐어?"

"네. 매우 참고가 됐어요."

"다행이야~. 그럼 소브라에게 이야기를 해둘게. 또 봐~."

릴리 씨는 손을 흔들면서 돌아갔다. 릴리 씨, 처음 이야기를 나눠봤지만 참 좋은 사람이네. 정원사 부하들은 릴리 씨를 따르고 있지만, 한편으로 매우 무서워하는 것 같지만 말이야.

내일은 요리장인 소브라 형이구나……. 나, 그 사람은 좀 거북한데 말이지.

"어, 왔구나. 악동."

다음 날 저녁. 주방 뒷문 쪽으로 가보니, 소브라 형이 담배를 피우며 나를 기다리고 있었다.

헝클어진 검은 머리카락과 더벅수염, 그리고 안경을 보면 도저히 요리사로 보이지 않았다.

"악동은 말이 심하잖아요. 내 이름은 플룸이라고요."

"아, 그랬지. 뭐, 됐어. 거기 앉아."

"땅바닥이잖아요!"

"어? 그렇구나. 뭐, 됐어. 대충 앉자고."

거기도 땅바닥이잖아…… 벌써 질리겠네.

"요리장 소브라. 35세 독신. 애인 모집 중~."

소브라 형은 내가 질문을 하기도 전에 자기소개를 했다. 그것보다, 잠깐만 있어 봐. 애인 모집 중?

"예전 애인하고 헤어졌어요?"

"뭐어어어? 나는 애인 있었던 적이 없다고, 멍청아."

"그럼 일전에 같이 걷던 여자는 누구예요?"

"불장난 상대."

"…………하아."

"앗, 뭐야. 너, 옆구리가 허전한 거냐? 좋아. 너는 내 동생 격의 동생 격이니 말이야. 여자 한두 명 정도는 내가 소개―."

"크아앗! 됐다고요, 정말! 그것보다 인터뷰나 할게요!"

이 사람은 진짜 여자 버릇이 나쁘다니깐.

"여기 오기 전에는 무슨 일을 했어요?"

"B랭크 모험가."

"어, 정말요?"

의외다. 모험가, 그것도 B랭크였다니. 꽤 대단하네.

"검술과 창술로 꽤 날렸지. 물론 밤일 쪽도 알아줬다고."

"그런가요. 그런데 왜 여기 오게 된 거예요?"

"여자한테 속았어."

"푸하핫!"

우와, 무심코 웃음을 터뜨렸어.

"부모가 멋대로 정한 망할 약혼녀가 있었거든. 나한테 빚을 왕창 지우더니 도망쳐버렸어. 원래부터 빚을 떠넘길 작정으로 나를 속였던 거야. 그쪽 가족도 한통속이었던 거지."

"……그거, 안타깝네요."

"하필이면 진심이었던 여자가 그 꼴이었거든. 게다가 무시무시한 데서 돈을 빌린 바람에, 빨리 안 갚으면 눈덩이처럼 불어나겠더라고. 그래서 나를 노예로 팔아 만든 돈으로 갚았는데……."

"했는데?"

"실은 그 망할 여자가 안 밝힌 빚이 더 있었어. 그게 나중에 판명됐거든. 나는 이미 노예니까 어떻게 할 수가 없다고 말했더니, 나를 구입한 주인한테서 받아내겠지 뭐야. 그렇게 지뢰 노예가 완성된 거지."

"정말 나쁜 여자네요."

"뭐, 그래서 확 덮쳐버렸지만 말이야."

"욕도 못하겠네요……."

그래서인가. 왠지 이해가 되네. 소브라 형은 시간만 나면 마을에 헌팅을 하러 갈 정도의 알아주는 바람둥이지만, 누군가와 진지하게 사귀지는 않는단 소문이 있다. 일전에 마을에서 데이트하는 모습을 봤을 때는 진지하게 사귀나 했는데, 역시 불장난에 불과했던 것 같았다.

……아니, 진심으로 사귀지 않는 게 아니다. 이 사람은 사귀지 못하는 것이다. 여자들을 꽤 후리고 다니는 것 같지만, 실은 그렇지도 않은 것 아닐까? 진심으로 사귀고 싶지만 그럴 수가 없어서 고뇌하고 있는 것도 같다.

아, 그러고 보니 궁금한 게 생각났다. 이 참에 물어볼까.

"소브라 형. 그런데 왜 이 저택의 메이드는 건드리지 않는 거예요?"

나는 가벼운 기분으로 던진 질문이었다.

그 직후— 내 사타구니 아래편의 지면에, 부엌칼이 꽂혔다.

"히익?!"

"건방진 소리 하지 마."

차분한 목소리였지만, 화났다는 것을 충분히 알 수 있었다. 나, 또 사고 친 거야?

"자, 잘못했어요, 형."

"뭘 잘못했는지도 모르면서 사과하지 말라고, 이 망할 꼬맹이야. 너는 자기 입장을 아직 이해하지 못한 거냐. 하아, 저스트 자식은 정말……."

소브라 형은 머리를 거칠게 긁적이더니, 짜증이 섞인 어조로 그렇게 말했다.

나는 숨을 삼켰다. 내 경솔한 발언 때문에, 형님이 무시당했다!

"……잘 들어. 메이드는 누구의 것인지? 대답해봐."

소브라 형은 땅이 커지도록 한숨을 내쉰 후, 입을 열었다.

메이드가 누구의 것…… 누구의 것? …………아.

"……세컨드 님인가요?"

"뭘 고민하고 자빠졌냐, 멍청아. 너는 누구의 것이지? 누가 너를 사서, 이곳에서 편안한 생활을 하게 해줬지?"

"세컨드 님, 이에요."

"나는 누구의 것이지? 응? 서른 중반의 중년 노예를 사고, 수백만이나 되는 빚을 대신 갚아준 것으로 모자라, 의식주와 급료까지 주고 있는 건 누구지? 대답해봐! 대답해!!!"

"세, 세컨드 님입니다!"

"……멍청한 자식. 세컨드 님의 것을 어떻게 건드리냐고. 두 번 다시 그딴 헛소리는 입에 담지도 마. 다음에는 네 고환에 칼을 박아버릴 거다, 이 망할 꼬맹이야."

소브라 형은 담뱃불을 끄더니, 돌아서며 그대로 돌아갔다.

소브라 형의 말이 옳아……. 내가 바보였어.

나는 고개를 푹 숙인 채, 반성하면서 터벅터벅 방으로 돌아갔다. 하인의 숙소로 쓰이는 이 커다란 저택의, 그리고 마구간을 맡은 노예가 이용한다는 게 믿기지 않을 만큼 멋진 방이다. 밤이 되면 아무것도 안 해도 식당에서 따뜻한 밥을 먹을 수 있다.

푹신한 침대에 드러누워서, 천장을 멍하니 쳐다보았다.

……왠지, 여기가 낙원이란 생각이 들었다. 나는 행운아다. 하지만 누구 덕분에 이 낙원에 있는지 실감하지 못했다.

저스트 형님과 릴리 씨, 소브라 형. 사천왕 중 네 명의 말을 들고, 아주 조금이지만 이해가 될 것 같다.

언젠가 나도 실감할 수 있는 날이 올까. 가능하면 빨리 찾아왔으면 좋겠다.

그런 생각을 하면서, 잠시 눈을 붙였다.

◇◇◇

"요즘 젊은것들은~, 기본이 안 되어 있다니깐~. 속이 텅텅 비었어~. 생각이 물러터졌다고. 저스트, 내 말 이해하냐~?"

"맞는 말이에요, 소브라 형."

밤. 식당 구석에서 술을 마시고 있는 두 사람이 있었다.

헝클어진 머리카락과 더벅수염을 기른 안경낀 남성 「소브라」와, 갈색 머리카락을 올백으로 넘긴 젊은 남성 「저스트」였다.

"하지만 형의 말이 제대로 먹힌 것 같아요. 그 녀석, 드러누웠어요."

"흥. 그냥 삐쳤을 뿐이야."

"너무 그러지 마세요, 형. 자, 한 잔 더 하시죠."

저스트가 소브라의 기분을 풀어주려는 듯이 술을 따라줬다.

"아, 미안한걸. 아니지, 하나도 미안하지 않아. 네가 제대로 교육을 시키지 않은 바람에 이렇게 된 거잖아."

"이야, 정말 죄송해요."

저스트는 웃으면서 고개를 꾸벅 숙였다. 소브라는 한숨을 내쉬더니, 술을 들이켜며 입을 열었다.

"전기라. 그런 바보는 절대 못 쓸 것 같은데 말이야."

"이제부터 배워갈 거예요. 우리도 그랬잖아요."

"뭐, 그건 그래."

두 사람은 눈을 감고 떠올렸다. 자신들이 이 퍼스티스트 가문에 온지 얼마 안 되었을 즈음을 말이다.

"……필사적이었지. 원래 요리는 자신 있었지만, 프로는 아니었거든. 죽어라 공부하고, 죽어라 특훈했어. 이제까지도, 그리고 앞으로도 그렇게 죽어라 책을 읽는 일은 없을 거야."

"나도 필사적이었어요. 나는 글자를 못 읽으니까, 어림짐작으로 익힐 수밖에 없었죠."

"그거 고생이었겠네. 아, 나도 고생하긴 했어. 느닷없이 매일 세 끼니때마다 14인분을 만들어야 했다고. 요리가 늘 수밖에 없지."

"하하하, 능숙해지는 게 당연하네요."

두 사람은 고생담을 이야기하며 웃었다. 힘들기만 했다면, 이렇게 웃으면서 이야기할 수 없었을 것이다. 왜 그렇게 힘들었을까. 왜 그렇게 필사적이었을까. 두 사람은 말하지 않아도 알 수 있었다. 그저 세컨드에게 도움이 되고 싶었던 것이다.

"으음, 벌써 시간이 이렇게 됐는걸."

소브라는 시계를 보면서 그렇게 말했다.

"평소 같으면 큐베로 씨가 와서 쫓아냈겠죠."

저스트는 키득키득 웃으면서 그렇게 말했다. 집사인 큐베로는 한밤에 순찰을 하다가 술판을 벌인 두 사람을 발견하면 주의를 줬다.

"아, 맞아. 큐베로 녀석은 마중을 갔지."

"네. 드디어, 내일 뵙겠군요."

잔의 술을 들이켠 두 사람은 내일 일을 생각했다. 두 사람의 머릿속에 떠오른 건, 어느 남자의 얼굴이다.

넉 달 만에 보게 될, 주인의 얼굴이다.

제2장 뛰어난 고문도, 소환도, 웰컴

큐베로의 힘이 되어주기로 약속하고 얼마 후. 곧 아침인지라 잠기운이 달아난 나는 호숫가를 산책하며 생각에 잠겨 있었다.

생각할 일은 잔뜩 있었다. 아니, 솔직히 말해서 할 일이 너무 많다고.

마인 제2왕자와의 약속, 유카리와의 약속, 루시아 아이신 공작이 맡긴《세뇌마술》, 그리고 큐베로와의 약속. 전부 골치가 아팠다.

그 모든 일은 정치적 문제와 얽혀 있기 때문에, 무엇부터 해결해야 할지 감이 오지 않았다.

예전에는「앙코만 손에 넣으면 어떻게 될 것이다」라고 생각했지만, 그렇지 않았다. 아무리 전투력이 늘어도, 역시 한 국가를 상대로 싸우는 건 무리다. 왜냐하면 상대는 명확한 형태가 없기 때문이다.「이 녀석만 죽이면 된다」같은 식으로 적이 명확하다면 이야기가 간단하겠지만, 나는 어느 녀석을 죽이면 문제가 해결될지 감이 오지 않았다. 그리고 죽여 버린다고 해서 만사가 해결될 리도 없다.

"앙코도 어떻게 한다……."

문득, 어제저녁의 일이 생각났다. 그 녀석한테도 상식을 가르쳐줘야만 할 것이다. 그게 가능하다면, 말이다.

고생 끝에 겨우 손에 넣은 비장의 카드인 만큼, 양호한 상태로 평생 잘 운용하고 싶다.

"……으음~."

아침 해를 쳐다보며 기지개를 켰다. 그러고 보니 참 오래간만에 보는 아침 해였다. 이렇게 직접 보는 건 몇 달 만이지? 햇살에 호수가 반짝이는 모습은 장관이었다. 천천히 심호흡하자, 약간 차가운 아침 공기가 청량하면서도 기분 좋았으며, 머릿속이 점점 맑아졌다.

"아."

그리고, 나는 생각났다. 모르는 게 있다면, 다른 이에게 물어보면 된다.

아침 식사 후, 나는 세 사람을 향해 입을 열었다.

"아는 이들 중에 정치에 관해 해박한 사람 없어?"

정치에 대한 조언가, 즉 『고문』을 구하자. 이것이 내 아이디어였다. 내가 갑자기 그런 질문을 던지자, 실비아와 유카리는 어리둥절한 표정으로 고개를 갸웃거렸다. 그리고 에코는 고개를 저었다.

"머릿속에 떠오르는 사람이 몇 명 있습니다만…… 신용할 수 있을 만한 인물은 없군요. 유감이지만 소개해드릴 만한 인물은 없습니다."

"그렇구나. 실비아는 어때? 느와르 씨라든가 말이야."

"으음. 아버님은 무훈으로 작위를 얻은 뼛속까지 기사이신 분이지. 그쪽으로는 기대하기 어려울 거다."

"그렇구나."

꽝이었다. 으음, 이 세 사람 이외에 누구한테 물어본다…….

"주인님, 잠시만 기다려주시길. 하인 중에 그런 쪽의 지인을 지닌 이가 없는지 물어보고 오겠습니다."

"아냐. 그 전에 이 녀석한테 먼저 물어보자."

나는 자리에서 일어나려 하는 유카리를 말린 후, 《정령소환》으로 앙골모아를 불러냈다. 어쩌면 정치 쪽으로 해박한 정령 지인이 있을지도 모른다고 생각한 것이다. 일단은 대왕이라 불리고 있으니 말이야.

"…………홍~."

앙골모아는 완전히 삐쳤다. 팔짱을 끼더니, 만화 캐릭터처럼 고개를 돌린 채 입술을 삐죽 내밀고 있었다. 이 녀석, 뭐야. 자기가 삐쳤다는 걸 되게 어필하네. 그러고 보니 앙코와 다투던 이 녀석을 송환한 후로 계속 방치했잖아. 큰일인걸. 어떻게 기분을 풀어주지?

"앙코는 현재 근신 중이야."

"홍. 짐의 세컨드의 팀원을 죽일 뻔했으니, 당연하지."

우와, 기분이 더 나빠진 것 같네. 아마 일체감으로 나한테서 정보를 얻었으리라. 앙골모아로서는 「이럴 줄 알았다!」 하고 외치고 싶은 심정이리라. 신용할 수 없다고 여기던 상대가 고의는 아닐지라도 배신에 가까운 행동을 취했으니 말이다.

하지만…… 내 마음을 읽을 수 있다면, 내 생각 또한 알 수 있을 것이다.

"그 녀석은 내가 가진 최강의 카드야. 좀 봐줘. 그리고 그 녀석의 갱생에 너도 협력해줬으면 해. 부탁이야."

"……물론이지. 짐의 세컨드가 난처해하고 있다는 것도 알고 있느니라. 그러니 짐도 고심해보도록 하마. 하지만 친분을 쌓지도, 신용하지도 않을 것이니라. 그래도 괜찮겠느냐?"

"응. 그걸로 충분해. 고마워."

"그리고 나의 세컨드여. 그딴 늑대보다 짐에게 더 의지하거라. 빙의 이외에도 도움이 되어주마."

"아, 빙의 말고는 됐어."

"어이! 방금은 동의를 해야 할 타이밍이니라!"

"아, 미안해."

화가 나기는 했지만, 협력해주려는 것 같았다. 참 상냥한 녀석이다.

"그런데 앙골모아. 정치 쪽으로 해박한 지인은 없어?"

"……홋, 짐을 뭐로 보고 그런 소리를 하는 게냐. 짐은 정령계를 지배하는 정령의 대왕, 앙골모아이니라."

"오오, 있구나!"

"후하하! 당연하지!"

역시 있구나. 앙골모아는 대단한걸.

"그 녀석은 누구야?"

"윈필드라고 하느니라. 내 대관(代官)이지. 군사(軍師)이기도 하느니라."

"대관? 군사?"

"짐을 대신해 정무를 도맡아서 하는, 물과 흙의 혼정(混精)이지."

"잠깐만 있어 봐. 정령계에도 정치가 존재해? 그리고 혼정? 이라고 했어?"

"음. 정치는 당연히 존재하느니라. 네 가지 속성을 전부 지배한다는 건 그런 게지. 아, 혼정이란 두 가지 이상의 속성이 섞인 정령을 말하느니라. 그 녀석은 물과 흙의 정령이다."

아하, 이해했다. 그냥 이름에 대왕이 들어 있는 줄 알았더니, 그렇지도 않은 것 같았다. 하지만, 정령이라…….

"그 녀석을 불러낼 수 있어?"

"이쪽으로 직접 불러낼 수는 없느니라. 허나 간접적으로는 불러낼 수 있지."

"간접적?"

"짐의 세컨드가 짐과 계약을 맺은 것처럼, 다른 이가 윈필드와 계약을 맺으면 되느니라. 내가 그 자리에 입회하여, 윈필드를 불러내주마."

"…………뭐?"

어? 이 녀석이 방금 뭐라고 했지?

"너, 너, 정령소환 대상을 지정할 수 있는 거야?!"

"물론이지. 정령대왕에게는 아무것도 아닌 일이니라."

"거짓말!"

말도 안 돼! 레어 정령을 마음껏 뽑을 수 있는 거잖아~!!

"뭐…… 짐의 목소리를 듣고도 거부하지 않는다는 가정 하에서 말이니라."

"……아, 그렇구나."

망했네. 이 녀석은 성격이 더러우니까 거부할게 뻔해. 괜히 기뻐
했네.

"그래도 윈필드라면 괜찮을 게다. 나의 대관이거든."

"정말이야?"

"으, 음…… 아마도?"

"…………."

불길한 침묵이 흘렀다. 그래도 앙골모아를 믿고 도전해보는 편이
좋을 것이다.

문제는 누가 사역하게 할 것인가, 다.

"그 윈필드란 정령은 강해?"

"약하다. 매우 약하지. 물도, 흙도 어중간한 수준의 얼간이니라."

"진짜야? 그렇게 약해?"

"하지만 전략에 있어서는 그 누구도 상대가 되지 못할 게다. 대
왕인 짐을 대신해 모든 정무를 보고 있으니 말이다. 정령계에서 군
사라고 부를 만한 건 그 녀석뿐이라고 할 수 있지. 정령계는 그 녀
석이 통치하고 있다 해도 과언이 아닐 것이니라. 하하하!"

"어이, 웃을 일이 아니잖아."

불쌍하네. 만나보지 않아도 짐작이 됐다. 진짜 고생이 많을 거야.

아무튼 약하다는 거구나. 그럼 소환할 멤버는 정해졌는걸.

"좋아…… 유카리, 네가 그 정령을 소환하는 거야."

약한 정령이라면 비전투원에게 소환하게 하는 편이 좋다. 실비아와 에코는 나중에 더 강력한 정령을 소환해야 할 테니 말이다.

"제, 제가 말인가요?"

유카리는 약간 당황하면서 앞으로 한 걸음 나섰다. 표정의 변화가 미비해서 실제로 어떤지는 잘 모르겠지만, 기대감을 느끼고 있는 것 같았다. 한편, 실비아와 에코는 「부럽다~」 하고 말하는 듯한 표정을 짓고 있었다.

"정령소환은 이미 익혔지?"

"네. 16급을 습득했습니다."

《정령소환》의 해방 조건은 「【마술】 스킬을 하나 이상 습득」이며, 매우 단순하다. 해방 후에 경험치를 투자하면 스킬을 습득할 수 있다. 하지만, 이것만으로는 정령을 소환할 수 없다. 소환에는 『정령 티켓』이 필요한 것이다.

"그럼 티켓은 어떻게 손에 넣지……."

입수 방법은 두 가지다. 하나는 마물의 드랍, 다른 하나는 던전 공략의 보수다. 양쪽 다 확률이 매우 낮다. 병등급이나 을등급의 마물이 매우 드물게 드랍하지만, 이 세상에 온 후로 한 번도 드랍되지 않은 것을 보면 확률이 얼마나 낮은지 짐작이 됐다.

역시 옥션에서 사는 게 가장 손쉬울 것 같다. 몇억 CL이나 할지 모르지만, 돈이라면 썩어 넘칠 만큼 있으니 걱정할 필요 없다. 하지만 문제는 옥션에 출품되어 있느냐, 인데…….

"──훗훗훗. 후하하하핫!"

바로 그때, 실비아가 웃음을 터뜨렸다. 짜증이 날 정도로 자신만만한 웃음이었다.

"어이, 갑자기 왜 그러는 거야. 아…… 드디어 맛이 가버렸구나."

"말도 안 되는 소리 마라! 그런 게 아니다! 이걸 보란 말이다!"

"응? 오, 오오?!"

실비아가 들어 보인 것은 아니나다를까 정령 티켓이었다. 맙소사! 타이밍 한번 절묘하네.

"에코와 함께 린프트파트 던전에서 특훈을 할 때, 암석거북이 드랍했다!"

"대단하네! 잘했어, 실비아!"

"음! 그렇지?! ……그런데, 말이다. 세컨드 님에게 부탁이 하나 있다."

실비아는 정령 티켓을 오른손 손가락 사이에 끼우더니, 손을 앞으로 내밀었다. 유카리가 「쳇」 하고 혀를 차는 소리가 들린 것 같지만, 아마 내 착각일 것이다.

"이걸 유카리의 정령소환에 쓰는 건 좋다. 그 대신이라기에는 뭣하지만, 저기, 그게, 으음…… 나와, 휴일에 같이 쇼핑하러 가지 않겠느냐?"

쇼핑이라. 아하, **가지고 싶은 물건을 뜯어내려는 거구나.** 좋아~. 남자다운 모습을 보여주도록 할까.

"고마워. 그렇게 하자. 무기든 방어구든, 네가 원하는 걸 다 사주겠어."

"으…… 음? 아니, 그런 의미가 아니라……."

"에코도 가지고 싶은 게 있어? 실비아가 드랍을 시켰다고는 해도, 에코도 그 자리에 있었을 거잖아. 그러니 저건 너희 둘이 함께 획득한 거야. 그러니 보수도 두 사람에게 줘야 공평하지 않겠어?"

"정말~?! 갈래! 나도 갈래!"

"그래? 좋아. 결정됐어."

나는 실비아의 손가락 사이에 끼인 정령 티켓을 쑥 뽑았다. 실비아는 불만이 있는 듯한 표정을 짓더니 「큭…… 뭐, 이 정도에서 타협할까」 하고 중얼거렸다. 에코한테도 보수를 준다는 게 마음에 들지 않는 걸까? 실비아는 욕심쟁이인걸.

"뭐, 이렇게 됐어. 윈필드란 녀석을 유카리가 이 티켓으로 소환하게 하겠어."

"오케이이니라. 그 녀석에게는 이미 짐의 뜻을 전해뒀으니, 언제든 소환할 수 있지."

"유카리, 들었지? 소환해봐."

"……어이가 없을 정도로 일이 척척 진행되는군요. 아, 나쁜 의미로 한 말은 아닙니다. 항상 이랬으니까요. 넉 달만에 뵌 주인님이 예전과 똑같아서 오히려 안심이 됩니다."

유카리의 독설도 여전하다고 생각하지만, 그 말을 입에 담았다간 곱절로 되갚아주려고 할 것 같아서 그냥 입 다물고 있었다.

"그럼……."

유카리는 담담한 어조로 그렇게 말하더니, 《정령소환》을 발동시켰다.

휘잉— 하며, 산들바람이 볼을 스쳤다.

그 순간, 우리 눈앞에는 키가 크고 늘씬한 미인이 나타났다. 투블럭 스타일로 자른 회색 단발머리가 남성적인 느낌을 자아내지만, 그 외에는 전부 여성적인 모습을 지녔다. 가늘고 긴 눈은 졸려 보였으며, 패기가 그다지 느껴지지 않았다.

"……으음, 윈필드, 라고 해요. 안녕하세요."

잠시 침묵이 이어진 후, 겨우 입을 연 그녀는 짤막하게 자기 소개를 했다. 그리고 또 입을 다물며, 침묵에 잠겼다.

인내심이 바닥난 실비아가 「할 말은 그게 다냐?」 하고 말을 걸었다. 윈필드는 고개를 끄덕이면서 침묵으로 답했다. 아무래도 진짜로 할 말은 그게 전부인 것 같았다.

"이 녀석은 말주변이 없지. 하지만 정치 수완은 그 누구도 범접하지 못하는 수준이니라."

웬일로 앙골모아가 남을 감싸줬다. 아무래도 능력 하나는 확실한 것 같았다.

"윈필드. 네가 앞으로 내 정치 고문으로서 도움이 되어줬으면 하는데, 괜찮겠어?"

"마스터의 허가가, 필요. 하지만, 개인적으로는, 오케이."

"마스터? 아, 저 말이군요. 물론 허가하겠어요. 성심성의를 다해 주인님을 모시도록 하세요."

"응. 알았어요, 마스터. 세컨드 씨, 잘 부탁해."

"응, 잘 부탁해."

악수를 나눴다. 손길에서도 상냥함이 느껴졌다. 대화의 템포는 독특하지만, 예절이 바른 인물이라는 것을 알 수 있었다. 이 녀석과는 잘 지낼 수 있을 것 같았다.

"그럼 지금 바로 윈필드와 정보 공유를―."

"자, 잠깐 기다려다오! 세컨드 님, 어제는 나와 에코가 얼마나 성장했는지 확인한다고 말했지 않느냐."

……어라, 그랬나. 술자리에서 한 말이라 잘 기억나지 않지만, 그런 말을 한 듯한 느낌이 들긴 했다.

"그랬구나. 그럼 두 사람과 던전에―."

"기다려주십시오, 주인님. 던전에 가실 거라면, 그것부터 확인하셔야 하지 않을까요?"

……아, 그럴지도 모르겠네. 넉 달 전에 유카리에게 부탁한 그게 완성됐다면, 먼저 그것부터 확인하는 게 좋으려나.

"맞아. 우선 유카리의―."

"기다려라, 짐의 세컨드여. 그 늑대는 어떻게 할 게지? 이대로 내버려 둘 수도 없지 않느냐."

……응, 맞는 말이야. 다들 모인 자리에서 상의하는 것도…….

"세컨드! 호수에 가자!"

……그래, 호수에 가자.

"좋아, 호수에―."

"―기다리십시오. 세컨드 님께서는 피곤해 보이시니, 잠시 눈을 붙이는 편이 좋지 않을까 싶습니다."

에코와 손을 맞잡고 바닐라 호수로 향하려던 순간, 타이밍 좋게 거실을 찾은 집사 큐베로가 나를 제지했다. 초능력자답게, 나이스한 제안이다. 마침 배도 불러서 졸리던 참이다. 잠시 쉬면서 기분 전환을 해야겠다.

"응, 그렇게 할게. 좀 쉬어야겠어~."

할 말이 있는 듯한 다른 이들에게서 돌아선 나는 큐베로에게 안내를 받으며 방으로 향했다. 방문 앞에서 큐베로에게 고맙다는 말을 한 후, 나는 침대에 몸을 맡기며 눈을 감았다.

거실을 나서던 순간에 본 윈필드의 얼굴이 눈가에서 어른거렸다. 마치 전원의 일거수일투족을 놓치지 않고 살피는 듯한, 매우 무기질적인 눈이었던 것이다. 그런 그녀에게서는 왠지 달관한 듯한 인상을 받았다.

과연 얼마나 도움이 될 것인가. 약간의 기대를 품으며, 나는 잠에 빠져들었다.

이때까지만 해도, 나는 알지 못했다. 윈필드의, 비정상적일 정도의 우수함을—.

"저기, 나 좀 봐. 세컨드 씨."

"어? 응."

점심때까지 잔 내가 늦은 식사를 마친 후에 유카리가 끓여준 홍차를 마시며 쉬고 있을 때, 느닷없이 다가온 윈필드가 손짓을 하며 그렇게 말했다.

거실 안을 둘러봤지만, 다들 별말 하지 않았다. 아침에는 그렇게 자기주장이 강했지만, 어느새 마음이 바뀐 것 같았다.

"…………."

아무래도 내 눈앞에서 조용히 걷고 있는 회색 머리 투블럭 키다리 미인 정령이 손을 쓴 것 같았다. 저 강자들을 굴복시키다니, 역시 정령계 제일의 군사답다고나 할까.

그렇다면 오늘은 그녀와 오후를 함께 보내게 될 것 같다. 아니, 그리고 해야 하나? 성별은 딱히 없다고 했던가? 잘 모르겠으니 나중에 물어봐야겠다. 다행히 그녀 덕분에 오늘 일정은 간소해질 것 같으니 말이다.

"여기가, 좋겠네."

한동안 이동한 후, 윈필드가 걸음을 멈춘 장소는 바닐라 호수를 한눈에 볼 수 있는 발코니였다. 이 호숫가 저택의 하이라이트라 할 수 있는 장소다. 역시 풍경이 끝내주는걸. 게다가 시원한 가을바람이 식후의 달아오른 몸을 쓰다듬어주니 기분이 좋다.

"할 이야기라도 있어?"

내가 그렇게 묻자, 윈필드는 「뭐부터 이야기하지」 하고 말하는 듯한 표정으로 고개를 갸웃거린 후, 천천히 입을 열었다.

"으음, 루시아 아이신 공작? 한테서 뭔가 받지 않았어? 예를 들자면…… 그래. 캐스탈 왕국의 적 리스트나, 세뇌마술을 익히는 방법, 같은 거 말이야."

"─윽!!"

소름이 돋았다.

공작의 편지에 관해 이야기했나? 아니, 하지 않았다. 공작과 우리의 관계에 대해서도 전혀 이야기하지 않았다. 유카리에게 들은 걸까? 아마 그렇겠지만, 그렇더라도 어떻게 이렇게 정확히 맞춘 거지?

……이 녀석, 아무 정보가 없는 상태에서 겨우 몇 시간 동안 추리를 해서, 이 극비 중의 극비사항을 알아낸 건가?

"생각을 읽은 건 아냐."

심장이 또 크게 뛰었다. 방금 그 가능성을 고려했기 때문이다.

"마스터한테서, 이런저런 이야기를 듣고, 실비아 씨와 하인한테서, 이런저런 이야기를 들은 후에, 혼자 추리했어. 맞춘 거야?"

윈필드는 장난기 섞인 미소를 짓더니, 「어때?」 하고 말하듯 고개를 갸웃거렸다. 남자인지 여자인지 모르겠지만, 귀엽다는 느낌이 들었다.

"……그래. 하지만 99점이야. 공작이 준 편지에는 신용해도 되는 인간 리스트도 있었거든."

"아~, 그랬구나. 아하~……."

그쪽도 줬구나, 하고 중얼거린 윈필드가 약간 낙심한 듯한 반응을 보였다. 기왕이면 백점을 받고 싶었던 것 같지만, 나는 한나절만에 《세뇌마술》의 습득 방법까지 생각이 미친 것만으로도 120점이라는 생각이 들었다.

"그런데, 본론은 뭐야?"

"아, 응. 우선순위를 발표할게."

"나의 우선순위?"

"응. 제2왕자를, 이기게 해주면…… 되지?"

"그래…… 어? 캐스탈 왕국이 말베르 제국의 속국이 되는 건 나쁜 일 아냐?"

"으음~, 아마, 그렇지도 않을걸?"

"뭐?"

뭔가 이야기의 핀트가 어긋나는 듯한 느낌이 들었다.

"이대로 가면 캐스탈 왕국은 말베르 제국에게 지배를 당하지?"

"응."

"그건 나쁜 일 아냐?"

"그렇지도, 않을, 거야. 맞서지만 않는다면, 말이지."

"……그렇구나."

얌전히 있으면 피는 흐르지 않는다는 건가.

"하지만 왕족은 죽을 거잖아?"

"제국은, 죽이지 않아. 하지만, 이대로 있으면, 제1왕자파가, 제2왕자파를, 해칠 거야. 종속국이 된 후, 누가 이 나라를 다스릴 거냐~, 를 가지고 몰래 다툴걸?"

"아~, 그렇게 되는구나."

제국은 공작원을 이용해 무혈입성을 하려는 건가. 생각보다 훨씬 정상적인 방식이다. 정상이 아닌 건 제1왕자파인가…….

"하지만 제국은 무투파라는 이미지가 있는데 말이야. 의외로 정략적인걸."

"아마, 제국은, 맞서는 나라는, 철저하게 용서하지 않을걸? 그래서 무투파, 인 걸지도 몰라. 아직 정보가 모자라서, 확실치는, 않아."

딱히 대답을 기대하고 한 말은 아닌데, 이렇게 납득이 되는 답을 들으니 한 방 먹은 기분이 들었다. 머리가 좋은 녀석은 느릿느릿 말하면서도 대화 자체를 성립시키는구나. 대단한걸.

"알겠다. 왕국을 존속시키는 쪽으로 제2왕자를 도울지, 제국의 종속국이 되는 쪽으로 제2왕자를 도울지, 중 하나인 거지?"

"응, 맞아. 나는 캐스탈 왕국이 존속하는 쪽이 좋아."

"으음, 왜야?"

"타이틀전이 예전처럼 치러질 거잖아."

"아~. 맞아. 그렇구나."

타이틀전은 이곳, 캐스탈 왕국의 왕도 빈스턴에서 치러진다. 만약 캐스탈 왕국이 말베르 제국의 종속국이 된다면 타이틀전의 개최 장소가 변경될지도 모르며, 룰도 변경될지도 모른다. 어쩌면 타이틀전 자체가 없어질 수도 있는 것이다.

내 목표인 「누구나 인정하는 세계 1위」가 되기 위해서는 가능한 많은 타이틀전에 출전해서 대량의 타이틀을 획득하고 싶다. 그러니 타이틀전이 치러지지 않게 되면 곤란하다.

"응. 그럼, 그럼, 그 방향으로, 가자."

윈필드는 「그쪽으로 변경」한다는 듯이 손가락을 움직이며 말했다.

어라? 그럼 원래는 제국의 종속국이 되는 방향으로 전략을 짜고 있었던 건가? 그렇다면 캐스탈 왕국을 존속시키면서 마인을 돕는 건, 혹시 어려운 걸까……?

"아, 괜찮, 아. 세컨드 씨라면, 잘 안 풀리는 게, 오히려, 어려울, 거야."

또 내 생각을 정확하게 맞췄다. 그래도 이 비정상적으로 머리가 좋은 정령이 괜찮다고 말했다. 그러니 틀림없이 괜찮을 것이다.

"나라면 잘 풀릴 거라는 게, 무슨 소리야?"

"으음…… 솔직히 말하자면, 저기…… 나, 엄청, 흥분했어."

"……뭐?"

흥분? 갑자기 무슨 소리지?

"저기, 나는, 정령인데, 엄청 약해. 아빠와, 엄마한테서, 물과 흙을 절반씩 이어받은, 바람에, 발휘할 수, 있는 힘도, 절반씩밖에, 안 돼."

앙골모아가 말했지. 물도, 흙도 어중간한 수준의 얼간이, 라고 말이야.

"나 같은 건, 꽤 드물어. 혼정이라고 해. 나는 몇 안 되는 혼정 중에서도, 엄청 약하거든. 그래서, 대왕님이, 거둬주셨어."

"그러니까?"

"대왕님은, 저기, 성격이, 최악이잖아? 나를 가지고, 비아냥, 거려."

"우와……."

저 녀석의 성격이 더럽다는 건 유명한가 보네. 그리고 저 녀석은 정령계에서도 저러는 건가. 친구가 없겠어. 게다가 비아냥거린다고? 즉 「이렇게 약해빠진 혼정이 짐의 대관이니라!」 같은 소리를 하며 다른 정령들을 조롱해댄다는 거지? 우와아…… 우와아.

"하던 이야기를, 계속할게. 그래서, 나는, 약하고, 대왕님의 대관이고, 군사니까…… 절대, 소환될 일, 없다고, 생각했어. 하지만, 오늘, 소환됐어."

"아하. 그래서 흥분한 거구나."

"응. 하지만, 이유는 끄게 전부가 아냐. 세컨드 씨도, 이유."

"내가?"

"응…… 후훗."

"왜 그래?"

"후후후훗!"

윈필드는 입가에 손을 대며 미소를 감췄다. 그리고, 뭐가 그렇게 재미있는지, 웃음을 흘리면서 놀라운 말을 입에 담았다.

"이렇게 강한 『장기말』, 을 다루는 건, 처음이야."

등골을 타고 오한이 흘렀다. 별것 아닌 말이지만, 그 말에 담긴 박력이 어마어마했다.

—장기말. 윈필드는 나를 장기말로 여긴다. 그것은 이제부터 펼쳐질 정쟁(政爭)이, 윈필드에게 있어서는 장기나 체스 같은 『유희』라는 사실을 가리킨다.

맙소사. 당치도 않은 녀석이다. 이런 녀석을 믿어도 되는 걸까……. 그렇게 생각하는 게 당연한 상황일지도 모른다.

하지만…… 나는, 정반대되는 느낌을 받았다. 윈필드, 이 녀석은 신뢰해도 된다—고 생각한 것이다.

왜냐하면, 다름 아닌 내가, 이 세상을 『유희』라고 여기고 있는 것이다. 아니, 그렇게 여길 수밖에 없다.

……이해한다. 윈필드의 감각을 손에 잡힐 듯이 알 수 있다. 너도 그렇지? 유희라고 여길 수밖에 없는 거지? 그리고 나에게서 그 그림자를 본 거야. 그러니 내 앞에서 나를 장기말이라고 말한 거야. 안 그래?

내가 마음속으로 던진 질문을, 윈필드는 환히 웃으면서 긍정했다.

"하하하핫!"

무심코, 웃고 말았다. 나와 이 녀석은 닮았다. 그것이 이렇게 재미있고 기쁜 일일 줄이야. 지금, 나와 윈필드의 마음은 하나로 포개졌다.

"후후훗!"

"하하, 하하하!"

이래서야, 웃을 수밖에 없다고.

우리는 한참을 함께 웃음 후, 퍼뜩 정신을 차렸다. 그러고 보니 주용한 이야기를 나누던 도중이었다.

"우선순위라고 했지?"

"응. 우선, 세뇌마술. 다음이, 제2왕자."

"잠깐만 있어 봐. 세뇌마술의 습득 방법을 공유하겠어."

"응."

나는 공작의 편지를 인벤토리에서 꺼낸 후, 그 내용을 간결하게 전했다.

"으음…… 암살술을 지닌 노예로부터 공격을 300번 당한다는 게 습득조건이지."

"아, 그럼, 오늘 안에 익힐 수, 있어. 내일 오후에 제2왕자를, 찾아가자."

"잠깐만 있어 봐. 방금 오늘 안이라고 했어? 그리고 이건 모순되는 거 아냐? 노예는 주인을 공격 못 한다고."

노예는 주인을 공격할 수 없다. 그렇다고 유카리처럼 탈옥시키면, 노예가 아니게 되니 조건을 충족시킬 수 없다.

내가 생각한 방법은 하나뿐이다. 나 이외의 누군가에게 【암살술】을 지닌 노예를 예속시킨 후, 나에게 공격을 지시하는 것이다. 하지만 유카리처럼 【암살술】을 지닌 노예는 흔하지 않다. 그렇다고 노예에게 【암살술】을 가르치려 해도, 그 습득조건 중 하나가 PK, 즉 「사람을 죽인다」이기에 내키지 않는다. 그러니 나는 「성가시다」는 핑계를 대며 《세뇌마술》의 습득을 미룬 것이다.

그런데, 뭐? 오늘 안에 익힐 수 있어? 맙소사! 윈필드 만만세네.

"저기, 마스터의 부하 중에, 이브라는 애가, 암살술을 쓸 수, 있거든."

"우왓! 더는 말하지 마! 이해했다고!"

윈필드가 어째서 유카리의 부하가 지닌 스킬까지 파악하고 있는 건지는 제쳐두기로 하고, 《세뇌마술》의 손쉬운 습득 방법은 이해했다. 나이스 힌트다.

"유카리가 계마실조종술로 그 이브를 조종해서, 나를 공격하게 하는 거지?"

"응~. 정답."

좋았어. 【실조종술】 중에서도 《계마실조종술》을 쓰면, 일정시간 동안 인간을 인형처럼 조종할 수 있다. 이 스킬을 이용해 유카리에게 이브를 조종하게 하면, 이브는 유카리의 장비로 취급되면서 예속계약과 상관없이 나를 공격할 수 있을 것이다. 내가 힌트를 듣고 답을 찾아내긴 했지만, 정말 약아빠진 방법인걸.

하지만 윈필드는 내가 습득조건을 알려주자마자 이 방법에 생각이 미친 거지? ……완전 비정상 아냐? 물론 좋은 의미에서 말이야.

"그럼, 익히러, 가자."

우리는 발코니를 벗어난 후, 하인용 저택으로 향했다.

유카리가 「호숫가 저택에서 기다려 주세요!」하고 급히 연락을 해왔지만 「산책을 겸해 하인들을 살펴보겠어」하고 대꾸했다. 하인의 숫자가 꽤 늘어난 것 같으니, 주인인 내가 한 번쯤은 얼굴을 비춰야겠다고 생각한 것이다.

나는 가을 정취가 물씬 풍기는 길을 윈필드와 단둘이서 걸었다. 우리 집의 부지 안인데도 이렇게 한참을 걸어야 한다는 게 좀 그랬지만, 단풍으로 물든 나무들이 자아내는 정취 있는 풍경을 보니 「사기 잘했다」는 생각이 들었다.

"정령에게도 성별이 있어?"

걸음을 옮기던 나는 문득 신경이 쓰인 점에 관해 물어봤다.

"있어. 정확하게는 자유롭게 정할 수 있지. 참고로 나는 여자야."

맙소사. 자유롭게 정할 수 있구나. 즉, 앙골모아는 아직 정하지 않은 거네.

"실은, 방금, 여자로 정했어."

"흐음. 이유가 뭐야?"

"후훗, 비밀이야."

윈필드는 의미심장하게 웃더니, 검지를 입술에 댔다.

그 모습을 보니, 가슴이 두근거렸다.

"주, 주주주, 줏, 주주, 주인⋯⋯?!"

아, 주주주 별 사람이네. 처음 봤어.

"주, 주, 주인님?! 주인님께서 무슨 일로 이 누추한 곳에⋯⋯?!"

나와 윈필드가 하인용 저택에 도착하자, 정원을 걷고 있던 메이드 중 한 명이 우리를 보자마자 입을 쩍 벌리며 경악에 찬 목소리로 그렇게 외쳤다. 나를 희귀 동물처럼 여기는 걸까?

"이브한테 볼일이 있는데⋯⋯ 뭐, 됐어. 하인이 모여 있을 만한 장소를 알려줄래?"

나는 하인들과 가볍게 인사를 나눌까 싶어서, 별 생각 없이 그렇게 물었다.

"아, 현재, 시, 식당에서, 대장급들이 휴식 시간을 가지고 있답니다! 아, 안내, 해드리겠습니다!"

메이드는 차려자세를 취하더니, 더듬거리면서 설명을 마친 후, 녹슨 로봇처럼 어색한 움직임으로 우리를 식당으로 안내했다. 너무 긴장한 것 같아서 안쓰러울 정도였다. 나는 그녀의 긴장을 풀어주기 위해 잡담을 나누려 했다.

"이름이 어떻게 되지?"

"마, 마리나라고 합니다. 에스 부대의, 부, 부대장입니다!"

"흐음~."

에스 부대가 뭘까? 하고 생각한 순간, 윈필드가 나에게 귓속말로 설명을 해줬다. 유카리가 처음에 데려온 열 명의 메이드가 각각 대장을 맡아 이끄는 부대 중 하나라고 한다. 각 부대에는 열 명 이상의 대원이 속해 있는 것 같았다. 어, 그럼 방금 이 집의 메이드는 백 명이 넘는다는 거야? 많이 늘었는걸…… 하고 생각했지만, 이 광대한 집을 관리하려면 그 정도로도 부족할지도 모른다.

"마리나. 긴장하지 않는 방법을 가르쳐줄까?"

"그, 그게…… 죄, 죄송합니다. 제제, 제가, 이렇게, 긴장할 줄은……."

"우왓! 아, 미안해. 딱히 꾸짖는 건 아냐."

마리나는 금방이라도 울음을 터뜨릴 듯한 표정으로 사과했다. 긴 금발과 쭉 찢어진 눈을 보면 『드세어 보이는 상류층 아가씨』 같지만, 의외로 심약한 애 같았다.

"웬만한 녀석들은 평소와 다른 상황에선 자기 실력을 제대로 발휘하지 못해. 대책을 준비하지 않는다면 말이야."

"……대, 대책, 인가요?"

"그래. 기도, 자기 암시, 반복 일과. 뭐, 사람에 따라 다르지."

이것만은 스스로에게 맞는 방법을 찾을 수밖에 없다.

"하지만 어느 날, 나는 눈치챘어. 평상심을 유지하려 하거나, 가지고 있는 힘을 전부 발휘하자고 생각하는 것 자체가 잡념이란 걸 말이야. 평상심, 집중력, 컨디션, 심기체를 완전히 갖추면서 그것들을 능가하기 위해선, 몰입할 수밖에 없어."

"몰입……?"

"그래. 즉, 각오를 하는 거지. 어떤 분야에 미쳐버리겠다는 각오 말이야. 침을 질질 흘리거나, 오줌을 싸더라도 관두지 않겠다는 각오야. 다시는 원래대로 되돌아가지 못할 만큼 몰입해. 자신의 모든 것을 쏟아붓는 거야. 그러면 긴장 같은 건 사라질걸?"

마리나는 눈을 동그랗게 뜨면서 감탄한 듯이 내 이야기에 귀를 기울였다. 바로 그때, 윈필드가 약간 어이없다는 표정을 지으며 딴죽을 날렸다.

"세컨드 씨. 그건, 중요한 순간이 아니면, 무리, 아냐?"

"당연하지. 항상 그랬다간 지쳐서 아무것도 못하거든."

"그럴 거야~."

"…………네?"

마리나는 어리둥절한 표정을 지었다. 그리고 곧 눈치챘다. 「나, 혹시 놀림을 당한 거야?」 하고 말이다.

"놀린 건, 아닐, 거야. 그래도, 긴장이, 풀렸지?"

윈필드는 상냥한 미소를 머금으며 그렇게 말했다. 그러자 마리나는 퍼뜩 놀라더니, 「감사합니다」 하고 말하며 공손히 고개를 숙였다.

"저기가 식당이구나."

복도 끝에서 맛있는 냄새가 풍겨왔다. 그리고 시끌벅적한 소리도 들렸다. 식당의 이런 분위기는 참 좋다니깐. 밥 먹은지 얼마 안 됐는데, 또 먹고 싶어져.

"주, 주인님께서 오셨습니다!"

나보다 먼저 식당에 들어간 마리나가 큰 목소리로 그렇게 보고했다.

한순간 정적이 흐른 직후— 식당 안에 소란스러워졌다.

덜컹덜컹! 하며 의자가 쓰러지는 소리가 들리더니, 식당 안에 있던 열 명 가량의 하인들이 일제히 자리에서 일어나며 나를 향해 고개를 숙였다. 어이, 나는 왕족이 아니라고…….

"식사 중인데 방해해서 미안해. 나는 신경 쓰지 말고 밥 계속 먹어."

……다들 미동도 하지 않았다. 대체 왜 이러는 거지.

"어이, 밥이 식는다고."

내가 그렇게 말하자, 그제야 고개를 들었다. 가장 먼저 고개를 든 것은 머리카락과 피부가 새하얗고 눈동자가 붉은색인 메이드였으며, 다음은 주방장 복장을 한 퍼석퍼석한 머리카락의 아저씨였다.

"식사를 하시죠. 세컨드 님에게 괜한 심려를 끼쳐선 안 됩니다."

어이쿠, 가장 안쪽에는 큐베로도 있었다. 집사답게, 하인들을 통솔 담당인 건가? 저 성실한 모습을 보니 학급 반장 같은 분위기네.

학급 반장의 한 마디에, 다들 자리에 앉았다. 하지만…… 왠지 상갓집 같은 분위기다. 다들 입 한 번 뻥긋하지 않았다.

"으음…… 너, 이름이 어떻게 돼?"

나는 노골적으로 시선을 맞추지 않으려 하는 새하얀 메이드를 무시한 후, 주방장 옷차림의 남자에게 말을 걸었다.

"소브라라고 합니다. 요리장을 맡고 있습니다."

"반말해도 돼."

"노, 농담이 과하십니다."

"농담이 아냐. 어라? 너, 담배 피워?"

"아, 네. 끊는 편이……."

"아냐. 괜찮아. 식사 마치면 같이 한 대 피우러 갈까?"

"하, 하하! 감사합니다. 정말 반가운 제안이군요."

뫼비온에는 MMORPG치고는 드물게 기호품으로서 담배가 존재했다. 게다가 꽤 신경을 썼다. 가공의 메이커가 스무 개 이상 존재하며, 담뱃잎의 산지에 따른 특색 등도 세세하게 설정되어 있다. 아마 개발자 중 누군가가 상당한 담배 애호가였을 것이다.

그리고 소브라와 잡담을 나누다보니, 부자연스러울 정도로 존댓말을 쓰지는 않게 됐다.

"어? 너, 한 접시로 충분한 거야?"

그러던 와중, 문득 눈이 간 이는 우락부락한 근육질에…… 화장을 진하게 한 남자였다.

"어, 어머. 저는 배불러요~."

"헛소리 마. 평소에는 이것의 세 배는 먹잖아."

"너, 너무해, 소브라!"

아하, 내 앞이라서 식사량을 조절하는 건가.

"사양하지 말고 얼마든지 먹어. 이름이 어떻게 돼?"

"릴리라고 합니다, 세컨드 님, 수석 정원사를 맡고 있습니다."

"무리해서 존댓말을 쓰지 않아도 돼. 다른 사람들도 마찬가지야. 필요할 때 말고는, 편한 말투를 써도 돼."

내가 그렇게 말하자, 그들은 인상을 쓰는 이와 기뻐하는 이로 나뉘었다. 전자는 대부분의 메이드와 큐베로였고, 후자는 소브라와 릴리, 그리고 갈색 머리를 올백 스타일로 넘긴 양아치 느낌의 남자, 세미롱 스타일의 붉은 머리카락을 지닌 날카로운 눈매의 메이드였다. 으음, 유심히 보니 다들 개성적인걸.

"그건 그렇고 릴리는 근육이 끝내주는걸. 마치 예술품 같아."

"콩닥~!!"

"……어?"

근육을 칭찬해주자, 릴리는 괴상한 소리를 외치며 굳어버렸다. 기분 탓일지도 모르지만, 릴리의 눈에 하트가 떠오른 것처럼 보였다.

"나…… 나! 이 몸이 콤플렉스였어! 하지만! 하지만! 이제는, 아냐! 앞으로는 완전 궁극 보디를 목표로 단련할래~!"

릴리는 굵은 목소리와 언밸런스한 말투로 결의표명을 했다. 그리고 나를 돌아보더니, 홍조를 띠며 말을 이었다.

"지켜봐줘, 사랑하는 세컨드 님. 나는 꼭 나비가 될 거야……!"

그리고 영문 모를 소리를 남기고 사라졌다.

"……저 녀석, 평소에도 저래?"

"아뇨. 평소에는 상냥한 언니 같은 느낌인데……."

내 중얼거림에 답한 건, 붉은 머리카락을 사이드포니 스타일로 묶은 상냥한 인상의 메이드였다.

"그렇구나. 다행이네. 너는 이름이 뭐야?"

"에스라고 합니다. 그리고 이쪽은 언니인 엘이에요."

"으, 응. 내가 엘, 이에요. 잘 부탁해, 주인님."

"그래. 잘 부탁해. 그건 그렇고 말투가 이상한걸. 반말과 존댓말 중에 하나만 골라."

"그게, 반말을 쓰려니 긴장되어서……."

그렇게 말하며 머리를 긁적인 언니 쪽은 아까 편한 말을 써도 된다는 말을 듣고 기뻐했던 세미롱 스타일의 붉은 머리카락을 지닌 여자애였다. 여자애 같은 느낌인 동생과 달리, 외모와 말투만 봐도 꽤 드세어 보였다.

"그러고 보니 여기까지 안내해준 마리나는 에스의 부하였지. 그 녀석한테는 긴장하지 않는 방법을 가르쳐줬거든. 나중에 물어봐."

"어, 그런 방법이 있는 거야?! 대단하네."

"역시 주인님은 대단하세요."

……왠지 룸살롱에 온 것 같은 기분이다. 무슨 말을 하든 상대방

이 칭찬을 해줬다. 아무래도 내 이야기는 하지 않는 편이 좋을 것 같은걸.

"너희는 평소에 뭘 하지?"

"부대에 따라 달라요. 제 부대는 각종 시중과 청소 관련 수련, 그리고 공부에 힘쓰고 있죠."

"우리 부대는 주로 전투를 해! 던전에 가서 수행하거나, 대련 형식으로 훈련도 하거든."

"흐음, 부대마다 다르구나…… 어? 전투? 메이드가 전투?"

"응. 완전 무투파 메이드야."

"무투파 메이드…… 멋진걸!"

"오오, 알아주는구나! 역시 주인님이야!"

싸우는 메이드라. 멋진걸. 낭만이 있어. 무엇보다 눈길을 모으는 점이 좋아. 메이드복을 입고 타이틀전에 나간다면 엄청 주목받겠지.

"얼마나 강한지 궁금한걸. 시험해보고 싶네."

"나 말이야? ……대국이라도 해볼래?"

오, 혈기왕성한걸. 좋네.

"관두는 편이 나을 겁니다."

내가 그런 생각을 하고 있을 때, 반장 격인 큐베로가 말렸다.

"왜야? 내 마음 아냐?"

엘이 따졌다. 하지만 큐베로는 개의치 않으며 말을 이었다.

"……어젯밤, 제가 세컨드 님에게 도전했으니까요."

식당 안이 술렁거렸다. 그럴 만도 해. 평소 진지한 반장이 밤마다

학교 창문을 깨고 다니는 격이니 말이다. 그리고 큐베로는 또 폭탄을 던졌다.

"저는 체술 유단자입니다. 예전에는 이 주먹을 인정받아서 의적의 부두목이 됐죠."

다들 깜짝 놀랐다. 그럴 만도 해. 성실한 반장인 줄 알았는데, 실은 폭주족 두목이었던 거나 다름없잖아.

"……승부는 순식간에 갈렸습니다. 저는 어떤 스킬에 당했는지도 모른 채, 두들겨 맞고 몇 미터를 날아갔죠."

"정말이야!? 체술 유단자인데?!"

"네. 제 생각입니다만, 스킬을 쓴 게 아니라 그냥 두들겨 팼을 뿐…… 아닙니까?"

"아, 맞아. 그냥 때린 거야."

내가 그렇게 대꾸하자, 그 말을 들은 이들 전원이 경악했다.

【검술】 스킬 대부분을 9단까지 올린 내 STR로 스킬을 써서 공격했다간 죽을 수도 있거든. 어쩔 수 없다고.

"차원이 다른 거죠. 도전할 거라면, 그에 상응하는 각오가 필요할 겁니다."

큐베로는 말을 마치더니, 만족한 것처럼 미소를 머금었다. 각오를 보인 남자의 여유라는 걸까.

"우와~. 주인님은 장난 아니네. 이거, 우리 부대도 더 열심히 수련해야겠는걸……."

이 대화 때문에 엘 부대에 속한 메이드들은 고생문이 열린 것 같았다. 나는 잘못 없어. 원망할 거면 큐베로를 원망하라고.

"마스터가 왔어."

아무래도 유카리가 곧 도착하는 것 같았다. 윈필드 안내는 신뢰도 100%다.

"—주인님, 이쪽으로 오시죠. 이브, 당신도 따라오세요."

역시 왔다. 자, 드디어 《세뇌마술》을 습득하도록 할까.

나는 「그럼 다음에 또 봐」 하고 말하며 식당을 나섰다. 다들 웃으면서 나를 배웅했다. 소브라에게는 다음에 같이 담배를 피우자는 제스처를 보냈다.

내 세 걸음 뒤편에서 따라오고 있는 건, 한사코 눈을 맞추지 않으려고 하던 그 새하얀 메이드였다. 힐끔 쳐다보면 시선이 꼭 마주쳤지만, 그녀는 즉시 시선을 피했다. 볼도 약간 붉힌 것 같지만, 얼굴은 무표정 그 자체였다. 아무래도 그녀가 이브 같았다.

"이브 씨, 아무래도, 말주변 없고, 낯가림이, 심한 것 같아."

윈필드는 그렇게 분석했다. 어딘가 통하는 부분이 있는 걸지도 모른다. 아니, 윈필드는 말주변이 없는 게 아니라 말 자체가 서툴 뿐인가. 하는 말은 하나같이 핵심만 찔러댈 만큼 농밀하니 말이다.

"이런 타입은, 상대방이 먼저 말하게 한 다음, 천천~히, 시간을 들이며, 이야기를 들어주면, 오케이."

공략법까지 알려줬다. 대단하네. ^{윈사이클로피디아} 백과정령라고 불러야지.

"⋯⋯어? 이상한, 생각했어?"

"어떻게 아는 거야⋯⋯."

이 정령, 무섭네.

"주인님. 여기라면 아무도 보지 못할 겁니다. 개인적으로는 마음이 아프지만⋯⋯ 필요하다면, 실행에 옮기도록 하겠습니다."

한동안 걸어간 끝에 도착한 곳은 하인용 저택에 있는 어둑어둑한 지하실이었다. 왜 지하실에 온 거지?

그리고 유카리는 진지한 표정으로 그렇게 말했다. 하지만 그 어조는 이제부터 나쁜 짓이라도 하려는 사람 같았다.

"이브, 당신은 눈가리개를 하세요."

"아⋯⋯ 어, 어⋯⋯?"

왜 눈가리개를 하라는 거지? 그것보다 방금 반응을 보면 이제부터 뭘 하게 될지 모르는 거 아냐?

"이건 아까 전문점에서 가져온 아프지 않은 채찍입니다. 이거라면 고통을 느끼지 않으며 안전하게 목적을 달성할 수 있을 테죠."

어어⋯⋯ 다른 건 없었던 것이옵니까? 그것보다 전문점에 갔다고? 너, 일부러 거기 가서 이걸 구해온 거지?

"그럼 시작하겠습니다."

유카리는 실을 조종해, 이브에게 《계마실조종술》을 썼다. 원래라면 타인이나 인형을 조종해 공격하는 스킬이지만, 지금은 눈가리개를 한 탓에 상황을 모른 채 우왕좌왕하고 있는 여자애를 옭아매서 즐기고 있는 것처럼 보였다.

"스, 스피디하게 부탁해."

"네."

몰래 그런 부탁을 하자, 유카리는 환한 미소를 지었다.

……그로부터 약 한 시간 동안, 나는 갈색 미녀와 장신의 미녀가 지켜보는 가운데, 눈가리개를 한 소녀에게 300번 채찍질을 당했다.

의외로 나쁘지 않네.

$$\diamond\diamond\diamond$$

"형님~. 엘퍼플의 편자 말인데— 어라?"

세컨드가 돌아간 직후, 마구간지기인 플룸이 식당에 나타났다. 형님 격인 저스트를 찾아온 것 같았다.

"왠지…… 엄청 조용하네요."

전에도 이 시간대에 이곳을 방문한 적 있는 플룸이기에 위화감을 눈치챌 수 있었다. 확실히 식당은 평소와 다르게 조용했다.

"아, 플룸이구나. 방금, 세컨드 님이 이곳을 찾으셨어."

"정말요?! 주인님이요?!"

"그래. 그리고 한동안 우리와 잡담을 나눠주셨지……. 이야, 최고야."

"우와~, 형님의 이렇게 늘어진 표정은 처음 봐……."

플룸은 저스트한테서 눈을 떼더니, 식당 안을 둘러보았다. 식당 안에는 행복한 표정을 짓고 있는 대장급 메이드 몇 명, 그리고 담배를 쳐다보며 히죽거리는 요리장 소브라가 있었다.

"소브라 형은 왜 저러는 거예요?"

"칭찬받아서 우쭐한 거야. 한동안은 아무짝에도 쓸모없겠네."

"야, 저스트! 다 들린다고!"

"우왓! 미안해요, 형!"

저스트는 반사적으로 사과했다. 플룸도 같이 사과하자, 바로 용서해줬다.

"우와, 소브라 형은 진짜 기분 좋아 보이네요."

"그래. 평소 같으면 한 시간짜리 설교 코스인데 말이지."

두 사람은 몰래 수군거렸다. 확실히 소브라는 이상해졌다. 아니, 식당에 있는 이들 전원이 크건 적건 평소와 달라 보였다.

넉 달 만에 주인과 함께 시간을 보낸 것이다. 다들 이 순간을 고대해왔지만, 아직 마음의 준비가 되지 않을 상태에서의 서프라이즈 대면은 파괴력이 어마어마했다.

"……다들 그 사람을 정말 좋아하는 거야."

저스트는 그렇게 중얼거렸다. 식당에 있는 이들 모두가 마음 속에서 샘솟는 강렬한 감정을 맛보고 있었다.

"그래도 형님은 평소와 별반 다르지 않네요. 역시 형님은 대단해요!"

"아, 나는…… 대화는 나누지 못했거든……."

"아……."

"인마! 뭘 다 알겠다는 듯한 반응을 보이는 거냐고!"

"히이익! 잘못했습니다!"

"쳇, 깔보지 말란 말이야. 플룸 너, 요즘 들어 해이해진 것 같다? 기초부터 다시 교육받고 싶냐?"

"으윽! 그것만은 봐주세요!"

"봐줄 수야 없지."

"히이이이익!"

◇◇◇

저녁 식사 후, 나는 약속을 지키기 위해 하인용 저택 안쪽에 있는 주방 뒤편으로 향했다.

"어이, 소브라 있어?"

"아앙? 이 바쁜 시간에 누가…… 세, 세세세, 세컨드 님?!"

나를 본 요리사 중 한 명은 눈알이 튀어나올 것만 같을 정도로 놀라며 고함을 질렀다. 그 뒤를 이어 주방 전체가 소란에 휩싸였다. 내 말에 대꾸했던 녀석은 점핑 넙죽 엎드리기를 선보였다. 안되어 보여서 일으켜주자, 이번에는 울음을 터뜨렸다. 이러지도 저러지도 못하겠다.

"아, 안녕. 방해해서 미안해."

몇 초 후, 안쪽에서 퍼석퍼석한 머리와 더벅수염을 지닌 아저씨 요리장 소브라가 헐레벌떡 뛰어왔다.

"바쁠 때 찾아와서 미안해. 나중에 다시 올까?"

"아, 아뇨! 괜찮습니다!"

소브라는 급히 가슴 호주머니에서 담배를 꺼냈다.『카라메리아』……? 처음 보는 메이커인걸.

"실은 오래간만에 담배를 피우는 거야."

함께 흡연 장소로 걸어가며 말했다. 「이 세상에 와서 처음으로 피우는 담배다」 하고 솔직하게 말할 수는 없기에, 그렇게 둘러댔다.

과거의 일본 사회에는 담배 커뮤니케이션이라는 말이 있었다. 확실히 담배를 구실로 삼으면 처음 만난 이와도 이야기를 나누기 쉬운 것 같았다. 뭐, 나는 이 나이가 되도록 사회에 나가본 적이 없어서, 그 문화가 어떤 건지 정확히는 모르겠지만 말이다.

"그렇군요. 이 녀석은 꽤 괜찮죠."

소브라는 내 말을 듣더니, 자랑하듯 자기 담뱃갑을 톡톡 두드렸다. 어떻게 좋은지 궁금했지만, 물어보지 않았다.

"흐음. 뭐, 나는 항상 이거지만 말이야."

"하하하, 이해합니다. 담배에는 취향 같은 게 있으니까요."

에이, 취향 말고 또 뭐가 있다면 알려줬으면 한다. 뫼비온에서 담배는 「멋부리기 전용 아이템」이다. 원래 버추얼이니 당연하겠지만, 타르나 니코틴 같은 걸 신경 쓸 필요가 없다. 그저 「담배는 좀 멋지네」라고 여기는 사람을 위한 패션 아이템이다.

그런 내 담배는 『하츠세』다. 아까 메이드에게 부탁해 왕도의 담뱃가게에 가서 사다 달라고 했다. 하츠세를 고른 이유? 그야 이름이 멋져서지.

"자."

"오오, 하츠세. 느낌 있군요."

재털이가 놓인 장소에 온 나는 하츠세를 하나 꺼내 입에 물었다. 느낌 있다는 말을 들으니 기분이 좋다. 대답 대신 히죽 웃어 보이자, 갑자기 담뱃잎의 향긋한 냄새가 퍼져나갔다. 어라, 뭔가, 위화감이……? 뭐, 됐어. 불을 붙여야지.

"—쿨럭! 쿨럭! 어엇?!"

푸앗! 이게 뭐야!!

"하하하, 너무 오래간만이었던 것 아닌가요?"

소브라는 그렇게 말하더니, 담배 연기를 들이마시며 웃었다.

……자, 잠깐만. 이건 진짜 담배인가? 나는 진짜 담배를 피운 적이 없어서 몰랐지만, 손가락 사이에 끼운 이건 지금까지 내가 접했던 뫼비온의 아이템 「담배」와 전혀 다르다는 건 알 수 있다. 목도 아프고, 연기도 맵고, 냄새도 심하거든. 이게 뭐야. 으음…… 담배는 진짜가 된 거야?

"……아~, 무리네. 체질이 변했나 봐."

"어라라, 그런가요."

나는 대충 얼버무린 후, 하츠세의 불을 껐다. 뫼비온이 변해버렸구나. 왠지 조금 슬퍼.

"어……? 네 담배는 좀 다르네? 냄새가 그렇게 독하지 않아."

"아, 이거 말인가요? 지금 왕도에서 인기 있는 메이커예요."

"카라메리아?"

"네, 엄청 고급스러운 연기죠? 이제까지의 담배와는 다르죠. 게다가 기분도 확 좋아지면서, 의욕이 샘솟는다니까요."

"그렇구나. 그럼 샘솟은 의욕만큼 더 힘내줘. 그리고 언젠가 나에게 맛있는 음식을 대접해달라고."

"하하하, 과분한 말씀입니다."

"나는 맛있는 돈까스 덮밥을 먹고 싶어. 그러니까 서민 느낌의 요리로 부탁해. 하지만 유카리가 잔소리를 할 테니까, 귀족 느낌 나는 요리의 공부도 하면서 서민 요리에도 힘써줬으면 해."

"……아하, 나한테 죽으라고 말하는 거군요. 하하, 기쁜 마음으로 죽어드리죠!"

"하하하. 너무 부담 가지지는 마."

그 후, 우리는 5분 정도 수다를 떨었다. 꽤 친분을 쌓았다고 생각한다. 소브라는 점심때 이야기를 나눴을 때보다 텐션이 높았다. 으음, 담배 커뮤니케이션은 참 효과적인걸.

"으음, 오늘 예정은, 오전 중에 마스터의 진척을, 체크. 오후에 제2왕자를 찾아가, 인사하기. 오케이?"

"오케이."

다음 날 아침, 식사 전에 윈필드에게서 오늘 일정을 들었다.

단 하루 만에 비서 위치를 손에 넣어서 기분이 좋아진 윈필드지만, 이제까지 비서였던 유카리는 아무 말 없이 원망스러운 눈길로 나를 쳐다보았다. 무서우니까 어떻게 좀 해줘, 윈필드. 네 마스터 잖아.

"제대로, 이야기해봤어."

초능력 좀 그만 써. 심장에 나쁘다고……. 그리고 제대로 이야기를 나눈 결과가 이거라면 주먹다짐을 벌일 수밖에 없는 거 아냐?

좀 보라고. 완전 원한에 찬 귀신 같단 말이야.

"……어, 어라? 실비아와 에코는 어디 간 거야?"

그때 문득 눈치챘다. 아무리 기다려도 그 두 사람이 아침 식사 자리에 나타나지 않았다.

"두 사람에게, 임무를, 맡긴, 것이다."

"것이다…… 그런데, 어떤 임무야?"

"어떤 조직과, 접촉해달라, 같은 느낌?"

"느낌…… 그런데, 어떤 조직이야?"

"으음~. 뭐, 세컨드 씨는, 몰라도, 돼. 아니, 모르는 편이, 나을 거야."

"그렇게 말하니 더 신경 쓰이네."

조직? 길드인가? 그것보다 이유는 뭐지?

"전쟁이, 시작, 돼."

윈필드는 내 눈을 똑바로 쳐다보더니, 미소를 지으며 그렇게 말했다.

……놀이, 라. 이 녀석한테는 그 말 그대로의 의미겠지. 하지만 우리한테는, 다른 의미일 것이다.

"나를 써먹는 거잖아. 압승 못 하면 용서 안 할 거야."

"물론, 이야!"

진심으로 기쁜 듯한 표정으로 고개를 끄덕였다. 약 한나절만에 보는, 환한 미소였다.

"주인님. 이게 넉 달간의 성과입니다."

"어디어디."

아침 식사 후. 유카리가 보여준 것은 다양한 효과가 부여된 아이템이었다. 그렇다. 유카리는 이 넉 달 동안 『부여』에 도전한 것이다.

【대장장이】스킬인 《제작》과 《해체》, 그리고 《부여마술》, 이 세 가지의 랭크를 올려야 비로소 가능해지는 수라의 길이다. 그것이 부여인 것이다.

"이야…… 대단한걸."

"…………."

무심코 탄성을 터뜨렸다. 유카리는 아무 말 없이 무표정한 얼굴로 고개를 끄덕였지만, 뾰족한 엘프 귀는 의기양양한 듯이 쫑긋 서 있었다. 자신의 성과가 자랑스러운 것이리라.

그럴 만도 했다. 부여란 것은 꽤 인내심이 강한(자체 평가) 나도 피하고 싶어질 만큼 성가신 분야다.

구체적으로 설명하겠다. 부여는 기본적으로 「부여→해체→제작→부여」의 반복이다. 《부여마술》은 특정 아이템에 **랜덤**으로 어떤 효과를 부여하는 스킬이다. 즉, **노리는** 효과가 부여될 때까지 계속 **실패**를 반복한다. 당연히, 효과가 부여되지 않아 실패하는 경우도 있다. 아니, 그럴 때가 더 많다. 그리고 부여에 실패할 경우, 혹은 노리는 효과가 부여되지 않았을 경우, 그 장비를 《해체》해서 소재로 되돌린다. 그리고 그 소재를 써서 또 《제작》을 하고, 그 다음에 《부여마술》을 걸며, 실패하고, 해체, 제작, 부여, 실패, 해체……를 끝도 없이 반복할 필요가 있다.

물론, 《해체》를 통해 투자한 소재를 온전히 되찾지는 못한다. 그러니 《제작》에 필요한 소재를 조달해야 하며, 실패하면 할수록 소재비가 늘어만 간다.

이번에는 실비아와 에코가 린프트파트 던전에서 가져온 소재만 써서 시험 삼아 부여를 해보라고 지시를 했기 때문에, 소재비가 들지 않았다. 그 대신 완성된 부여 장비는 을등급 수준이다. 즉, 로 리스크 로 리턴이다. 갑등급 소재로 한다면, 상상을 초월할 정도로 힘들 것이다.

내가 하고 싶은 말이 뭐냐면, 나는 그다지 기대하지 않았다. 하지만…… 역시 성장 타입 「대장장이」 답다고나 할까. 내 예상 이상의 결과물을 만들어냈다.

유카리가 넉 달 동안의 성과라며 자랑한 아이템은 총 세 개다.

우선 하나는 『동굴곰 암갑지화(岩甲之靴)』라는 다리 장비다. 린프트파트의 보스인 암석거북에게서 얻을 수 있는 소재로 제작할 수 있는 암갑 시리즈의 신발이다. 아이템 명칭의 앞에 붙어있는 『동굴곰』이 부여된 효과를 가리킨다. 효과는 「착용자의 VIT가 150%」이며, 단순하면서도 강력한 효과다.

다음은 『동굴곰 암갑지개(岩甲之鎧)』다. 이것 또안 동굴곰 장비다. 동굴곰이 부여된 방어구는 방패 역할에게 매우 적합하다. 즉, 에코에게 딱 맞는 장비인 것이다.

그리고 마지막이 『각교환 갑라(甲羅)의 피어스』다. 이 『각교환』의

효과는 「착용자의 크리티컬 발생률이 5% 상승」이며, 언뜻 보면 별 것 아닌 효과다. 하지만 실은 이 각교환은 폐인 플레이어들이 애용하는 부여 효과다.

뫼비온의 장비는 무기, 머리, 몸통, 발, 손, 다리, 이렇게 여섯 종류이며, 액세서리는 팔, 손가락, 귀, 목, 이렇게 네 부위에 장착할 수 있다. 합계 열 종류, 그 전부에 각교환을 부여하면 「크리티컬 발생률 50% 상승」이 된다. 그렇다. 거기에 자신의 스테이터스에 따른 수치를 가산하면, 「크리티컬 발생률 100%」가 실현되는 경우가 있다. 이처럼 각교환은 낭만 넘치는 부여 효과다.

"유카리."

"네."

"최고야."

"감사합니다."

그렇다. 최고란 말 이외에는 할 수가 없다. 넉 달 만에 세 가지나 만들어낸 것이다. 이대로 계속 부여를 해줬으면 한다. 나는 동굴곰 장비 두 개를 에코에게, 각교환 피어스를 실비아에게 건네주라고 부탁했다. 왠지 기분이 좋아 보이는 유카리는 쾌히 승낙했다.

"맞다. 유카리한테도 상을 줘야지."

나는 눈치챘다. 실비아와 에코에게만 뭔가를 주고 유카리한테만 아무것도 주지 않았다간, 불화가 발생할지도 모른다.

"아뇨. 저는 이미 망할 여, 어험, 정령을 소환시켜주셨으니까요."

……이미 불화가 발생한 듯한 느낌도 들지만, 그래도 서둘러 손

을 쓰는 편이 좋을 것이다.

"그럼 부여에 대한 보수야. 평소 신세를 지고 있는데 대한 답례이기도 해. 혹시 희망하는 건 없어?"

"희망…… 뭐든, 괜찮을까요?"

"응? 당연히 괜찮지."

내가 그렇게 대답하자, 유카리의 눈이 갑자기 빛났다. 왠지 나쁜 짓을 꾸미는 듯한 느낌이 엄습했지만, 이미 때는 이미 늦었다. 그 직후, 충격적인 발언이 들려왔다.

"……그럼, 오늘 밤…… 제 방에서…… 저기, 기다리고 있겠습니다."

어…… 그 말은, 그러니까…………

"……그렇고 그런, 의미야?"

무심코 묻고 말았다. 유카리는 귀까지 새빨개진 채, 고개를 푹 숙이며 끄덕였다.

아름다운 흰색과 보라색이 섞인 긴 머리카락에 가려 표정은 보이지 않지만, 어렴풋이 보이는 입가는 왠지 부끄러워하듯 굳어 있었다. 이야기의 흐름상 나온 말이라고는 해도, 상당한 각오 끝에 한 말이라는 것을 알 수 있었다.

……그래. 그랬구나.

여자가 이런 말까지 하게 했잖아. 거부한다면 남자라고 할 수 없지.

"무슨 일이 있어도 꼭 가겠어."

나는 그렇게 전한 후, 그 자리를 벗어났다. 하지만 곧 점심시간이니 또 유카리와 얼굴을 마주할 것이다. 결국…… 점심 때는 음식

맛을 전혀 느끼지 못했다.

에필로그 샛길

오후. 집안일은 유카리에게 맡기고, 나와 윈필드는 세븐스테이오를 같이 타고 왕립 마술학교로 향했다. 제2왕자인 마인을 만나기 위해서다.

"저기, 왜 미리 연락을 취하지 않은 거야?"

그게 신경쓰인 나는 물어보기로 했다. 이번 방문은 놀랍게도 미리 연락을 하지 않았다. 왕자를 만나러 가는 건데 말이다. 나는 그 이유를 알 수 없었다.

"캐스탈 왕국보다, 지팡구가, 위. 란 어필."

"아……."

지팡구란 말, 오래간만에 들었어! 그러고 보니 그런 설정이었지. 당사자가 잊었을 만큼 미세한 정보도 이 녀석은 파악하고 있구나. 이 녀석이 소환된 지 아직 하루밖에 안 됐다는 게 믿기지 않아. 어제 실비아한테 들은 거겠지. 정보를 알아내는 게 매우 능숙한 것 같아. 항상 최고 효율로 필요한 정보만 흡수해야만 이게 가능할 것이다. 마치 걸어다니는 RTA다. ^{리얼타임 어택}

"감탄하고 있는데, 이런 소리해서 미안한데, 도착한 거 아냐?"

"응. 도착했어."

이 녀석의 초능력자 뺨치는 능력에도 이미 익숙해졌다.

우리는 세븐스테이오에서 내리지 않고, 그대로 교문에 들어갔다.

"꺄아!", "세컨드 님?!", "거짓말!", "어떻게 된 거야?!"

곳곳에서 비명…… 아니, 새된 환호성이 들려왔다. 주로 여학생들이 흥분한 표정으로 꺄아꺄아 거리고 있었으며, 아무도 내가 말에 탄 채 안에 들어온 것을 가지고 뭐라고 하지 않았다.

"있냐—?"

어쩔 수 없이 교정을 빙빙 돌며 「마인 있냐~?」 하고 계속 불러봤다. 그러자, 내가 마인을 찾고 있다는 걸 눈치챈 학생 몇 명이 건물 쪽으로 전력 질주를 했다.

……몇 분 후, 마인이 하얗게 질린 얼굴로 뛰어왔다.

"세컨드 씨?! 뭐 하는 거예요?!"

"말을 둘 장소가 없었거든."

"그렇다고 교정에 말을 타고 들어오면 어떻게 해요!"

오래간만에 만났지만 여전했다. 기쁜걸.

"저기, 차분하게 이야기를 나눌 장소는 없을까? 그리고 말을 어떻게 해야겠는데 말이야."

"차분, 어, 말, 어어? 저기, 너무 갑작스럽잖아요! 여기서 얌전히 기다려요!"

"서둘러~."

"정말! 오래간만에 만났는데! 하아~!"

마인은 한심한 소리를 하며 머리를 감싸 쥐더니, 학교 건물로 돌아갔다. 그리고 몇 초 후, 마인의 지시를 제2왕자의 메이드가 우리를 마구간으로 안내해줬다.

"현재 살롱을 수배하고 있습니다. 잠시만 기다려 주십시오."

정중히 예를 표하며 그렇게 말했다. 우리 메이드들과 달리 차분한걸. 이게 일류인가. 참고로 살롱이 뭔지 잘 몰라서 윈필드에게 물어보았다. 응접실 같은 것이라고 한다. 역시 백과정령이다.

"세컨드 씨! 너무하잖아요! 연락도 안 주고 찾아오지 않나, 말을 타고 학교에 들어오지 않나, 그뿐만 아니라 말을 타고 교정을 뛰어다녔잖아요!"

잠시 이동해서 살롱에 도착하자마자, 발끈한 마인이 불같이 화를 냈다.

나는 「미안해」 하고 대충 사과한 후, 오른손을 말아쥐고 앞으로 쑥 내밀었다.

"아············ 정말."

마인은 잠시 망설인 후, 마찬가지로 주먹을 내밀어서 나와 주먹을 맞댔다. 「에헤헤」 하고, 배시시 웃는 모습은 여전히 여자애 같아 보였다. 하지만 왕자다.

"어라, 이분은 누구시죠? 그리고 실비아 씨와 에코 씨가 안 보이네요⋯⋯."

기분이 좋아진 마인은 윈필드를 쳐다보며 말했다.

"이 녀석은 내 군사야. 윈필드라고 해."

"안녕~하세요, 잘 부탁해요~."

"아, 네. 잘 부탁해, 어, 군사?"

제2왕자는 군사라는 말을 듣고 눈이 콩알만해졌다. 하긴, 원래 온라인 게임 폐인 플레이어였던 나 같은 애보다 그쪽 분야에 더 정통할 테니 말이야.

"사람들을, 물려 주셨으면, 해요."

윈필드가 그렇게 말하자, 마인은 대기하고 있던 메이드를 쳐다보았다. 메이드는 「그럴 순 없습니다」 하고 말하며 고개를 저었다. 으음, 곤란하게 됐네. 윈필드가 다른 이들을 물러나게 해야 한다고 판단했다면, 그것은 꼭 필요한 행동일 것이다. 어떻게든 저 메이드가 지시에 따르게 해야 한다.

……아, 맞다.

"세뇌할까?"

나는 막 익힌 《세뇌마술》을 시험해보고 싶었기에, 작은 목소리로 물어봤다. 그러자 윈필드는 「안 돼」 하고 딱 잘라 말했다. 그리고 곧 그 이유를 말해줬다.

"아마, 세뇌 마술에는, 횟수 제한이, 있을 거야. 내 예상으로는, 네 번밖에, 못 써."

"…………진짜야?"

횟수 제한? 그것도 네 번? 어떻게 그렇게 어중간한 횟수만 쓸 수 있는 거지?

"마스터와, 모리스 상회 회장 필립. 그리고 고문으로 습득 방법을 실토하지 않도록, 자기 자신에게 한 번. 그리고 한 번을 다른 데 썼다가, 재상에게 걸려서, 공작가는 박살났어. 총 네 번, 아닐까 싶네."

아이신 공작가는 모반죄로 박살이 났다. 하지만 그것은 대외적인 이유일 것이다. 진짜 이유는 《세뇌마술》의 존재를 알고 두려움을 느낀 재상이 모략으로 공작가를 무너뜨린 걸지도 모른다.

전생의 뫼비온에서는 《세뇌마술》을 손에 넣은 발 모로 재상이 캐스탈 국왕인 바웰을 세뇌해서 캐스탈 왕국을 말베르 제국의 종속국으로 만들려고 하지만, 플레이어의 활약으로 재상이 타도된 후에 국왕의 세뇌도 풀린다는 스토리였다. MMORPG답게 대충 짠 느낌의 내용이다.

하지만 이 세상에서는 아직 국왕이 세뇌되지 않았다. 재상이 루시아 공작에게서 《세뇌마술》을 빼앗지 못한 것이다. 그것은 루시아 공작의 신중함 덕분이라고 할 수 있다. 주인에게 반항하는 노예를 받아들여 세뇌됐다는 것을 파악한 후에 노예에서 해방시켜 주는, 비정상적일 정도로 우수하고 선량한 자에게 그것이 계승될 수 있도록, 안 그래도 적은 사용 횟수 중에서 두 번이나 사용한 것만 봐도 그녀의 신중함을 짐작할 수 있다.

"지나치게 신중했을 가능성은……?"

공작은 힌트도 없는 상황에서 네 번이나 사용했다. 후계자에게 「네 번은 확실히 쓸 수 있다」라는 정보를 남겼다. 하지만 나는 이런 생각이 들었다. 「네 번이나」가 아니라 「네 번밖에」라면? 실은 횟수 제한 같은 게 없다면?

"그렇다면, 그것도, 러키. 하지만, 지금은 네 번만 쓸 수 있다고, 생각하는 게, 안전. 지금은 온존하는 편이, 나아."

지당하기 그지없는 말이다. 이 세상은 게임처럼 돌이킬 수 없다. 몇 번 쓸 수 있는지 시험해보자는 생각 자체가 부질없는 짓이다. 말로 표현할 수 없는 안타까움을 느끼며 한숨을 내쉰 후, 「심정은 무지무지 이해해」하고 위로도 해줬다. 이 정령은 참 좋은 정령이다.

"자. 그럼, 어쩔 수 없으니, 이대로, 이야기를 시작하죠."

괜찮은 걸까. 나와 마인은 의자에서 미끄러질 뻔 했다. 메이드도 약간 당혹스러운 표정을 지었다.

"으음~, 아, 우선 세컨드 씨의 희망부터, 말할게요. 세컨드 씨는, 마인 전하가, 왕위를 계승했으면 한대요."

"아, 그렇군요………… 네?"

"그러기 위해선, 제1왕자와, 제1왕비와, 재상이, 방해. 그러니, 궁지에 몰, 생각이에요."

"네엣?!"

마인은 그 느닷없는 폭탄 발언을 듣더니, 엉덩이를 의자에서 반쯤 들며 깜짝 놀랐다. 메이드는 눈이 콩알만 해졌다.

"하지만, 그 방해꾼 트리오를 해치우는 것만으로는 안 되지?"

"응. 아마, 민중이, 납득 안 해. 제1왕자파 사람들도, 제국의 공작원과 손잡고, 문제를 일으킬 거야."

"자, 자자자자자, 잠깐만요! 무슨 소리를 하는 거예요! 네, 무슨 소리냐고요!"

마인은 상황을 이해하지 못한 건지, 우리에게 설명을 요청했다. 한편 메이드는 두 손으로 귀를 막고 있었다. 자기가 들으면 안 되는 이야기라는 것을 알지만, 그래도 절대 나가지 않을 심산 같았다.

"네 이야기를 하는 거야. 어떻게 마인을 새로운 국왕으로 내정시키느냐는 이야기."

"저를요?! 국왕에?! 형님이 아니라……?"

"그래. 너도 싫지? 그 녀석이 국왕이 되면, 이 나라는 끝이야."

"……뭐, 뭐어, 그건 그럴지도 모르지만요. 하지만 제가 왕이 된다니……."

"우물쭈물하는 건 여전하네. 되고 싶은지 아닌지 확실히 말해."

"그야, 될 수 있다면 되고 싶어요. 하지만, 형님이……."

"하지만은 무슨. 국왕이 되고 싶긴 한 거지?"

"…………그, 그래요."

"좋아. 왕자가 두말하지 말라고."

"네."

"진심이야?"

"진심이니까 걱정하지 말아요. 그저…… 자신이 없을 뿐이에요."

"그래? 그럼 됐어. 자신 같은 건 알아서 생기는 법이거든."

"아하하. 세컨드 씨도 여전하네요."

좋아~. 언질은 받았어. 남은 건 왕이 될 방법이야.

내가 윈필드를 힐끔 쳐다보자, 그녀는 빙그레 웃으며 입을 열었다.

"세 가지 방법을, 쓸 거야. 우선 첫 번째부터 설명, 할게."

윈필드는 손가락 세 개를 세우더니, 작전 내용을 이야기하기 시작했다. 아무래도 윈필드는 중지와 검지와 엄지를 세우는 타입 같앉다. 참고로 나는 중지, 약지, 소지 타입이다. 숫자를 셀 때는 엄지가 접혀 있어야 마음이 놓이거든.

"왕도 빈스턴에 있던 의적 R6의 탄압은 두목인 림츠마의 목을 내놓는 선에서 중단하기로 했는데, 처형 후에 약속을 무시하고, 속행됐어. 그 공문서가, 어딘가에 존재할, 거야."

"아, 그 이야기라면 저도 들은 적 있어요. 반정부 세력의 탄압은 철저하게 해야 한다며, 제1기사단이 나섰죠. 그게…… 양측의 협정 후였다는 거예요?"

"그래. 의적은, 특히 R6는, 민중의 지지를 모으고 있었어. 이것은 제국과의 친화 정책을 위한, 민중 유도에, 방해돼."

"그래서, 없앴다고요? 형님이요?"

"아냐. 재상이, 제1왕자를 유도했어. 재상은, 제국 측 사람."

"네에에에엣?!"

아, 몰랐구나. 내 마음속에서는 상식이 되어가고 있지만, 뫼비온을 아는 사람이나 윈필드 같은 천재 군사가 아니라면 알 리 없는 정보이긴 해.

"의적 탄압 과정에서, R6와 제2, 제3기사단은 정전 협정을 맺었어. 그 당시의 공문서를 입수해서, 공표하면, 제1기사단은, 비판당할 거야."

확실히 좋은 작전인걸. 하지만 신경 쓰이는 점이 있다. 나는 아직 놀란 표정인 마인을 대신해서 물었다.

"입수하더라도, 조작되었을 때는 어쩔 거지?"

"그것에 대비하는 게, 두 번째 작전. 동시에 원본도 입수해서, 조작된 사실과 함께 공표하면, 비판의 목소리가, 커져."

으음, 별것 아니라는 듯이 말하네. 입수할 수 있다면 좋겠지만, 입수 그 자체가 어려울 거라고. 게다가 어차피 원본을 입수하는 건 내 임무일 거잖아······?

"응, 정답."

그거 봐.

"잠깐만요. 공문서와 원본이 전부 처분됐을 때는요?"

정신을 차린 마인이 물었다. 아, 그 가능성도 있네.

"그런다고, 없었던 일은, 안 돼. 만약, 처분했다면, 자백한 거나 마찬가지."

"아하. 하지만, 작전이 성공하더라도 줄 수 있는 대미지가 적겠네요."

"맞아. 그러니, 그때에 대비하는 게, 세 번째 작전."

나는 문득 눈치챘다. 마인도 꽤 머리가 좋았지. 왠지 소외감이 느껴졌다.

"살아있는 증인을, 발견해서, 데려온 후, 민중 앞에서, 대대적으로 호소하게 하는 거야."

살아있는 증인······ R6의 생존자, 그러니까 큐베로의 동료구나.

"어······ 그런 짓을 했다간······."

"응. 아마, 그 사람은, 목숨을 위협받을 거야. 공작원과, 제1왕자 파로부터."

우와. 나도 알겠네.

"미끼 작전, 이구나."

"그래~."

윈필드는 태연한 표정으로 그렇게 말했다. 마인의 얼굴은 새파랗게 질렸다.

"세컨드 씨가, 호위한다면, 아마, 이 세상에서 가장, 안심. 걸려든다면, 박살을 내줘서, 제1왕자파의 이미지를, 더 악화시키는 거야."

칭찬을 들으니 기분이 나쁘진 않았다. 하지만 별것 아니라는 듯이 말하는걸.

"이, 세 가지 작전으로, 제1왕자파는, 궁지에 몰릴 거야. 그 후의 작전은, 성공하면, 발표할게."

윈필드는 미소 지었다. 「분명 잘 풀릴 거야」 하고 말하는 듯한 느낌이 들었다.

……좋아. 어디 한번 해보자고.

"그럼 나는 어떻게 움직이면 되지?"

"우선, 왕궁에서 지내, 줘. 작전이, 끝날 때까지."

두 사람은 마인을 쳐다보았다. 마인은 표정을 살짝 찡그리며 대답했다.

"저와 친분이 있다는 걸로는 며칠 정도 머무는 게 한계일 텐데…… 으음, 어떻게 하지."

적당한 이유를 만들 필요가 있을 것 같다. 거기까지 생각이 미친 나는 윈필드를 쳐다보았다. 이 녀석이 이유를 생각해두지 않았을 리가 없다.

"후후. 간단해. 이제 올, 때가 됐어~."

윈필드는 기분이 좋은 듯이 몸을 좌우로 흔들며 「올 때 됐는데~」 하고 중얼거렸다. 무슨 소리지? 뭘 기다리는 거지? 그리고 다음 순간―.

"어? 오오. 세컨드 님. 진짜로 있을 줄은 몰랐다."

"세컨드~, 안녕안녕~."

살롱의 문이 열리더니, 실비아와 에코가 들어왔다.

"아. 실비아 씨. 에코 씨. 오래간만이에요."

"오래간만~."

"아, 마인 전하. 오래간만에 뵙습니다. 세컨드 님이 또 폐를 끼쳤을 테죠. 대신 사과드립니다."

"부끄러운 짓 좀 하지 마. 그리고 왜 폐를 끼쳤을 거란 전제로 이야기하는 건데? 뭐, 사실이지만 말이야."

"애초에 폐를 끼쳐놓고 그게 잘못이라고 생각하지 않는 게 참 세컨드 님 답구나."

"맞아~."

갑자기 시끌벅적해졌다. 마인도 즐거운 듯이 웃고 있었다.

……아, 이럴 때가 아니다.

"어이, 윈필드. 왕궁에 잠입할 이유는 이미 생각해뒀지?"

"응. 실비아 씨, 가지고 왔어?"

"물론이다. 이게 폴라 교장의 추천장이며, 이게 학생 230명분의 서명이지."

"…………뭐?"

추천장? 서명?

"궁정마술사단."

윈필드가 그렇게 중얼거리자, 마인은 숨을 삼켰다.

"맞아! 내 파벌인 제1궁정마술사단이라면 내 말이 통할 거야. 그걸 이용하면……."

"특별 임시 강사, 가능할 거라고, 생각해요."

"제51회 마술대회 우승. 모험가 랭크 A도달 왕국 최고속 기록 보유자. 프롤린 던전의 팀 단독 공략. 게다가, 왕립 마술학교 교장의 추천장과, 학생 230명의 추천. 이 정도면, 거절하는 게 어려울 정도네요."

"그래도, 재상과, 제1왕자와, 제1왕비는, 아마, 반대할 거야. 국왕이, 찬성하지 않는다면…… 다시 생각해, 봐야 해."

아니, 잠깐만 있어봐. 모르는 게 너무 많다고. 으음, 뭐부터 물어보지…….

"왜 교장이 추천장을 써준 거야?"

"폴라 메멘토 교장은, 플론 제2왕비와, 친해. 당연히, 제2왕자파."

플론 제2왕비. 마인의 어머니구나. 마술학교 안에서 마인의 호위가 적은 건 그래서야. 그래도 마인의 교내 평가가 너무 나쁜 듯한 느낌이 든다. 분명 클라우스 파의 인간이 적지 않게 이 학교에 있는 것이다. 우와~, 성가셔.

"그럼 학생의 서명은?"

"그런, 조직이, 있어. 정체불명의, 거대 조직."

"아침에 말한 거구나."

"……모르는 편이 좋을 거다."

실비아는 나를 불쌍해하는 듯한 표정을 지으며, 고개를 저었다. 왜 저러는 거지. 괜히 신경 쓰이네.

"그런데, 왜 강사인 거야? 단원이라도 괜찮잖아."

"어느 정도, 권력이 있는 편이, 움직이기 쉬워."

"아니, 뭐, 그건 그렇지만……."

"세컨드 씨."

"응?"

"그냥, 해. 맡아줘. 특별 임시 강사."

"…………."

귀찮아진 듯한 윈필드가 강요하듯 그렇게 말했다. 나는 그런 말에 약하다. 확 고개를 끄덕이고 싶어진다.

……이리하여, 나는 제1궁정마술사단의 특별 임시 강사로 추천됐다. 빠르면 내일, 알현을 한다고 한다. 일이 순식간에 진행되네.

세계 1위가 되기 위한 여정에서, 살짝, 샛길로 새게 된 것 같다.

하지만 나는 마음 한편으로 이 상황을 조금 즐기고 있었다. 왕국이 위기에 처한 상황인데도 말이다.

결국 나는 이 세상을 유희로 여길 수밖에 없는 것 같았다. 아무리 다른 색깔로 덧칠하더라도, 불쑥 심연에서 샘솟아 나오는 검은 색이 모든 것을 휘감아 버리는 것이다.

그렇다면. 나는 각오를 다질 수밖에 없다. 그냥, 즐길 수밖에 없다.

우선, 특별 임시 강사가 되어 즐겨보기로 했다. 육성 게임 삼아 말이다. 그런 놀이도, 재미있을 것이다.

어이, 윈필드. 너와 같이, 나는 약간 샛길로 빠져 보겠어.

무엇을 위해 세계 1위가 되려고 하는 건지가 떠올랐어. 뫼비온을 갓 시작했을 때의, 아직 꼬맹이였던 시절의, 바보처럼 단순하고, 멍청이처럼 강렬한 감정이 말이야.

뫼비온은, 정말 사람의 가슴을 뛰게 한다니깐……!

특별편 대접

신용. 모든 것은, 그 한 마디에 귀결된다.

남자는 지금, 승부처에 섰다.

오늘, 그가 경애하는 주인이 넉 달 만에 돌아온다. 그 기념비적인 날의 저녁을, 가신 겸 메이드장인 유카리가 그에게 맡긴 것이다.

요리장 소브라. 30대 중반의 잘 나가는 B랭크 모험가였지만, 약혼자에게 속아서 거액의 빚을 지고 노예가 된 불행한 남자. 세컨드에게 거둬진 그는 현재 퍼스티스트 가문의 요리장으로 일하고 있다.

"오. 왔구나, 요리사."

이른 아침, 소브라는 왕도 서쪽에 있는 바닐라 호숫가의 시장에 나타났다.

어느새 친해진 중개인 중년 남성이 기다리고 있었다는 듯이 그를 맞이했다.

바닐라 호수에서 갓 잡은 생선이 진열된 이 시장은 한때 일반인이었던 소브라가 출입조차 할 수 없었던 장소다. 하지만 지금은 인사를 나누며 활보할 만큼 녹아들어 있었다.

그것은 바로 신용 덕분이다. 소브라는 「왕도 외곽에 있는 어마어마하게 거대한 저택의 요리장」이란 직함 덕분이 이 시장 상인들에게 신용을 얻었다고 생각했지만, 실은 그렇지 않았다.

기백이다. 자신이 맡은 일에 최선을 다하려는 자세가, 항상 좋은 결과물을 내놓으려 하는 그 필사적인 분위기가, 신용으로 귀결된 것이다.

"부탁한 게 잡혔다며?"

"그래. 따라와. 진짜 장난 아니라고."

"그거 기대되는걸."

소브라가 묻자, 중개인은 눈을 반짝이며 웃는 얼굴로 그렇게 말했다.

부탁한 것이란…… 생선, 그것도 한 마리다. 이날을 위해 준비하려고 이틀 전부터 의뢰해둔, 최고급이라는 말로도 부족할 만큼 엄청난 생선이다.

소브라가 중개인에게 안내를 받으며 향한 곳은 바로 시장 안쪽에 있는 거대한 활어조였다.

"사, 살아 있는 거야?!"

"그렇지. 게다가……."

"헉?! 뭐가 이렇게 커!!!!"

"60센티미터는 넘을 거다! 이렇게 큰 바닐라 송어는 여름에도 거의 안 잡힌다고."

바닐라 송어— 바닐라 호수에만 사는 생선이다. 여름이 제철이지만, 드물게 가을인 산란기에도 이동하지 않고 포식을 계속하며 최대한 영양분을 섭취하려 하는 개체가 있다. 그런 개체는 경계심이 엄청나서, 무리 지어 다니지도 않기 때문에 그물에 걸리지 않는다. 그래서 낚시로 잡아야만 하지만, 이 넓은 바닐라 호수의 어디에 있을지 모르는 가을의 바닐라 송어를 잡는 건, 불가능에 가까운 일이라 할 수 있다.

"……정말 아름다운걸."

"낚시로 잡아서 상처도 적거든."

"아하."

"양식장에서 도망친 녀석이 아니라, 진짜 자연산이야. 어디를 살펴봐야 하는지는 알지?"

"꼬리지느러미잖아? 양식은 거기에 흠집이 나 있지."

"요리사답게 열심히 공부하고 있나 보네."

소브라는 세컨드에게 거둬진 후로 매일같이 공부에 열중하고 있다. 전문직 사람들을 찾아가 고개를 숙이며 간청해서, 메모장을 한 손에 들고 기본적인 질문을 하는 것부터 시작했다. 그러는데도 매일같이 모르는 게 튀어나왔다. 그때마다 그는 필사적으로 직접 체험하며 익혀갔다.

"그런데, 얼마에 산 거야?"

"20만CL이면 돼. 미리 말해두겠는데, 이 정도면 싸게 넘겨주는 거라고."

겨우 생선 한 마리에 20만…… 모험가였던 시절의 소브라라면 현기증이 날 금액이지만, 무시무시하게도 지금은 「그것밖에 안 하나」 하고 생각하게 됐다. 유카리에게 받은 예산에 비춰 봐도, 그 정도면 헐값에 얻었다고 해도 과언이 아니었다.

"또 오라고!"

소브라는 그 자리에서 현금을 건네주고, 바닐라 송어를 구입했다. 저녁때 찾으러 오기로 약속한 후, 다른 곳으로 향했다. 그 후로 시장에서 줄새우와 은어를 구입해서, 이날의 장보기를 끝냈다.

전부 지금이 제철인 식재료다. 넉 달 동안 갈고닦은 안목을 최대한 발휘해, 한 치의 타협도 없이 고른 식재료다.

저녁 식사 메뉴는 정해졌다. 줄새우는 채소와 섞어서 튀기고, 은어는 통으로 튀길 것이며, 바닐라 송어는 회와 조림으로 만들 것이다. 튀김에는 지금이 제철인 채소도 곁들일 생각이다. 그리고 맛이 끝내줄 바닐라 송어회를 메인으로 내놓으면서, 기름져서 감칠맛이 뛰어난 바닐라 송어의 매력을 더욱 끌어올려 줄 담백한 조림을 곁들이자고 생각했다.

요리사 경력, 넉 달. 소브라는 오늘, 지금까지 갈고닦은 모든 것을 다 발휘할 생각이다.

"휴우…… 힘드네."

저택으로 돌아온 소브라는 흡연장에서 『카라메리아』를 한 대 피웠다. 이것만은 끊을 수 없었다.

하지만, 아무 의미 없이 연기를 토하기만 하는 건 아니다. 그는 근면한 남자다. 속으로는 카라메리아를 관두고 싶었다. 왜냐하면, 그것은 주인인 세컨드를 모시는 데 있어서 플러스가 되지 않기 때문이다. 하지만 카라메리아의 연기를 들이마셔야만, 소브라는 최대한의 실력을 발휘할 수 있었다. 노예로 모리스 노예상회에서 지낼 때, 피치 못하게 금연을 하게 됐던 소브라는 만성적인 권태감을 느꼈다. 그런 상태에서는 요리장의 소임을 다할 수 없기에, 어쩔 수 없이 카라메리아를 피우기로 했다.

"그래도 너무 비싸."

소브라는 혀를 차며 혼잣말을 했다.

카라메리아는 수입 담배다. 캐스탈 왕국의 이웃 나라인 카멜 신국(神國)에서 수입된다. 그래서 국제정세에 따라 가격의 변동이 심하며, 현재는 가격이 치솟고 있었다. 매달 빚을 갚고 있는 소브라에게는 꽤 뼈아픈 지출이다.

"…………"

소브라는 허공에서 사라지는 연기를 멍하니 응시하며, 생각했다.

세컨드 님은 기뻐해주실까— 하고 말이다.

대체 언제부터 이런 생각을 하게 된 것일까. 예전의 그는 상상도 할 수 없는 사고방식이다. 그 스스로도 불가사의하게 생각하지만, 가슴 뛰는 변화라 여기고 있었다.

살벌한 세상에서 모험가로 살고, 속고 속이는 생활 끝에 빚을 지고 노예로 전락했다. 그렇다. 그는 그때 자신은 끝났다고 생각했다. 자신은 이대로 나락에 떨어질 거라고 여겼다.

하지만 느닷없이 세컨드의 노예가 되더니, 상황을 제대로 파악하기도 전에 요리사로 살라는 지시를 받았다. 눈이 튀어나올 만큼 화려한 방을 받았고, 빚 또한 세컨드 님이 전부 짊어졌으며, 충분하고도 남는 의식주와 함께 모험가 시절보다 더 많은 급료까지 받고 있다.

최선을 다하지 않는 게 이상할 것이다. 그리고 최선을 다하자고 생각하지 않는 게 이상할 것이다.

환경에 의존하게 해서, 세컨드를 신앙하게 만든다. 유카리가 하인들에게 펼친 세뇌나 다름없는 교육의 성과라고도 할 수 있을 것이다. 하지만 소브라는 그 사실을 눈치채더라도, 그것에 매달릴 것이다. 세컨드를 향한 신앙을 관두지 못할 것이다. 그 정도로, 노예들에게 있어 이곳은 천국에 가까운 장소다.

"뭐, 오늘도 힘내볼까."

세컨드의 반응을 신경 써 봤자 소용없다는 것을, 그는 알고 있다. 의미가 있는 건, 현재 자신의 실력을 최대한 발휘하며 소임을 다하는 것뿐이다.

하인들은 전부 그런 생각을 품고 있다. 현재 자신에게 주어진 기적과도 같은 환경에, 구원에, 은혜에, 보답하기 위해, 필사적으로 남들의 곱절은 노력하고 있다.

거기에는 눈곱만큼의 의문도 어려 있지 않다. 다들 「원해서 하는 일이기에」 의문을 느낄 리가 없다. 자연산과 양식의 분간과 신선도의 파악, 제철인 시기 등은 일이라 기억한 게 아니다. 기억하고 싶으니까 기억한 것이다. 이유는 단순했다. 세컨드를 위해서다. 세컨드가 기뻐해 줬으면 하기 때문이다.

그것이 바로 신용이다. 세컨드라면 이 노력이 절대 헛되게 하지 않으리라고 신용하기에, 이렇게 노력하는 것이다.

……하지만 소브라에게 군이 불만인 점을 물어본다면, 그는 세컨드가 식사를 하면서 보이는 반응을 살필 수 없다는 점을 꼽으리라.

식사에 대한 감상을 듣고 싶은 건 결코 아니다. 갑등급 던전에서 넉 달 동안 틀어박혀 지낸 인물의 1분 1초가, 풋내기 요리사의 1분 1초와 같은 가치를 지닐 리가 없단 것은 소브라도 이해하고 있다.

하지만 식사 때의 반응 정도는 잠시라도 좋으니 보고 싶다. 언젠가 그 꿈이 이뤄진다면 정말 기쁠 것이다— 하고, 소브라는 히죽거리며 생각했다.

하인들은 하나같이 비슷한 생각을 하고 있다. 「이야기를 나누고 싶다」 같은 과분한 호사는 누구도 입에 담지 않았다. 그저 「자신의 두 눈으로 주인님을 보고 싶다」는 소망을 품고 있었다.

"자, 일하러 가자."

망상을 마친 소브라는 오늘 아침에도 인원수 만큼의 식사를 만들어야 하기에 흡연장을 벗어났다.

다음 날, 우연히도 세컨드가 식당을 찾게 된다.

하인들의 신앙심이 더욱 굳건해진 것은, 말할 필요도 없으리라.

사와무라 하루타로입니다. 이 책을 구매해주셔서 감사합니다.

세계서브, 벌써 3권이 나왔습니다. 이번에도 아름답기 그지없는 일러스트를 마로 선생님께서 그려주셨습니다! 그야말로 신의 위업이라 해도 과언이 아닐 겁니다. 이 일러스트를 가슴에 품고, 세계서브를 더욱 재미있는 작품으로 만들어서 독자 여러분을 즐겁게 해드리면 좋겠다고 진심으로 생각했습니다.

참, 독자 여러분은 이 작품의 타이틀을 어떤 약칭으로 부르십니까? 저는 언제부터인가 「세계서브」라 부릅니다. 인터넷을 뒤져보니 역시 「세계서브」가 다수였고, 그 다음이 「세계 1위」, 「세계 1위인 녀석」 등이 많더군요. 그 중에는 「서브캐」라고 줄여서 부르는 분도 있었습니다. 이야, 약칭도 사람마다 참 다르군요. 이해합니다. 저도 주위 사람들이 「에프에프」라고 줄여 부르는 게임을 굳이 「파판」이라고 부르거든요. 무조건 다수파에 따를 필요는 없습니다. 중요한 건 어떻게 부르든 간에, 그 작품 자체를 즐기면 되는 거죠. 서적판이든, **코믹스**든 말이에요.

자, 여러분. 마에다 리소 선생님이 그려주신 「세계서브」의 코믹스 1권이 현재 절찬 호평 발매중입니다!! 그 재미는 그야말로 세계 1위란 말에 걸맞죠! 농담이 아니라, 진짜로 너무 감동해서 손이 덜덜 떨렸습니다. 서적판과는 다른 재미가 가득 들어 있어요! 두 「세계서 브」가 다 재미있으니, 앞으로도 잘 부탁드립니다!

■ 역자 후기

안녕하십니까. 근로청년 번역가 이승원입니다.
『전 세계 1위의 서브 캐릭터 육성일기』 3권을 구매해주셔서 진심
으로 감사드립니다.

마스크 착용이 필수인 세상은 아직도 끝나지 않았습니다.
독자 여러분께서는 건강히 잘 지내고 계신지요.
추운 겨울이 끝나고 따뜻한 봄이 왔는데도, 외출을 자제해야 하
는 시기가 이어지고 있습니다. 이사 온 곳 주변에 괜찮은 산책로가
많은데, 나가지를 못하니 참 아쉽습니다.
빨리 이 사태가 마무리되어 예전 같은 일상생활을 할 수 있는 날
이 찾아왔으면 좋겠습니다.
……마음 편히 외식 좀 하고 싶어요.ㅠㅜ

그럼 본편에 관한 이야기를 해볼까 합니다.
스포일러가 포함되어 있을 수도 있으니 본편을 읽지 않으신 분들
은 유의해주시길!

이번 3권은 세컨드보다는 주변인물에 포커스가 맞춰진 내용이었습니다.

이제까지는 세계 1위를 노리는 세컨드의 여정을 그려왔습니다만, 이번 권에서 그는 넉 달 동안 던전에 틀어박혀 은둔형 외톨이(?) 생활을 했습니다.

그 사이, 다른 동료들이 어떤 일을 해왔으며, 또한 새로운 등장인물들의 이야기가 다뤄졌습니다.

또한, 세컨드가 넉달동안 은둔형 외톨이 생활을 한 끝에 얻은 성과, 쭉쭉빵빵 늑대 변신 미녀도 등장했습니다.

차츰 세계 1위라는 목표를 향해 다가가고 있는 세컨드의 이번 이야기는 전체적으로 그가 기반을 다져가는 내용이었으며, 본격적인 스토리는 다음 권부터 그려져 나갈 것으로 보입니다.

미녀 군사와 함께 한 나라를 구원하기 위해 동분서주할 세컨드의 활약상을 고대해주시길!

그럼 이만 줄이겠습니다.

L노벨 편집부 여러분, 항상 재미있는 작품을 맡겨주셔서 감사합니다. 앞으로도 최선을 다하겠습니다.

요즘 들어 병원 생활 중인 악우여. 빠른 쾌유를 빈다. 그리고 병문안 선물로 받은 에너지 음료, 보내줘서 고마워. 그걸로 이번 마감 지옥을 버텼어…….

마지막으로 언제나 제게 버팀목이 되어주시는 어머니와 『전 세계

1위의 서브 캐릭터 육성일기』를 읽어주신 모든 분께 진심으로 감사
드립니다.

한 왕국의 흥망이 걸린 일대 결전이 펼쳐질『전 세계 1위의 서브
캐릭터 육성일기』4권 역자 후기 코너에서 다시 뵙겠습니다!

2021년 3월 중순
역자 이승원 올림

전 세계 1위의 서브 캐릭터 육성 일기 3
~폐인 플레이어, 이세계를 공략 중!~

초판 1쇄 발행 2021년 4월 20일

지은이_ Harutaro Sawamura
일러스트_ Maro
옮긴이_ 이승원

발행인_ 신현호
편집부장_ 윤영천
편집진행_ 김기준 · 김승신 · 원현선 · 권세라 · 유재슬
편집디자인_ 양우연
관리 · 영업_ 김민원 · 조인희

펴낸곳_ (주)디앤씨미디어
등록_ 2002년 4월 25일 제20-260호
주소_ 서울시 구로구 디지털로 26길 111 JnK디지털타워 503호
전화_ 02-333-2513(대표)
팩시밀리_ 02-333-2514
이메일_ lnovelpiya@naver.com
L노벨 공식 카페_ http://cafe.naver.com/lnovel11

MOTO · SEKAI 1I NO SUBCHARA IKUSEI NIKKI Vol.3
~HAI PLAYER, ISEKAI WO KORYAKU CHU！~
©Harutaro Sawamura, Maro 2019
First published in Japan in 2019 by KADOKAWA CORPORATION, Tokyo.
Korean translation rights arranged with KADOKAWA CORPORATION, Tokyo.

ISBN 979-11-278-5923-7 04830
ISBN 979-11-278-5446-1 (세트)

값 10,000원